ゴールデン街コーリング

馳 星周

角川文庫
22955

目次

主な登場人物

坂本俊彦……〈マーロウ〉の学生アルバイト店員。大学進学を機に北海道から上京。

斉藤　顕……新宿ゴールデン街のバー〈マーロウ〉の店主でコメディアン。書評家の肩書きも持つ。

友　香……クラブ〈ドンファン〉に勤める、小説好きのホステス。本名は葉月。

渡邊一成……「ナベさん」と呼ばれている、映画カメラマン。

カナコ……四谷三丁目のバー〈レッド・バロン〉の名物ママ。

リリー……ゴールデン街のバー〈リリー〉のオカマ店主。

ヒデ……歌舞伎町の客引き。

〈まつだ〉のおっかさん……ゴールデン街の老舗飲み屋〈まつだ〉のママ。

深　澤……〈まつだ〉のバーテンダー。

武　田……友香のお気に入りのバー〈黄昏〉のバーテンダー。

佳　子……六本木の文壇バー〈ベルソー〉のママ。

田　丸……〈マーロウ〉のアルバイト店員で坂本の同僚。

佐々木……「さっちゃん」と呼ばれる、〈マーロウ〉の常連客。

吉　村……アジア映画と古本マニアの〈マーロウ〉の常連サラリーマン。

中嶋　桜……ファッション雑誌の編集者。

北野　香……佐々木が所属する映画愛好会のメンバー。

望　月……『本の雑誌』の編集者。

鈴　木……歌舞伎町周辺の公園をねぐらにしている小説好きの浮浪者。

キタさん……鈴木と顔見知りの浮浪者。ねぐらを転々としている。

プロローグ

「おれは客だぞ」

怒声が狭い店内に響いた。

「まだ金も払ってねえのになにが客だ、バカヤロー」

顕さんがスツールから降りた。常連客が自分のグラスとボトルを抱えて店の外に避難しはじめた。一見の客たちは呆然としている。

ぼくはカウンターの上のボトルを床に避難させた。サラリーマン風の客の物言いに顕さんの目が据わりはじめた時から準備はしていたのだ。ぼくも常連客もこういうのには慣れっこになっている。

ここは新宿ゴールデン街の〈マーロウ〉で、店主は斉藤顕。名うての酒乱だ。

喧嘩はあっという間に決着がついた。顕さんが相手の口の中に左手を突っ込む。いきなりの奇襲攻撃で相手が怯んだ隙に数発パンチをかます。それで相手は戦意喪失だ。

最初に顕さんの喧嘩を見た時には度肝を抜かれた。喧嘩の時に、相手の口の中に手を突っ込むなんて、想像したこともなかったからだ。

酔った時の顕さんの口癖は「おれは喧嘩で負けたことはねえ」だ。似たようなことを口にする人種はゴールデン街にはごろごろいる。

そういう奴らはたいてい、相手がよそ見をしている隙にガラスの灰皿で後頭部をぶっ叩くとか、そうやって喧嘩に勝つのだ。

喧嘩は勝てばいい。卑怯もクソもない。

そういう考え方が主流なのだ。でもぼくは、顕さんを含めて、そんな手を使って喧嘩に勝って、なおかつそれを自慢する連中の気が知れない。

だが、ゴールデン街ではそれがまかり通る。

「坂本、こいつをつまみ出せ」

顕さんが吠えた。

「はい、わかりました」

ぼくはカウンターを乗り越えて、口から血を流して呆然としている酔客の肩を叩いた。

「さ、帰ろうか。次に来る時までに、ゴールデン街での飲み方、勉強しておいた方がいいと思うよ」

ぼくの囁きに、酔客はこくんとうなずいた。

＊　＊　＊

「坂本、今日はケチがついたから、〈レッド・バロン〉で飲み直すか」

最後の客が出ていくと、顕さんが言った。〈レッド・バロン〉というのは四谷三丁目にあるバーだ。カナコという名物ママがいて、芸能界や文壇の人たちがよく顔を出す。

「わかりました。すぐに片づけますから」

洗い物を手早く済ませると、ビールやウイスキーの空き瓶を店の外に並べる。カウンターとテーブルをダスターでさっと拭けば、とりあえずの後片付けは終わりだ。床掃除は明日の開店前に済ませればいい。

カウンターに十人、ボックス席に四人座ればそれできっつきつの狭い店だから、後片付けもすぐに終わる。

顕さんと連れだって店を出、明治通りでタクシーを摑まえた。

一暴れしたせいか、顕さんの目は普段と変わらない。喋る内容も至極まっとうで、呂律が少し怪しいぐらいだった。

「あれ？　もしかして、斉藤顕さんじゃありませんか？　トリオ・ザ・スペードの？」

走り出すとすぐに運転手が訊いてきた。

「そうだよ」

顕さんが答えた。その横顔は嬉しそうだった。

「やっぱり。その見た目、忘れられないもんなあ。さよならを言うのは少しの間死ぬことだ、でしたっけ？　あのギャグ、好きだったなあ」

顕さんはコメディアンだ。昭和四十年代、トリオ芸人がブームになった時、トリオ・ザ・スペードとして人気の絶頂を極めた。

背が低い小太りの男なのに、西部劇風のガンアクションを得意とし、レイモンド・チャンドラーという作家が作り出した私立探偵、フィリップ・マーロウの有名な台詞を照れることなく口にする。

「男はタフでなければ生きていけない。優しくなければ生きる資格がない」

その類の台詞だ。

見た目と気障な振る舞いのギャップが観客に受けたのだ。

顕さんの絶頂期を、ぼくは知らない。でも、マーロウの台詞で笑いをとっていた芸人のことはかすかに記憶にあった。

「今、なにをなさってるんですか？　テレビじゃ見かけませんよね」

運転手の言葉に、ぼくは凍りついた。そっと顕さんを盗み見る。穏やかだった顕さんの目が据わっていく。

「か、会長。そういえば、来月は舞台があるんですよね？」

ぼくは言った。これ以上顕さんの機嫌が悪くなれば、とばっちりを受けるのはぼくだ。

「おう。舞台の間は店、おまえたちに任せるから、よろしくな」

「舞台やってらっしゃるんですか？」

運転手の声が飛んでくる。

「今のテレビはつまらないからな。舞台の方が、客と直（じか）にやりとりできるから楽しいんだよ」

顕さんが言った。据わりかけていた目が元に戻っている。ぼくはそっと胸を撫（な）でおろした。

この時間になっても、〈レッド・バロン〉は混んでいた。朝の七時近くまで営業しているため、他の店が閉まった後に足を運ぶ客が多いのだ。

顕さんはカウンターでひとりで飲んでいた顔なじみの隣に陣取り、バーボンのソーダ割りをぐいぐい飲みはじめた。ぼくも酒は同じものを、その他に、唐揚げとポテトサラダに焼きそばも注文した。

顕さんと飲みに行く時は、料金はすべて顕さん持ちだ。年がら年中金欠の大学生としては、こんな時にはしっかりと栄養補給しておく必要があった。

「あら、坊や。久しぶりね」

カナコママがカウンターに近づいてきた。年齢は五十代だろうか。決して綺麗（きれい）な顔立ちというわけではないのだが、華やかで色気が滲（にじ）んでいる。

「顕ちゃんのところ、もう何年になる？」

ママがぼくの隣に座った。香水の香りが鼻をくすぐって、ぼくは落ち着かない気分になった。

「そろそろ二年です」

「もう二年。偉いわね。坊やが一番長続きしてるんじゃない？」

「週に三日だけですから」ぼくは声を落とした。顕さんに聞かれたら、また面倒なことになる。「これが月曜から土曜まで毎日だったら、とっくの昔に辞めてると思います」

ママが小さく笑った。

「ほんと、お酒さえ飲まなきゃ、最高にいい人なのにね」

ママはぼくの肩越しに顕さんを見た。ぼくは肩をすくめた。

「とにかく、頑張ってね。あの店オープンさせてから、顕ちゃん、ご機嫌なんだから。それまではいつも鬱屈（うっくつ）して、酒飲んじゃ人に絡んでの繰り返し。仲のよかった人たちもみんな離れていって……ちょっと、この子にボトル一本入れてあげてくれる？　わたしの奢（おご）りで」

ママがカウンターの中のスタッフに声をかけた。

「ママの奢りなんて、申し訳ないです」

「いいのよ。坊やの二周年記念。たまにはひとりで飲みにいらっしゃい」

「ありがとうございます」

ぼくは深々と頭を下げた。

＊　＊　＊

〈マーロウ〉がオープンしたのは、ぼくが上京する一年前だ。ただの飲み屋ではなく「日本冒険小説協会公認酒場」という但(ただ)し書きが看板に記されている。

　フィリップ・マーロウの台詞をギャグに使うことでもわかるように、顕さんはハードボイルドミステリや冒険小説の大ファンだった。

　好きが高じてとある雑誌で書評を担当するまでになった。この書評がまた、レイモンド・チャンドラーの文体をもじった書き方で評判がよく、次第に書評家・斉藤顕のファンも増えていった。

　ぼくも、そんなファンのひとりだった。

　ぼくは北海道の日高(ひだか)地方という田舎で生まれ育った。子供の頃病弱だったこともあって、本を読むのが大好きだった。だが、周りには読書を趣味にする友達なんてひとりもいなかった。

　大好きな小説のことをだれかと語り合いたい——そう思いながら悶々(もんもん)としていたぼくは、ある時、顕さんの書評に出会った。本当はスケベな目的で手に入れた雑誌だったのだが、その雑誌の書評欄で、ぼくが大傑作だと思った小説を顕さんも大絶賛していたのだ。

以来、ぼくは定期的にその雑誌を手に入れるようになり、やがて、編集部付けで顕さんに手紙を送るようになった。

しばらくすると、顕さんから返信が来た。


坂本、北海道のど田舎でハードボイルドを愛する高校生がいるなんて、感動した。おまえからの熱い手紙を読んで、いつもにやにやしながらワイルドターキーを飲んでいるぞ。

さて、話は変わるが、今度、編集部とタッグを組んで、日本冒険小説協会ってやつを立ち上げることにした。坂本みたいなやつらを集めて、わいわい酒を飲みながら好きな本のことを熱く語るんだ。どうだ？　いいだろう。そのための酒場も新宿のゴールデン街ってところにオープンさせることにした。

坂本、おまえ、来年受験だろう？　東京の大学に進むんだろう？　神保町や早稲田の古本屋街を毎日覗いて歩くのが夢だって手紙にあったもんな。待ってるぞ。早く来い。


その手紙でぼくは有頂天になった。元から首都圏の大学に行くつもりだったのだが、もう、他の選択肢は目に入らなくなったのだ。

本好きの集う酒場なんて、パラダイスじゃないか。早く東京に行きたい。早く、この熱い思いを同好の士と分かち合いたい。

あの頃のぼくは、ゴールデン街という飲み屋街がどんなものなのか知らなかった。顕さんが酒を飲むと豹変(ひょうへん)することも知らなかった。

ぼくは幸せな田舎の少年だったのだ。

ゴールデン街に初めて足を踏み入れてから二年。ぼくはすっかり変わってしまった。

1

店のドアに施錠すると、ぼくは細い路地に体を滑り込ませた。辺りにはドブのような匂いが漂っている。嘔吐(おうと)物や小便の匂いも混じっている。酔っぱらいたちがゲロを吐き、立ち小便をするからだ。

細い路地を数メートルも歩けば次の路地へ出る。ゴールデン街は西から東へと続く数本の細い道の両脇に木造の狭い店が軒を連ねている。それぞれの道はさらに細い路地で繋(つな)がっているのだ。

もうすぐ午前五時だったが、〈リリー〉の看板は灯(とも)っていた。

「おはようございます」

ドアを開け、中に入る。〈リリー〉の店内は〈マーロウ〉より若干狭いが、造りはほぼ一緒だ。

「あら、今日は遅かったのね」

だみ声がぼくを迎えた。リリーはいわゆるオカマだ。普段は黒いドレスにメイクもばっちり決めているのだが、今夜はジーンズにセーター姿だった。こうなると、おねえ言葉を喋るただのおっさんだった。大学時代は柔道部だったというかつい体がおっさん臭を助長している。

「みんな長っ尻(ちり)でさ。勘弁してほしいよ」

カウンターの真ん中に、ショットグラスとチェイサーの入ったグラスが置かれている。そこに座っている客はトイレで用を足しているのだろう。他に客はいなかった。

ぼくは入口に近いスツールに尻(しり)を乗せた。

「ビール？」

「流れたボトルがあったら、ウイスキーがいいな」

ぼくは言った。ボトルのキープは三ヶ月が相場だ。三ヶ月を過ぎたボトルの中身の行方は神のみぞ知る。リリーはその中身をぼくたち、〈マーロウ〉で働く学生たちに飲ませてくれる。

「ダルマでもいい？」

「もちろん」

ただ同然で飲ませてもらえる酒の種類に文句を言ったら、それこそバチが当たる。

ぼくの目の前に置かれたダルマのボトルには「山口(やまぐち)」というタグがかけられていた。

「山口さん、いただきます」

ぼくは見ず知らずの山口氏に感謝を捧(ささ)げ、氷の入ったグラスにウイスキーを注ぎ、水で割った。水割りを口にしようとしたその瞬間、トイレのドアが開いた。

「あれ？　坂本じゃん。今、店終わったの？」

トイレから出てきたのは田丸(たまる)だった。

「田丸、風邪だっつったろう」

ぼくは唇を尖(とが)らせた。田丸はぼくの同僚だ。〈マーロウ〉で火曜日と水曜日に働いている。ぼくよりひとつ年上だが、呼び捨てにする許可をもらっている。

「坂本に電話した時は調子最悪だったんだけどさ、寝てたら熱も下がって、ちょっと飲みたくなったんだよ」

「ざけんなよ」

ぼくは吐き捨てるように言った。

田丸から電話がかかってきたのは今日の——いや、昨日の午後だ。風邪を引いて具合が悪いから〈マーロウ〉のバイトを代わってくれと言ってきた。

「こんなことばっかりやってると信用なくなるぞ、田丸」

「悪い、今日はどうしても顕さんの顔見る気分じゃなかったんだ」

田丸は早稲田の学生だ。なにを専攻しているのかはよくわからない。とにかく、礼儀正しいお坊ちゃんで、理想に燃え、正義感も強い。ぼくはそんな田丸が好きだったが、ひとつだけ、受け入れられないことがあった。

嫌なことがあるとすぐに逃げ出すのだ。そのツケはたいてい、ぼくが払うことになる。

「今度、吉牛(よしぎゅう)奢るからさあ、機嫌直せよ、坂本。大盛りに味噌(みそ)汁とお新香もつけるよ」

「うるせえ。おれに話しかけるな」

ぼくは水割りを呷(あお)って顔をしかめた。〈マーロウ〉ではいつもバーボンのソーダ割りを飲んでいる。国産のウィスキーは刺激が強すぎるのだ。

「だいぶ酔ってるな、坂本」

「おまえのせいで、三日連続で顕さんの相手しなきゃならないんだぞ。酔わずにいられるか」

〈マーロウ〉では、夜の十時をまわると、バイトも好きな酒を飲んでいいことになっている。ぼくも田丸も、土曜担当の笠井も、常に時計の針が十時を指すのを今か今かと待っている。

終電前はまだいい。客の大半は冒険小説協会の会員か、そうでなくても小説好き、映画好きが集ってわいわい話しながら酒を飲む。その時点では、たいてい、顕さんもご機嫌だ。

だが、彼らのほとんどはサラリーマンか学生だった。終電の時間が近づくと、ひとり、ふたりと席を立ち、やがてだれもいなくなる。

終電がなくなった後、彼らと入れ替わるようにやって来るのが職業不詳の酔っぱらいたちだ。酔ってくだを巻き、無意味な議論を人にふっかけ、醜悪なエゴを撒き散らして酔い潰れる。

その時間には、顕さんもそんな連中のひとりと化しているので、店内の空気は腐臭を放って収拾がつかなくなる。

それが辛いのだ。

「ずっと坂本に悪いことした、坂本に悪いことしたって言いながら飲んでるのよ。もうゆるしてあげなさいよ」

リリーがビールの入ったグラスを傾けながら言った。

「こいつがそんなことを言いながら？」

ぼくは田丸の横顔を凝視した。そんな殊勝な男じゃない。今夜サボったこと以外にも後ろめたいことがあるに違いなかった。田丸はぼくの視線を振り払うように酒を飲んだ。飲んでいるのはジンだ。匂いでわかる。

「なに隠してるんだよ？」

「なにも隠してないよ」

田丸は言ったが、目が泳いでいた。

「おまえ、まさか……」

グラスを運ぼうとしていた手が口元で止まった。もしぼくが田丸や笠井に対して激しい罪悪感を抱くとしたら、その理由はひとつしかない。

「辞めるつもりなのかよ？」

田丸の目が丸くなった。

「なんでわかったんだよ？」

「田丸はバカねえ。カマかけられたんじゃないの」

ぼくの代わりにリリーが言った。

「約束、覚えてるだろう」

ぼくは言った。田丸がうなずいた。

初めて、酔った顕さんに絡まれ、苛めに苛められた夜、ぼくはあまりの悔しさに泣いた。文字通り号泣した。それぐらい、顕さんの言葉の暴力は容赦がなかった。

その時、客として飲みに来ていた田丸がぼくを慰めてくれたのだ。

――おれだって何度も泣かされたよ。だけど、そのうち慣れてくるから。辛いのは最初だけだから。

そう言う田丸の目も潤んでいた。

――昼間の顕さんと酔った顕さんは別人格なんだ。そう割り切って耐えるしかないんだ。

田丸が〈マーロウ〉でバイトをはじめたのはぼくより半年早かった。

――こんなことで辞めるなよ。辞める時は一緒だ。約束だ。いいな？

本当は、ぼくが逃げ出して自分に負担がかかるのが嫌なだけだったのだろうと思う。

ぼくも、初めて顕さんに苛められて泣き出した笠井に同じことを言ったからだ。

でも、あの時のぼくには、田丸の言葉は天から降り注ぐ光のように感じられた。

ぼくはひとりじゃない。苦楽を共にする仲間がいてくれる。

ぼくは田丸の言葉に縋り、バーボンをがぶ飲みし、顕さんに与えられた屈辱を頭の奥に押し込んだのだ。

「辞める時は一緒だ。おまえが言いだしたんだぞ。それなのに、おれに相談もなく辞めるなんて、そんなことゆるされると思ってんのかよ」

「もう、限界なんだよ」

ぼくは細身で、田丸はがたいがよかった。だれもが、田丸の方が豪快で強気な性格だと思うのだが、実際、田丸は繊細でぼくよりよっぽど神経が細かった。

「だめだよ。笠井は頑張っても週二日が限度だ。おまえが辞めたら、おれが週四日、カウンターに入らなきゃならなくなるじゃんか。そんなの絶対にだめだ」

「最近、月イチぐらいで顔出す横山っているだろう？」

「日大のやつだっけ？」

「そう。日大芸術学部の横山。あいつを後釜に据えようかなと思ってるんだけど……」

「話はしてるのかよ？」

「探りは入れてある。脈はあると思うんだよな」

「あいつは無理だよ」

横山の間抜けな顔を思い浮かべながら、ぼくはウイスキーに口をつけた。

横山は軍事オタクだ。小説はほとんど読んでおらず、喋ることといったら武器に関することだけだ。

「言っただろう。顕さんが酔う前ならそれでもいいが、必ず問題が起こるだろう。おれ、もう限界なんだ。このまま続けてると、顕さんに殴りかかっちゃう」

嘘だとは思ったが、口にはしなかった。放っておけば、田丸はばっくれる。だれにもなにも告げずに辞めてしまうのだ。

「ちょっと考えよう」ぼくは言った。「他に田丸の代わりが務まりそうなやつ、探してみるから。だから、辞めるのはもう少し待って欲しい」

「坂本がそう言うなら、もう少し我慢してみるよ」

田丸はジンを呷るように飲んだ。

「あんたたちさ、どうせなら明日から店に行くのやめちゃえば。そうしたら、顕ちゃんだって少しは懲りるわよ。笠井ひとりじゃ店を切り盛りできないんだから」

リリーが言った。リリーはゴールデン街におけるぼくたちの兄貴分、いや、姉貴分のようなものだ。いつもぼくたちの愚痴に耳を傾け、安い金で飲ませてくれる。

「そんな無責任なこと、できないよ」

ぼくは言った。リリーにではなく、田丸に聞かせるために言ったのだ。

〈マーロウ〉を辞めることはしょっちゅう頭に浮かぶ。それでも辞められないのは、終電前の時間に集う本好きの仲間たちが困るだろうと思うからだ。

ぼくは彼らが好きだった。

そして、現実的な問題もある。〈マーロウ〉のバイト代は時給千円。日給にするとおよそ一万円。週に三日だから、単純計算で月に十二万の収入になる。おまけに夜の十時からは酒も飲み放題。これほど割のいいバイトはどこを探してもない。

この二年間で、ぼくは大酒飲みに変貌していた。実家からの仕送りが八万円。家賃と光熱費、食費、毎月何十冊も買う書籍代に映画を観る金、そして酒に費やす金。月に二十万ではかつかつだった。

「とにかく――」

ぼくはグラスに残っていた水割りを飲み干した。

「勝手に辞めるなよ。絶対にゆるさないからな」

「わかったよ」

田丸が言った。

「暗い話はおしまいね。じゃあ、店閉めて、焼肉でも食べに行こうか」

リリーが言った。

「うん、行く」

ぼくと田丸は同時に声を放った。

＊　＊　＊

区役所通りを渡り、路地を進んで区役所の裏の通りに出た。もう空は白みはじめているというのに、人の姿が途切れることはなかった。

二十四時間営業のスーパー〈エニィ〉の前を通り過ぎると、聞き慣れた声が飛んできた。

「坊や、もう、上がりか？」

客引きのヒデさんだった。〈マーロウ〉で働きはじめた頃、〈エニイ〉に買い出しに来るたびにヒデさんに腕を引っ張られて路地裏に連れ込まれた。

「いい娘がいる店に案内するよ、坊や」とヒデさんが言い、「ぼく、これからゴールデン街で仕事なんです」とぼくが言う。すると「嘘ついてるんじゃねえだろうな、こら？」とヒデさんが凄むのだ。

同じやりとりを二ヶ月ほど繰り返して、ヒデさんはやっとぼくを歌舞伎町の住人だと認識してくれるようになった。

以来、顔を合わせれば挨拶をする間柄だった。

「あら、リリー姐さんじゃないですか」

ヒデさんがリリーに気づいた。ドレスを着て化粧をしていないと、顔見知りでも気づくのに時間がかかる。

「あんたまだ客引きなんてしてるの？　いい年なんだから、考えなさいよ」

「相変わらず姐さんはきついねえ。坊や、今度また茶ァでも飲もうや。じゃあな」

ヒデさんはばつの悪そうな顔をして去っていった。

「おまえ、あんなやつと知り合いなの？」

田丸が言った。

「田丸だって〈エニィ〉に買い出しに来るだろう？　だったら、ヒデさんとはしょっちゅう顔を合わせるはずだけど」

「おれは知らない」

「あんた、一見柔道とかやってそうだから、客引きも声をかけるのを躊躇うのよ。その点、坂本はゴールデン街に来た頃はどこからどう見ても純朴な田舎の若者だったものねえ」

要するに、カモに見られていたということだ。

「そうでしたよね。顕さんに苛められておんおん泣いてたのに、ほんと変わったよな、坂本は」

「二年もゴールデン街に入り浸ってるんだぜ。しょうがねえじゃん。そんなことより、早く行こうよ。もう、頭の中、豚足でいっぱい」

ぼくは田丸の肩を叩いた。これから行く焼肉屋は豚足が抜群に旨い。

「ひとり二個までよ」

リリーが言った。

「嘘。二個じゃ全然足りないよ、リリー」

田丸が唇を尖らせた。

豚足や焼肉を、酎ハイで胃に流し込んで、今日あった嫌なことを全部忘れるのだ。部屋に帰ったら倒れるように寝て、目が覚めたらまた新しい一日がはじまっている。

そうやって、ぼくは日々を過ごしている。

今日も明日も、それは変わらない。

2

ミックスナッツと麦チョコ、それに柿の種を買うと、それで買い出しは終了だった。〈マーロウ〉で食べられるものといえば、この三種類だけなのだ。

どうしても腹が減ったなら、一旦店を出て、牛丼でもなんでも食べてから戻ってくればいい。

それが顕さんの営業方針だ。

実際のところは、オープン当初はカウンターの中に入っていた顕さんが、自分でなにかを作るのが面倒くさくて乾き物オンリーの飲み屋にしたというだけのことだった。

スーパーを出ると、ヒデさんが笑みを浮かべてぼくを待ち構えていた。

「よう。茶ァでもする時間、あるか？」

「おはようございます。だいじょうぶですよ」

ぼくは腕時計を覗いた。午後五時半。店をはじめるまでにはまだ一時間半ある。今日は、午後一番の回の上映で映画を観てきたのだ。いつもより時間に余裕があった。

「じゃあ、行こう。コーヒーでも奢るからよ」

ヒデさんに連れていかれたのは風林会館の一階にあるカフェレストランだった。時間帯にもよるが、客の大半がやくざに見える店だ。一般人は、ガラス張りの店内を覗いただけで中に入ることを躊躇する。

ヒデさんはやくざでもなんでもないが、風林会館でお茶を飲んでいるといかにもそれらしく見える。自分でもそのことがわかっていて、ひとり、悦に入っている。

「どうよ、景気は？」

席に着くなりヒデさんが言った。

「ぼちぼちですよ」

ぼくは答えた。

「最近はだれもかれも金回りがいいからなあ」

コーヒーをふたつ注文してから、ヒデさんは煙草をくわえた。ぼくはすかさずライターを出して火を点けてやった。別にそうしてやる義理はないのだが、ヒデさんが喜ぶのはわかっている。

ヒデさんが満足そうに煙を吐き出すのを見ながら自分の煙草にも火を点けた。さりげなく周囲に視線を走らせる。やっぱり、男性客の大半はやくざに見えた。

「ゴールデン街も大変だろう。地上げ屋が暗躍してるって話だぞ」

「らしいですね」

ぼくはうなずいた。ここのところ、日本は歴史的な好景気に沸いているらしい。らしいというのは、ぼくにはまったく実感がないからだ。

とにかく、世の中は好景気で、中でも不動産は飛ぶように売れているという。あちこちで大規模な再開発がはじまり、その周辺の地価が天井知らずに上がっていく。

老朽化の激しいゴールデン街を再開発しようという話が持ち上がっているという噂はぼくも耳にしていた。顔を出す飲み屋の片隅で、最近は必ずだれかがそんな話をしている。

実際、ここ半年ほどの間に営業をやめた店がいくつかある。地上げ屋から相場の何倍もの金をもらって出ていったという噂がゴールデン街中を駆け巡っていた。

「なのに、こっちには全然金がまわってこねえ。やってらんねえぜ」

ヒデさんは四十歳ぐらいだろうか。その年で客引きをやっているのだ。金回りがよくなるはずがなかった。

「ゴールデン街で飲む客の大半も同じですよ。ボトルさえ入ってれば、千円で飲めるんですから」

「違いねえ」

ヒデさんは嬉しそうに笑って、煙を盛大に吐き出した。

「坊やも言うようになったなあ。歌舞伎町で働き出して、もう何年だ？」

「二年です」

「二年か、早(はえ)ぇなあ。で、どうだ。こっちの方は？」

ヒデさんは右手の小指を突き立てた。

「そっちの方はちょっと」

「なんなら格安で世話してやろうか？　童貞ってことはねえんだろ？　まさか、こっちってことはねえだろうな？」

ヒデさんはしなを作った。

「やめてくださいよ」

「こないだ、リリーと一緒にいただろう。もうひとり、若い男とよ」

「リリーさんには可愛がってもらってるけど、そっちの気はありませんよ」

「ならいいんだけどよ。リリー、怖いから気をつけろよ」

「怖い？」

「噂だけどよ、元陸上自衛隊特殊部隊だってよ。昔、この辺のチンピラをステゴロで半殺しの目に遭わせたの、見たことがある」

「大学時代は柔道部だったっていう話は聞いたことがありますけど」

「それだよ、それ。柔道部から自衛隊。柔道も、おおっぴらに男の体に覆い被(かぶ)されるからはじめたって話だ」

ぼくは苦笑した。

「リリーはいかついマッチョな男が好きなんです。ぼくははじめから論外なんですよ」

「まあ、なんだろうな。坊や、おまえはあれだよ」

ヒデさんは煙草を灰皿に押しつけた。

「あれってなんですか？」

「おまえみたいなの、いるんだ。なんでかわからないけど、目上の連中に可愛がられるやつ。気が利いて、如才がねえ。この辺で働く若いやつらに片っ端から声かけてるわけじゃねえんだぞ、おれだって」

「わかってますよ」

ぼくも煙草を消した。気が利いて如才がない。それを誉め言葉だと素直に受け止めるには、ぼくは世の中を斜めに見過ぎているのかもしれない。

二年前はこうではなかった。

顕さんと酔っぱらいたちがぼくを根本から変えてしまったのだ。

＊　　＊　　＊

ヒデさんのお喋りに小一時間ほど付き合ってから、店に向かった。

ゴールデン街は西の区役所通りと東の花園(はなぞの)神社に挟まれた一画だ。街の西側にはかつて都電が走っていた跡が残っており四季の路(みち)という遊歩道として整備されている。

区役所通りを南へ進み、靖国(やすくに)通りの手前の路地を左に折れると、そこがゴールデン街の西側の入口だ。右手に一階がパチンコ屋、地下にストリップ劇場が入っているビルがあり、その先が遊歩道。遊歩道を越えると古びた建物が軒を連ねはじめる。

初めてここに来た時は、遊歩道の手前で思わず足が止まった。ゴールデン街は新宿駅から靖国通りまでのいかにも現代的な賑わいと一線を画していた。遊歩道から先に足を踏み入れたら、二度と抜け出せない幽界に囚われる。そんな恐怖を感じたのだ。

あの時、ぼくは意を決して足を踏み出した。すると、まだ春先だというのにドアを開けっぱなしにした店の奥から掠れた声が聞こえてきた。

「ちょっとお兄さん、一杯飲んで行きなさいよ」

店から顔を出したのは明らかに中年の男なのに、ドレスを着て顔にメイクを施していた。この目でオカマを見たのは、それが最初だった。

なにも聞かなかった。なにも見なかった。

自分にそう言い聞かせて、ぼくは店の前を足早に通り過ぎた。

初めてのゴールデン街は迷路のようだった。あちこちさまよっていると、半裸の男が屋根伝いに移動しているのが目に入った。どこかから、「ただ飲み野郎、逃がさねえぞ！」という怒鳴り声が聞こえた。

田舎者のぼくだって、ぼったくりバーという言葉は知っていた。屋根の上にいる半裸の男はきっとぼったくりバーから逃げてきたのだ。どうして半裸なのかはわからないが、そうに違いなかった。

これはだめだ。今すぐ逃げるべきだ。

そう思って踵を返そうとした時、〈マーロウ〉の看板が目に飛び込んできた。ぼくはその看板までダッシュして、店の中に飛び込んだ。

今ではどの店が安心して飲めて、どの店がぼったくりバーなのか、おおよそ把握している。さすがに、半裸で屋根伝いに逃げる男の姿をあれから見ることはない。

あの時、目の隅に〈マーロウ〉の看板が入らなかったら、ぼくは二度とゴールデン街に足を踏み入れることはなかっただろう。そして、ぼくの青春もまったく違ったものになっていたはずだ。

時々思う。

あの時、ゴールデン街から立ち去っていたら、と。

しかし、過去には戻れない。やってしまったことは取り返しがつかない。

あの時、〈マーロウ〉を見つけるのがぼくの運命だったのだ。

「あら、坊や。今日は早いのね」

あの時、ぼくに声をかけてきたオカマのシンコさんが店に入ろうとしていた。

「おはようございます」

ぼくは言った。

「たまには、店がはねた後、飲みに来なさいよ」

シンコさんが言った。シンコさんの店はぼったくりだ。でも、ぼくはぼったくられたことがない。この街で生きている仲間と見なされるようになったからだ。

瓶ビールとバーボンのボトルが入ったケースを外から店の中に入れた。それから、氷も。ゴールデン街で製氷機を持っている店は稀だ。たいていの店は、外に発泡スチロールの箱を置いておき、毎日、契約している氷屋がその中に氷を入れていく。塊の氷だから、真夏でもそんなに溶けることはない。

＊　＊　＊

氷を冷凍庫に、瓶ビールを冷蔵庫に押し込み、床を掃き、カウンターとボックス席のテーブルを拭く。

それで、開店準備はおしまいだった。洗い物は昨夜のうちに済ませ、清潔な布巾でぴかぴかに磨いておいた。

これが田丸の当番の翌日だと、洗い物もなにもかも放りだしてあることが多くて、いつも苛々させられる。素面の時は正論を吐くが、酔うと身勝手になる。田丸もあまり顕さんと変わらないのかもしれない。

カウンターの端っこに座り、煙草を吸いながら文庫本を開いた。開店まで三十分近くある。それまでは、読書タイムだ。

ぼくは小説を読むことに中毒している。だから、どれだけ嫌なことがあっても〈マーロウ〉を離れられないのかもしれない。

出版社の文芸編集者たちもよく顔を出し、近刊の話などを聞かせてくれるのだ。編集者が「今度うちが出すやつは大傑作だよ」などと口にしようものなら、ぼくや本好きの常連客たちは麻薬中毒患者のように目を血走らせ、なんとか小説の内容を聞き出そうとその編集者に群がっていく。

子供の時から小説を読むのが好きだった。漫画や映画も好きだが、小説は特別なのだ。文字だけで読む者の脳味噌を刺激し、架空の世界を想像させ、物語を動かしていく。ぼくにとって絵や映像はある意味で邪魔物だ。小説なら、頭の中で好きなようにヒーローやヒロインを描き出すことができる。

小説世界に没入しはじめた頃、だれかが店のドアを開けた。

「まだやってないよ」

反射的に声を荒らげた。小説を読むのを中断させられることほど腹立たしいことはない。

「ごめん、モッ君。まだ営業時間前なのはわかってるんだけど、いい？」

華やかな声がぼくの耳を射貫(いぬ)いた。ぼくは唇を舐(な)めた。

声の主は友香(ゆか)だった。

「いいけど、どうしたの？」

ぼくはスツールから降りた。カウンターの中に入り、冷凍庫から氷を一貫、出した。

「デート、すっぽかされちゃって。めっちゃ頭に来る」

氷に突き立てようとしたアイスピックを取り落としそうになった。

「デート、か……」

そりゃそうだ。ボーイフレンドのひとりやふたり、いない方がおかしいのだ。

「ま、デートって言うか、同伴出勤と言うか」

友香は舌を出した。ぼくをからかったらしい。

「映画観て、ご飯食べて、それから店に行くって約束だったのに、急な会議が入ったって。約束の時間の直前だよ。信じられない」

友香はコマ劇場の近くのクラブ〈ドンファン〉のホステスだ。雇われ店長が大のハードボイルド好きで、月に一度ぐらい〈マーロウ〉に飲みにやって来る。小説を読むのが好きな珍しいホステスがいるんだと言って友香を連れてきたのは半年ほど前だった。

友香は源氏名だ。本名も本当の年齢も、ぼくは知らない。訊いたこともない。

「ジンジャーエールでいい？」

「うん」

友香がうなずいた。酒は飲めるようだが、この店ではいつもジンジャーエールを啜っている。

「モッ君、今日はなにしてたの？」

最初は「坂本さん」だった。それが「坂本君」になり、いつしか「モッ君」に変わった。ぼくのことをそう呼ぶのは世界中で友香だけだ。

「昼頃起きて、映画観てから出勤」

「映画ってなに見たの？」

ぼくは先日封切られたばかりのハリウッド製アクション映画のタイトルを口にした。

「嘘。それ、わたしも今日観る予定だったの。こんなんだったら、同伴の約束なんかしないで、モッ君と観に行けばよかった」

喉が渇く。アイスピックで砕いた氷をグラスに入れ、冷蔵庫から取りだしたジンジャーエールを注いだ。

「前評判ほどじゃなかったよ」

ぼくは平静を装って言った。口の中はからからだった。グラスの中で、氷にヒビが入る音がした。

「そうなの？」

「うん。思ったほど面白くはなかった。アクションはいいんだけど、ストーリーが雑なんだよね」

コルク製のコースターを友香の前に置き、ジンジャーエールの入ったグラスを載せた。

「ありがとう。じゃあ、同伴すっぽかされて正解だったのかな。好きでもない人と、つまんない映画観るの最悪だもんね」

友香がジンジャーエールに口をつけた。今日の口紅はオレンジだ。肩パッドの入ったジャケットにタイトなミニスカート。背はそれほど高くないが、プロポーションがいいのでスーツが似合う。

「じゃあ、今度映画一緒に観に行く？　同伴はできないけど」

思い切って言ってみた。他の客がいたらこんな会話はできないし、顕さんがいたら友香と口を利くのも憚られる。酔った顕さんは異常なほど嫉妬深くなる。ぼくたちバイトや店の客が恋のチャンスを摑んだと知ったら、あの手この手を駆使してその仲を壊そうとするのだ。

「モッ君、わたしをデートに誘ってる？」

「デートっていうか、映画を一緒に観ないかって」

「モッ君ってそんな子だったんだ。いつもはホステスになんか興味ないって顔してるのに」

「仕事中だから……」

頰が熱くなるのを感じた。グラスに氷を入れ、バーボンのソーダ割りを作った。とても素面でなんかいられない。今飲んでも、顕さんが店に顔を出す頃には醒めているはずだ。

「いいよ。映画、一緒に行こうか？」

友香が頰杖をついた。下から見上げるようにぼくを見つめる。からかわれているのだ。わかっている。それでも胸の高鳴りは止まらなかった。

ぼくはソーダ割りを呷った。喉の渇きはおさまらない。

「じゃあ、今度連絡するから、電話番号教えてよ」

バーボンで胃が熱くなるのを感じながら言った。

「モッ君、これ、ナンパって言うんじゃない？」

「映画の誘いだよ」

友香が笑った。

「なにか、書くものある？」

メモパッドとボールペンを友香に渡した。友香がメモに数字を書き込んでいく。夢みたいだった。

「はい。これがわたしの電話番号。モッ君と同じで昼過ぎまでは寝てるから、午前中の電話はなし。モッ君の番号も教えて」

友香の電話番号が記されたメモを丁寧に剝がし、次に現れた紙に自分の電話番号を書き込んだ。

「モッ君って、どこに住んでるの？」

「東中野」

「へえ。わたしは方南町。けっこう近いね」

ぼくはうなずいて、ソーダ割りを一気に飲み干した。

「同伴してもらえないなら、映画行くのは休みの日がいいよね。わたしは、日曜と月曜が休みなの」

「おれはどっちでもいいよ」

月曜は〈マーロウ〉でバイトだ。だが、いざとなれば、田丸や笠井に代わってもらえばいい。田丸には腐るほど貸しがある。

「じゃあ、面白そうな映画があったら電話して。楽しみに待ってるから。行くね。出勤前に美容院で髪セットしなきゃ。ご馳走様」

友香はカウンターに千円札を一枚置いて出ていった。その千円をジーンズのポケットに押し込み、ぼくはもう一杯、ソーダ割りを作った。

まだ胸が高鳴っている。友香は縁のない人間だと思っていた。たまに店に顔を出しても、ぼくは仕事中か、そうじゃなかったとしても、常に顕さんの目が光っている。

それが、同伴の約束をした客がすっぽかしてくれたおかげで、だれもいない時間に友香とふたりきりで話すチャンスが訪れた。

二杯目のソーダ割りを飲み干すと、やっと興奮が収まってきた。友香の飲み残しに手を伸ばす。グラスの縁に、友香のオレンジの口紅がついていた。

友香が口をつけた跡に、ぼくはそっと舌を這わせた。

馬鹿なことをしているのはわかっている。それでも、ぼくは体の内側から湧き起こってくる衝動に身を委ねずにはいられなかった。

「坂本、なんでにやにやしてるだけで助太刀しねえんだ」

顕さんの声が静かに響いた。またぞろ喧嘩沙汰になりそうだったところを、他の客たちがなだめ、顕さんと殴り合いになりそうだった客を帰したばかりのところだ。

「だって、喧嘩の時は黙って見てろ。若いもんを使って喧嘩に勝ってると思われたくないって、顕さん、いつも言ってるじゃないですか」

「だからって、おれが絡まれてるのを黙って見てんのか、おまえは」

ぼくは溜息を押し殺した。喧嘩に発展しなかったので、顕さんには鬱屈が溜まっている。これは質の悪い八つ当たりだ。

「すみませんでした。次からは気をつけます」

ぼくは頭を下げた。こういう時はまともに相手をしてはいけない。とにかく下手に出て、顕さんの機嫌がおさまるのを待つのみだ。

「すみませんだと？　この野郎。おまえはいつもそうだ。にやけた面して如才なく立ち回ってるつもりだろうが、おまえには男気ってもんがねえ」

かちんと来る。だが、唇を噛んで怒りをこらえた。乱暴にコップを洗い、カウンターの上の空き瓶を片づけた。

「聞いてんのか、坂本、この野郎」

「聞いてます」

ぼくは言った。客たちは固唾を呑んで成り行きを見守っている。時刻は午前二時をまわっていた。この時間にしては、いるのはまともな客たちばかりだった。顕さんの機嫌を損ねた馬鹿を除いては。

ドアが開いた。その馬鹿を外に送り出してくれたナベさんが戻ってきたのだ。

「ナベさん、ありがとうございました」

ぼくは頭を下げた。

「いいっていいって」

ナベさんはいつもの柔和な笑みを浮かべた。

「おれが話してるんだぞ、坂本」

顕さんの声のトーンが上がった。

「あれ？　顕ちゃん、まだ機嫌直らないの？」

ナベさんが囁くように言った。

「八つ当たりされてます」

ぼくも囁き返した。

「坂本！」

「聞いてますよ」

思わず、反抗的な口調で言い返してしまった。

「なんだ、その口の利き方は。てめえ、おれを馬鹿にしてんのか」

顕さんがスツールから降りた。完全に目が据わっている。

「顕ちゃん、顕ちゃん、今さっき、〈まつだ〉のママにそこで会ってさ。最近、顕ちゃんが全然顔出さないってふて腐れてたよ。これからちょいと顔出して来ない？」

ナベさんが笑顔のまま顕さんに近づいていった。顕さんの目に、微（かす）かな理性の色が戻ってきた。

ナベさんには一目置いているのだ。

ナベさんこと渡邉一成（わたなべかずなり）。職業は映画のカメラマン。穏和で気前がよく、だれからも好かれている。だが、ナベさんを怒らせると半端なく怖い。

口だけの「喧嘩無敵」ではなく、本当に喧嘩が強いのだ。

ナベさんがいつも、ジーンズの尻ポケットに折り畳みナイフを忍ばせているのをぼくは知っている。

「どうしてもゆるせないやつがいたら、こいつでそいつと刺し違えてやるんだ」

ナベさんが珍しく深酔いした時、ぼくの目の前でナイフの刃を開きながらそう言った。

「ナベさん、おれはまだ坂本に話が――」

「坂本君に説教ならいつでもできるじゃないか。それより、〈まつだ〉のおっかさんを怒らせる方が怖いよ。ね？　ちょっとだけだから顔出してこようよ」

〈まつだ〉はゴールデン街の老舗中の老舗の飲み屋だ。ママはみんなに「〈まつだ〉のおっかさん」と呼ばれて慕われている。

「そうだな。〈まつだ〉にはしばらく顔出してない。ちょっと行ってくるか」

「そうしようよ」

「坂本、まだ話が終わったわけじゃないからな。〈まつだ〉から戻ったら続きがあるぞ」

「はい」

ぼくは殊勝にうなずいた。

ナベさんが顕さんの背中を押して店を出て行く。振り返りざま、ぼくにウィンクした。

いつもありがとうございます——ぼくは声には出さず、ナベさんに感謝した。

「坂本君も大変だね」

ドアが閉まると、客のひとりが言った。

「顕さんが戻ってきたら、またあの無茶な説教がはじまるんだろう？」

ぼくは笑った。

「顕さん、もう戻ってきませんよ。三十分もしないうちに、今のことなんかけろっと忘れて他の店に飲みに行っちゃいますから」

質の悪い酔っぱらいというのは、そういうものなのだ。

＊　＊　＊

午前三時前に客が引けた。看板の明かりを落とし、帰り仕度をはじめているとだれかがドアをノックした。

「すみません、今日はもうおしまいです」

邪険な口調で返事をする。

「坂本君、おれだよ、おれ」

ナベさんの声だった。ぼくは慌てて解錠してドアを開けた。

「すみません。ナベさんだとは思わなくて」

「いいんだ。帰り仕度してたんだろう。悪いね、そんな時に」

「気にしないでください。なにか飲みますか？」

「いや。〈まつだ〉のおっかさんが、久しぶりに坂本君の顔見たいって言うからさ、どう？」

「顚さんは？」

「とっくに帰ったよ。おっかさんの前じゃ、顚さんもひよっこ扱いだからね。酔ってくだを巻くわけにもいかないしさ」

「じゃあ、後片付け終えたら、すぐに行きますから」

「待ってるよ。悪いね」

ナベさんが手を振りながら出ていった。なぜだかわからないが、ナベさんと話をしていると、酔っぱらいを相手にしている間にできる心の棘(とげ)が綺麗さっぱり抜け落ちていくような気分になる。

大急ぎで洗い物を済ませると、ぼくは店を後にした。路地を縫って、二本北側の通りに出る。古ぼけた〈まつだ〉の看板が目に飛び込んできた。

「失礼します」

思い切ってドアを開け、中に入った。中年男の四人組がボックス席で声高に議論を交わしていた。カウンターでナベさんとおっかさんが肩を並べていた。

「おお、来たか、若者。こっちに来て座れ」

おっかさんが掠れた声をあげた。今夜も客たちを相手に怒鳴りまくっていたのだろう。すっかり声が嗄(か)れている。

「ありがとうございます」

ぼくはしっかりと頭を下げてからおっかさんの左隣のスツールに腰をおろした。右はナベさんに取られているので仕方がない。

「なんでも好きなもの飲ませてやりな」

おっかさんが言った。カウンターの中にいるのはバーテンダーの深澤(ふかざわ)さんだ。ぼくなんかとは違う、本物のバーテンダーだ。

「角の水割りをお願いします」

ぼくは言った。なんでも好きなものをという言葉を真に受けて、高いウイスキーの名を口にしようものなら、すぐにおっかさんの平手打ちが飛んでくる。

「いただきます」

深澤さんが作ってくれた水割りのグラスをおっかさんに向かって掲げた。

「うん。飲め、飲め。今夜はあたしの奢りだ」

おっかさんは上機嫌だった。隣にいるのがナベさんだからだろう。おっかさんは機嫌の悪いときにはそれこそ、鬼婆（おにばば）のような形相で客に嚙みついてくるし、たいていは機嫌が悪い。

「久しぶりに顔見たけど、頑張ってるのか、若者よ」

背中をどやされ、危うく口にしていた水割りを吐き出しそうになった。なんとか飲みこんで笑顔を作る。

「はい、おかげさまで」

「頭なんかのとこととっとと辞めて、あたしんとこで働け」

「そういうわけにはいかないですよ」

「なんだと？　あたしの言葉に逆らうのか、てめえ」

頭を叩かれた。人差し指と中指にはめた大きな指輪が頭蓋骨（ずがいこつ）にめり込んできそうな勢いだ。

「おっかさん、左手で叩くのやめてくださいよ」

ぼくは頭を抱えた。

「若造がなにを言ってるんだ、こら」

また叩かれる。

「左手、指輪はめてるから痛いんです。叩くんなら右手でお願いします」

「あたしの右手はおまえから遠いだろう。だから左手で叩くんだよ。文句あんのか、こら」

ぱしん、ぱしん、ぱしんと立て続けに叩かれ、ぼくはスツールから転げ落ちた。

「まあまあ、おっかさん、それぐらいにしておあげよ。坂本君、おっかさんは気に入ったやつにしかこんなことしないから。わかってるよね」

ぼくは頭をさすりながら立ち上がった。

「わかってます。だいじょうぶです」

ナベさんの言うとおり、おっかさんは口は悪いが、客に手をあげたりすることはない。これは、一種の愛情表現なのだ。

スツールに腰を落ち着け、水割りを啜った。おっかさんは少し疲れた顔をして、煙草を口にくわえていた。

「調子はどうなんですか？」

ぼくは訊いた。おっかさんは半年ほど前に倒れて救急車で病院に運ばれた。一月ほどの入院でまた仕事に復帰したが、詳しい病状はだれにも教えない。ゴールデン街の住人の間では、癌なんじゃないかという噂が飛び交っていた。

「生意気な口きいてんじゃないよ。あたしはこの通りだよ」

おっかさんはグラスに残っていた焼酎のお湯割りを一気に飲み干した。

「お代わり」

威勢よく言って、空になったグラスを深澤さんに突き出す。

「おっかさん、ゆっくり飲まなきゃだめじゃないか」

ナベさんがおっかさんに語りかけながら深澤さんに目配せした。ナベさんがおっかさんの気を引いている間に、深澤さんが薄いお湯割りを作るのだ。こんなふうに酔っぱらったおっかさんには、もう、酒の味なんてわからない。だからといって、目の前で薄いお湯割りを作ったら怒り出す。

ナベさんと深澤さんの優しい連携プレイを見ていると心が和んだ。

自分もこんな酒飲みになりたい。そう思わせるものがある。

「そう言えばおっかさん、地上げの話、なにか耳に入ってる？」

ナベさんの振った話題に、ぼくは聞き耳を立てた。おっかさんはゴールデン街の古株で、いろんな話が耳に入ってくる。

「アキラが立ち退きに同意したらしいよ」

おっかさんは顔をしかめた。

「アキラって〈どぶろく〉の？」

ぼくは驚いて花園五番街の飲み屋の名を口にした。そもそも、一口にゴールデン街というが、ゴールデン街そのものは、靖国通り側のふたつの通りを指す。その他は花園一番街から三番街、五番街、八番街とそれぞれの通りに名前がついていて、昔はゴールデン街とは区別されていたのだ。その証拠、というわけじゃないが、組合もふたつ存在していて、ゴールデン街と花園街は分かれている。

「そのアキラが、地上げ屋の手先みたいになって、他のマスターやママ達をそそのかして歩いてる。ぶっ殺してやりたいよ」

おっかさんが目を剝(む)いた。皺(しわ)だらけの顔に朱を注いでいるのは、それだけ怒りが大きいということだ。ゴールデン街はおっかさんのような人たちにとっては人生そのものなのだから。

「まさか、あのアキラがねえ」

ナベさんも嘆息する。

「立ち退き料として、一千万ぐらい、懐に入るらしいですよ」

深澤さんが言った。

「一千万か。そりゃ、転ぶやつは転ぶなあ」

つまり、ちんけな飲み屋に一千万出しても儲(もう)けが出るということだ。ゴールデン街の再開発は金になる――人から聞いた話を頭では理解していたつもりだったが、実際の金額を耳にして、ぼくは途方に暮れた。

いったい、ゴールデン街に何軒の飲み屋があるというのだろう。仮にすべての店に一千万の立ち退き料を払ったとしたら……。地上げで動く金は軽く数十億に達するだろう。ぼくたちにとっては天文学的な数字だ。

「だからさ、ゴールデン街だの花園街だのの垣根を取っ払って、ゴールデン街を守るための組織を作ろうって話が出てるんだ。ナベちゃん、おまえも力貸してくれるだろ？」

「もちろんだよ。おれにできることならなんでもするからさ」

ナベさんの頬も紅潮していた。

「とぼけたこと言うけど、ゴールデン街はおれの青春そのものなんだ。なくされてたまるかってんだ」

ナベさんとぼくは三十歳ぐらい年が離れている。それでも、ゴールデン街が青春そのものという感覚は同じだ。

ぼくはゴールデン街が好きじゃない。ゴールデン街に集ってくる酔っぱらいたちは大嫌いだと言ってもいい。

それでも、ゴールデン街とぼくの青春は切っても切れず、ぼくという人間はゴールデン街での経験によって形作られている。

ゴールデン街は嫌いだが、ゴールデン街がなくなることには耐えられない。

矛盾しているが、それがぼくの正直な想いだ。

だが、数十億という金額を前にしたら、ゴールデン街など簡単に吹き飛んでしまいそうに思えた。

「いやだな」

ぼくはそう言って、自分の声の大きさに驚いた。自分で思っているより酔っているらしい。顕さんの絡み方に腹が立っていたからだろうか。

おっかさんがぼくを見た。おっかさんだけじゃない。ナベさんも深澤さんも、そして、ボックス席の客たちも。店中の視線がぼくに集まっていた。

「若者、なにがいやなんだよ？」

おっかさんが言った。初めて見るような生真面目な表情だ。

「ゴールデン街がなくなったらいやだって言ったんです」

ぼくは答えた。

「よく言った、若者！」

おっかさんがぼくの頭を叩いた。ぼくは逃げなかったし、さっきとは違って痛みも感じなかった。

「おまえも立派なゴールデン街の住人だ。飲もう。とことん飲もう。全部あたしの奢りだ」

おっかさんはまたぼくの頭を叩き、薄いお湯割りをぐびぐびと音を立てて飲んだ。

4

ジーンズに何度も掌を擦りつけた。でも、すぐに汗が滲んでくる。梅雨真っ只中の歌舞伎町は、雨こそ降っていないものの、熱帯雨林の中のような湿気を孕んでいた。

コマ劇場の周辺にたむろする大勢の人間たちが放つ体温も、この高い湿度に影響を与えているんじゃないだろうか。

靖国通りの方から友香が歩いてくるのが見えた。途端に、口の中がからからに渇いていった。もう一度掌をジーンズに擦りつけ、髪の毛を撫で上げる。

上半身に羽織っているのは薄いピンクのボタンダウンで、ぼくが持っている洋服の中で、唯一、デートに堪えうるシャツだった。

「待った？」

友香が笑顔で駆けよってきた。デニムのミニスカートにスニーカー。上半身は赤いTシャツにジージャンだった。

「いや。おれも今来たとこ」

嘘だった。もう、ここで一時間ぐらい友香を待っていた。約束の時間より三十分早く着き、友香が二十分、遅れてきたのだ。

「ならよかった。初デートなのに、遅刻なんて最悪でしょ。大急ぎで出てきたんだけど」

デートという言葉に心臓が反応する。速くなった鼓動をしずめようと、ぼくは唇を舐めた。

「上映時間、まだだいじょうぶだよね」

「うん。まだ余裕はあるよ」

そのために、待ち合わせ時間を早めたのだ。抜かりはない。

「じゃ、行こうか」

友香はそう言って、ぼくの左腕に自分の両腕を絡めてきた。

「実はね、ほんとにモッ君から電話が来るとは思ってなかったんだ」友香が言った。「モッ君って、なんだか堅いところがある感じなのよね。水商売してる女なんか、相手にしないみたいな」

「そんなことないよ」

上腕に当たる、友香の胸の柔らかい感触にどぎまぎしながらぼくは答えた。

「とにかく、電話もらって嬉しかった」

客のひとりが、映画の前売り券を二枚、くれたのだ。映画は『マッドマックス　サンダードーム』だ。友香のような女性が好む映画かどうかは首を傾げるところだが、たまたま手に入ったチケットという点が肝要だった。

映画のチケットがたまたま手に入ったんだけど、よかったら一緒に観にいかない？　電話をかけるには酒の力が必要だった。けれど、友香はすぐに承知してくれて、今、ぼくたちはこうして腕を組んで歌舞伎町を歩いている。

さっきまでは不快でしかなかった蒸し暑さも、すっかり消え去っていた。

＊　＊　＊

映画を観終わった後は、映画館の近くのファストフード店でハンバーガーを食べながら感想を語り合った。

本当はもっとお洒落（しゃれ）なレストランに誘いたかったのだが、友香がここでいいと言ってさっさと店内に入ってしまったのだ。

もしかすると、ぼくの懐具合を考えてくれているのかもしれない。

友香に食事を奢って、その後飲みにいこうなんて話になったら、ぼくの持ち金では足りなくなる。

リリーか田丸に金を借りようかとも思ったのだが、なんに使うのかと詮索（せんさく）されるのもいやだった。

「こういう映画、あんまり好きじゃないだろう？　ごめんね。無理矢理誘って」

フライドポテトをコーラで胃に流し込みながら、ぼくは言った。

「そんなことないよ。マッドマックスは最初の作品から観てるから。嫌いじゃないけど、この『サンダードーム』はちょっと残念かな」

「そうだよね。期待が大きかったから、ちょっと肩透かしを食らった感じ。今度はもっと面白いやつ観にいこうよ」

最初の関門を突破したことで、ぼくは少し調子に乗っていた。

「ねえ、モッ君、『アマデウス』って観た？」

友香はチーズバーガーを頬張っていた。

「もちろん観たよ。あれは面白かったな」

ぼくは言った。あの映画は今年の上半期、ベスト3に入る傑作だ。

「モーツァルト役のトム・ハルスってさ、モッ君に似てると思わない？」

「おれに？　思ったことないし、初めて言われた」

「口の大きいところとか、笑い方とか、そっくりだと思うんだけどな。映画館で観た時、すぐにモッ君のこと思い出したよ」

実のところ、映画が封切られた直後、〈マーロウ〉ではぼくがこの映画の中のトム・ハルスに似ているという話題で持ちきりになったことがある。

その時は、顕さんや田丸たちが明らかにぼくをからかう目的だったのでいい気分ではなかった。なのに、友香に同じことを言われると満更でもない気持ちになる。

「そうかな。あんまり似てるとは思わないけど」

「似てる。白いかつらかぶって、大口開けて笑ったら瓜二つだよ」

「今度、白いかつら買おうかな」

友香が笑った。それだけで、ウォッカを立て続けに二杯呷ったように気分が昂ぶる。

「ちょっと飲みにいこうか」

どうやって誘おうかと思案していたのに、友香の方から言ってくれた。

「いいけど、今日、日曜だよ。どこか知ってる？」

友香と飲みにいくのは万々歳だが、問題はどんな店かだ。洒落たバーに行きたいと言われたらお手上げだった。

「風林会館の近くに、日曜でもやってる店があるんだ。ま、ゴールデン街みたいな飲み屋だけど」

それを聞いてほっとした。ゴールデン街と変わらない店構えということは、値段もそれ相応ということだ。

ハンバーガー屋を出て、区役所通りの方へ向かう。スーパー〈エニイ〉のある通りを左に折れた。コマ劇場の辺りは混み合っていたが、ここまで来ると人の姿は激減する。歌舞伎町といえども日曜の夜は休息を取るのだ。

しばらく進むと、道の右手に古い木造の建物がならぶ一画が見えてくる。

友香は迷うことなくその一画の路地に入った。

なるほど、確かにゴールデン街と似た飲み屋街だった。友香は路地の突き当たりの建物の前で振り返った。

「ここ。二階のお店なんだけど、いい？」

ひとつだけ灯った看板には『黄昏』という文字が書かれていた。

「この辺りにはらしくない店名だね」

「面白い店なのよ」

友香は身を翻し、人ひとり通るのがやっとの階段を登っていった。ぼくはその後を追う。

「こんばんは」

友香が店のドアを開けると、クラシック音楽が流れてきた。曲名はわからないが、モーツァルトだ。ぼくはクラシックに疎いが、さっきまでモーツァルトの話をしていたから、すぐにわかった。

こんなところのこんな店でクラシック？　首を傾げながらぼくも店内に足を踏み入れた。そして、目を丸くした。

重々しいカウンターはぴかぴかに磨き上げられ、その中で立っているのは白いシャツに黒い蝶ネクタイをしたバーテンダーだった。背筋をぴしっと伸ばしてグラスを拭いている。頭はロマンスグレーで、顔には無数の皺が刻まれていた。

若々しいが、七十歳を超えているに違いない。

「いらっしゃいませ」

バーテンダーが言った。こういうちゃんとしたバーテンダーのことをバーテンなどと呼んではいけない。あくまでもバーテンダーなのだ。

「こんばんは」

ぼくは頭を軽く下げ、店内を見渡した。壁には古い映画のポスターが数枚、貼られている。どれも、キャサリン・ヘプバーンが主演の映画だった。それで、店名の由来がわかった。映画の『黄昏』だ。

おそらく、この老バーテンダーはキャサリン・ヘプバーンの大ファンなのだろう。カウンターの内側の棚には、洋酒のボトルが所狭しと並んでいた。スコッチにアイリッシュにバーボン。カナディアン・ウイスキーのボトルもある。ウォッカにジンも種類が豊富で、カクテルのためのリキュールも充実していた。

「こんなところにこんな素敵なバーがあるんですね」

ぼくは言った。

「もう五十年以上バーテンダーをやっておりまして、やめられません。バーという場所と、バーテンダーという仕事が好きなんです」

老バーテンダーは穏やかに微笑んだ。

友香はすでにカウンターの真ん中のスツールに腰をおろしていた。ぼくはその右隣に座った。

「なにをお飲みになりますか？」

「わたしはマルガリータを」

友香はすぐにオーダーしたが、ぼくは首を傾げた。

最初はとりあえずビールでもと思っていたのだが、この店と老バーテンダーにそれは失礼だと思った。

問題は代金だ。ぼくの財布に入っているのは一万円札が一枚と、小銭が少々。こんな立派なバーでカクテルを数杯飲んだらあっという間に破産する。

やはり、詮索されようがどうしようが金を借りてくるべきだった。

「ここはわたしが奢るから」

友香が耳元で囁いた。

「悪いよ」

「さっきのハンバーガーはモッ君が奢ってくれたから、今度はわたしの番。遠慮しないで、お姉さんに奢られなさい」

「じゃあ、ご馳走になります」

ぼくにはそう言うしかなかった。

「ぼくはダイキリをお願いします」

注文をして、煙草を口にくわえた。友香がライターを出して火を点けてくれた。だれかが煙草をくわえたら反射的にそうしてしまう。職業病だ。

「ありがとう」

ぼくは礼を言った。友香のライターはダンヒルだった。蓋を閉めるときに小気味よい音が響く。

「外は蒸したでしょう」

老バーテンダーが冷たいお絞りを出してくれた。

「ありがとうございます。あの、お名前を訊いてもいいですか？」

「タケダと申します。武士の武に田んぼの田です」

「坂本です。よろしくお願いします」

ぼくは武田さんにもう一度頭を下げた。

「お若いのに礼儀正しいですね」

「ゴールデン街でインチキバーテンをやってるんです。だから、本物のバーテンダーを目の前にすると背筋が伸びちゃうんです」

武田さんが微笑んだ。

「マルガリータとダイキリ、少々お待ちください」

武田さんはそう言うと、カクテルを作りはじめた。手際の良さは見ていてうっとりするほどだ。

「モッ君って、こういう時は本当に感じいいよね」

友香が言った。相変わらず、囁くような声だ。

「自分が気に入った人には気に入られたいだろう？　だから、自然と礼儀正しくなっちゃうんだ」

「うちの店長もモッ君のこと褒めてたよ。ああいうのが店で働いてくれたら楽できるのにって」

ぼくは肩をすくめた。夜の世界で働くつもりはない。酒を飲むのは好きだけれど、酒飲みの相手をするのはうんざりだ。

武田さんがシェイカーをシェイクしはじめた。その姿は生きる芸術だ。シェイクが終わると、カットしたライムをカクテルグラスの縁に走らせ、塩をまぶす。そのグラスにマルガリータを注いでいく。無駄な動きが一切なかった。

間を置かず、ぼくのダイキリを作りだす。下準備は済ませてあるので、時間はかからなかった。

「お待たせいたしました」

ぼくと友香は武田さんが滑らせるように置いたカクテルグラスを手に取った。

「乾杯」

グラスを掲げ、口をつける。余計な足し算も引き算もない、まっとうなダイキリだった。

「美味しいです」

ぼくは素直な感想を口にした。

「ありがとうございます」

武田さんは控えめに微笑んだ。その微笑みに吸い込まれそうな錯覚を覚えた。

ぼくが夜の歌舞伎町で心酔する大人はナベさんだけだ。武田さんからも、ナベさんと似たような匂いを感じた。

「このバー、気に入った？」

友香が言った。

「うん。とっても。ありがとう」

ぼくは煙草を灰皿に押しつけた。

「わたしのお気に入りだから、お客さんは絶対に連れてこないの。一緒に来るのは友達だけ」

恋人はどうなのかと訊きたかったが、ぼくは言葉を飲み込んだ。まだ早い。夜は長いのだ。焦る必要はない。

「さっき、お姉さんに奢られなさいって言ってたけど、友香さん、本当のところは何歳なの？」

「ハヅキ」

「え？」

「友香は源氏名。わたしの本当の名前は葉っぱの葉に、三日月の月。今井(いまい)葉月」

「葉月さん、か。いい名前じゃない」

「九月で二十五歳になる」

ぼくは驚きを押し殺した。せいぜい、二歳ぐらい上だろうと踏んでいたのだ。五歳も年上とは思わなかった。

「年上は嫌い？」

「そんなことはないよ」

　ダイキリをがぶ飲みした。せっかくの本物のカクテルがあっという間に空になる。友香——いや、葉月の思わせぶりな台詞に、ぼくはすっかり舞い上がっていた。

「お代わりお願いします」

　ぼくは空になったグラスを武田さんの方に押しやった。

「ダイキリでよろしいんですか？」

「はい」

「モッ君、顔が赤くなってるよ」

　葉月が耳元で囁いた。からかわれているのだ。ぼくは唇を舐め、煙草をくわえた。葉月より先に、自分のジッポーで火を点けた。せめてもの抵抗だ。

「ねえ、モッ君がわたしに読めって勧めるとしたら、どんな小説がある？」

　葉月が話題を変えた。

「普段はどんな小説読むの？」

「最近読んでないな。仕事忙しくて時間がないの。もともと本を読むのは好きなんだけど……」

「じゃあ、おれが今一番好きな作家の小説、読んでみる？」

「うん。モッ君の好きな小説、読んでみたいな」

「志水辰夫(しみずたつお)っていう作家なんだ。寡作で、年に一冊本が出るかどうかなんだけど……『裂けて海峡』っていうのがある。この小説、おれ、本当に好きなんだ」

「わかった。読んでみるから、書いて」

葉月はバッグからボールペンを取りだした。

「コースター、一枚いただいてもいいですか？」

武田さんに訊きながら、カウンターの奥に数枚積んであったコースターに手を伸ばした。

「かまいませんよ」

武田さんがシェイカーを振りながら言った。

ぼくはコースターに志水辰夫の名前と『裂けて海峡』という書名を書き込んだ。

「絶対に読むね」

葉月はぼくが渡したコースターを、まるで宝石をプレゼントされたかのように両手でそっと摑み、バッグの奥に大事に仕舞い込んだ。

新しいダイキリの入ったグラスが目の前に置かれた。

「友香さんがお友達を連れてくるなんて珍しいと思っていましたが、素敵な若者ですね」

武田さんが言った。ぼくは頰が熱くなるのを感じた。

＊　＊　＊

結局、〈黄昏〉で二時近くまで飲んでしまった。葉月をタクシーに乗せると、ぼくはゴールデン街に向かった。

タクシーで優雅に帰宅できるような身分ではないし、歩いて帰るには酔いすぎている。今夜は〈マーロウ〉で寝るつもりだった。

「誘えばよかったかな」

ぼくは四季の路を歩きながら独りごちた。

葉月を抱きしめたかった。キスしたかった。やりたかった。

だが、そうしたいと言ったり、行動に移したりする勇気が、ぼくにはなかった。

そんなつもりじゃないと断られたら——そう思うと、ぼくは身動きが取れなくなる。

ハンサムなわけでも、背が高いわけでも、ファッションの趣味がいいわけでも、金があるわけでもない。

一部の大人たちには気に入られるが、ただそれだけだ。

異性と付き合った経験は数えるほどしかなく、性体験にも乏しい。

そんな年下の男に、葉月のような女性が本気で興味を持つと信じることができないのだ。

ぼくは自分のそんなところが嫌いだった。嫌で嫌でたまらなかった。憎んでいるといってもいい。

なのに、ぼくは変わることができない。意固地なまでに嫌いな自分で居つづけようとしてしまう。

ぼくは大馬鹿野郎だ。きっと、年を取れば、今、自分が忌み嫌っている酔っぱらいたちと大差ないことになるのだろう。

ゴールデン街は閑散としていた。営業している店もあるにはあるが、人通りはほとんどない。

今のぼくに相応（ふさわ）しい街じゃないか。

自嘲（じちょう）しながらドアを開けた。店内はサウナのようだった。熱気と湿気が渦を巻いている。

エアコンのスイッチを入れた。吹き出し口から黴（かび）臭い空気が吐き出された。冷蔵庫からビールを取りだした。ビールを飲んでいる間に、黴臭い空気が冷気に変わった。

汗が引くのを待って、狭い店内にスツールを並べた。即席のベッドに横たわる。寝心地はよくないが、野宿よりはマシだ。エアコンは効いているし、その気になればいくらでも飲むことができる。

ぼくは目を閉じた。葉月の笑顔が瞼（まぶた）の裏に浮かんだ。

葉月は小悪魔のように微笑みながら、一枚一枚、着ているものを脱いでいく。

ぼくは自分自身を罵(ののし)って、頭の中から葉月を追いやった。

「馬鹿野郎」

5

焦げ臭い匂いで目が覚めた。半分寝惚(ねぼ)けたまま起き上がって、スツールから転げ落ちそうになった。

体の節々が痛い。

煙草を消し忘れたのかと思ったが、そんなことはなかった。

匂いは外から流れてくる。

腕時計の針は午前九時過ぎを指していた。六時間は寝ていたことになる。

「なんだろう？」

首を捻(ひね)りながら外に出た。眩(まばゆ)い陽射しに、思わず顔をしかめた。そろそろ梅雨があけるのかもしれない。

焦げ臭い匂いが強くなっていた。なにかが燃えている。

「放火？」

地上げにまつわる噂話のひとつが頭の中を駆け抜けた。地上げ屋が無理矢理立ち退かせるために放火をするらしい——月曜の朝のゴールデン街。人目につかずに放火をするとしたら、これほどうってつけの時間帯はない。

「どこだ？」

ぼくは鼻をうごめかせ、匂いを辿った。花園一番街から三番街、五番街へと路地を縫っていく。どんどん匂いが強くなり、空気に煙の粒子が紛れ込んでくる。花園八番街——ゴールデン街の一番奥の通りで、氷を入れるための発泡スチロールが燃えていた。〈あけみ〉というオカマバーの前だ。

「マジで放火かよ」

慌てて駆けより、発泡スチロールの箱を踏みまくった。これ以上火の手が強くなれば〈あけみ〉のドアや壁に燃え移ってしまいそうだった。

必死で箱を踏みつけていると、やがて火が消えた。発泡スチロールが熱で溶けているが、もう炎は見えない。

〈マーロウ〉へ戻ろうとして、途中で行き先を変えた。電話をかけるより、マンモス交番の警官に話をした方が早い。

通称マンモス交番は、ゴールデン街と花園神社の間の一方通行の道沿いにある大きな交番だ。

「おまわりさん。放火です、放火」

マンモス交番に飛び込むなり、ぼくは叫んだ。交番にはふたりの警察官がいた。

「放火？　どういうことですか？」

中年の警官が言った。

「花園八番街の〈あけみ〉です。焦げ臭い匂いがしたんで行ってみたら、氷を入れておく発泡スチロールの箱が燃えていて」

「花園八番街だね？　木村（きむら）、行って見てきてくれ」

そう命じられた若い警官が交番を飛び出し、自転車に飛び乗った。

「それで、あなたは？」

「ぼくは花園一番街の〈マーロウ〉という店でバイトしてる坂本と言います。昨日は飲みすぎて終電逃して、店で寝てたんですよ。それが、焦げ臭い匂いで目が覚めて……」

「学生証かなにか持ってる？」

ぼくはうなずき、財布から学生証を抜き取った。

「横浜の大学生がゴールデン街でバイトしてるのか？」

最初は丁寧だった警官の口調が砕けたものに変わりはじめていた。

「ええ。ちょっとわけがあって」

その時、警官の無線から声が流れてきた。さっきの木村という警官の声だ。

〈花園八番街で燃えて溶けた発泡スチロールを発見。さっきの若者が踏んで火を消したようです〉

無線からの声に耳を傾けていた警官がぼくに視線を飛ばしてきた。ぼくはうなずいた。

「壁やドアに火が燃え移りそうだったんで、慌てて踏んで消しました」

「消防に連絡入れて、おれもそっちに向かう。待機していてくれ」

若い警官に告げた。

「ここにいてもらえる？」

中年警官が今度はぼくに言った。

「だいじょうぶです」

一旦アパートに帰ってシャワーを浴びてから戻ってくる心づもりだったが、仕方がない。

警官は消防に連絡を入れると、慌ただしく交番を出ていった。

＊　＊　＊

「放火？」

田丸が裏返ったような声をあげた。時刻は午後八時。カウンターに陣取っているのは常連客ばかりだ。

ぼくは自分のバイトの日以外は、まず〈マーロウ〉で飲もうなんて思わない。だが、田丸は暇さえあれば飲みに来る。顕さんの機嫌がよければそのまま朝まで居つづけるし、そうでなければ、〈リリー〉に移動して、結局は朝まで飲む。

「うん。八番街の〈あけみ〉って店。発泡スチロールの箱が燃えてたんだ。あんなもん、勝手に燃えるわけがないから、十中八九だれかが火を点けたんだろうって消防が言ってた」

ぼくは今朝の実況見分を思い返しながら言った。

「やっぱ、地上げ屋かな?」

「じゃねえのかな。それ以外、こんな飲み屋街に放火して得するやつ、いねえもん」

「だけど、坂本、なんで日曜の夜に店で寝てたんだよ?」

「友達と飲みすぎて終電逃したんだよ」

素知らぬ顔で嘘をついた。田丸も他の常連たちも葉月のことは知っている。昨日、一緒に映画を観て酒を飲んだなんてしれたら、なにを言われるかわからない。

「せっかくさ、火を消してマンモス交番に駆けつけたのに、おれが勝手なことをしたから、証拠が消えたとか、文句言われてさ。あったま来るよな」

「警察なんてそんなもんだよ」

井上という常連客が言った。小説好きのシステムエンジニアだ。七〇年安保の時、活動家と間違われて逮捕され、散々な目に遭ったらしい。以来、警察を目の敵にしている。泥酔している井上の前で警察小説の話をしようものなら嚙みつかんばかりの勢いで反論される。警察を正義の味方に見立てた小説なんて、ゴミだ、クソだ――どんなに素晴らしい小説でもぼろくそだ。

「坂本が警察や消防に協力してる姿、どうにも想像できねえなあ」

そう口を挟んできたのは小西という男だった。小さな広告代理店に勤めている。

「警察にはどんなこと訊かれたんですか」

甲高い声を発する鼠のような顔をしたのは佐々木だ。早稲田の学生で、将来は映画監督になりたいと願っている。だがその前に、大学を卒業できるかどうかが問題で、今は七年生だった。

「ゴールデン街が燃えてなくなるの、困るな」

と吉村が言った。アジア映画と古本マニアのサラリーマンだ。

その隣で口も開かず、みんなの話にうなずいているのは師角。化粧品を開発研究する会社に勤めている。

小説好きにもピンからキリまでいるが、今日集まっているのは、おおむね、ぼくの友人と呼んでもいい連中だった。

「そんなこと言ったって、吉村さんたちは〈マーロウ〉でしか飲まないんだから、ゴールデン街がなくなったって〈マーロウ〉が別の場所で営業すれば問題ないでしょう」

田丸が言った。

「それはそうだけどさ、ゴールデン街はある意味街自体が歴史であり、文化じゃないか」

吉村はのんびりした口調で言った。実際のところはどうだか知らないが、お坊ちゃんぽいところがある。

「おれと坂本には完全にホームタウンだから、なくなるのは困るし、放火なんてするやつは絶対にゆるせないよな」

田丸がぼくに話しかけてきた。

「うん。ゴールデン街が燃えたら、ツケで飲める店がなくなって困るな」

「おまえは飲むことしか考えてないのかよ」

「田丸だって飲むことしか考えてないだろ」

ぼくは言い返した。この辺りで釘を刺しておかないと、田丸は泥酔して暴走しはじめる危険がある。

顕さんは舞台で地方に出かけている。顕さんがいない夜、〈マーロウ〉はぼくたちバイトにとって、パラダイスのようなものだ。金の管理さえきちんとやっておけば、なにをしても問題はない。

「月曜の朝の九時頃に放火って、やっぱり、ゴールデン街のことよく知ってるやつが犯人なんでしょうね」

佐々木の言葉に全員がうなずいた。日曜の夜のゴールデン街はゴーストタウンだ。営業している店もあるにはあるが、昨夜のように人通りはほとんどない。日曜も開けている数少ない店が営業を終えた後は、通りには人っ子ひとりいなくなる。週明けの営業のために人が姿を現すのは午後になってからだ。

「だよな。ゴールデン街の住人が、地上げ屋にそそのかされて火を点けたのかな」

田丸が言った。

「とりあえずさ、しばらくの間はマンモス交番のおまわりたちが目を光らせてるからだいじょうぶだろうけど、ほとぼりが冷めた頃がやばいよな」

ぼくの言葉にみんながうなずいた。

「かといって、この街の関係者が二十四時間態勢で目を光らせるってのも難しいよな」

田丸が言った。

ゴールデン街のほとんどの店が安酒場だ。金に余裕のある人間なんていない。夜の帳（とばり）がおりてから朝まで目一杯働いて、昼間は眠りを貪（むさぼ）る。その睡眠時間を削るわけにはいかないし、組合にしたって警備員を雇って見張らせるような金はないはずだ。

「結局は、それぞれの店が気をつけるってことしかできないのかな……」

「こないだ、〈まつだ〉のおっかさんが言ってたけど――」ぼくは田丸の声に自分の声を被（かぶ）せた。「ゴールデン街と花園街の組合が手を結んで、街を守るために立ち上がろうって動きがあるらしいよ」

「坂本、おまえ、〈まつだ〉に飲みに行ってんの？」

田丸が目を丸くした。ぼくと違って、田丸はおっかさんに頭を叩かれるのがいやで〈まつだ〉を敬遠しているのだ。

「たまにね」

「よくあんな店で飲む気になれるよなあ」

「今は話が違うだろう」

「だけどさ、〈まつだ〉だぜ。ごっつい指輪をはめた手でばんばん頭叩かれるんだぜ。そのうえ金まで取られてさ――」

田丸は〈まつだ〉に対する鬱憤(うっぷん)を滔々(とうとう)とまくし立てはじめた。放火事件に関する話題に飽きはじめていたのだろう。別の話題のとっかかりが見つかったと思ったら、それに飛びついた。

酔っぱらいなんて、みんな似たようなものだ。その証拠に、田丸だけではなく、他のみんなもてんでんばらばらに好き勝手なことを喋(しゃべ)りだしている。

小説の話、映画の話、漫画の話、警察の横暴についての話。

みんないい人間だが、彼らはあくまで客であってこの街の住人というわけではない。だから、地上げも放火もどこか他人事(ひとごと)だ。

田丸にしても、この街に所属しているという感覚は薄いのだ。

ぼくはこの街が嫌いだ。なのに、この街の住人だという感覚は田丸よりずっと強いものを持っている。

バイトの日数の差だとは思えない。いや、やはりそれだろうか。いやいや、バイトではなく、顕さんと一緒に過ごす時間の長さだ。田丸は週に二日、ぼくは三日。たった一日しか違わないが、ダメージは間違いなくぼくの方が大きく、どんどん蓄積されていく。

だからぼくは、リリーやナベさんに救いを求めるのだ。リリーもナベさんもゴールデン街の住人だ。だからぼくも、たとえ嫌いだったとしても、ゴールデン街の住人でいなた。

　論理的に意味をなしていないかもしれないが、ぼくには十分に筋の通った考え方だっ
ければならない。

「さて、そろそろ帰るかな。明日は朝イチで会議なんだ」

　小西がスツールから降りた。財布から千円札を取り出してカウンターに置いた。

　ボトルが入っていればチャージは千円ぽっきり。それが〈マーロウ〉の飲み代だ。

　小西に誘われるように師角と吉村も腰を上げた。サラリーマン組はあまり長居をしない。ずるずると飲み続けるのはフリーの人間か学生だ。

「坂本、今日は顒さんも来ないんだし、早めに店閉めてどっかに飲みに行かないか？」

　田丸が誘ってきたが、ぼくは首を振った。

　ぼくたちは、客がいないときは好きな時間に閉めていいというお墨付きを顒さんからもらっている。だが、早く店を閉めるということは、働く時間が短縮され、バイト代も減るということだ。

　金が必要だった。葉月とのデート代を稼がなければならない。あわよくば、彼女をホテルに誘いたい。そのための金も必要だ。

「坂本は時々、真面目なんだか不真面目なんだかわからなくなるよな」

　田丸が言った。

「真面目なんだよ。決まってるだろ」

ぼくは応えた。

＊　＊　＊

結局、いつも通り午前四時に店を閉め、〈リリー〉に飲みに行った。客は中年のサラリーマン風がふたりいるだけだった。

「あれ？　田丸は来なかった？」

「今夜は見てないわよ。水割り？」

ぼくはうなずいた。

「今、ちょうど焼きうどん作るところだけど、あんたも食べる？」

「いただきます」

リリーがこう言うときは、焼きうどん代は他の客の勘定につけられることになっている。この時間帯になるとたいていの客が泥酔しているので問題になることはほとんどない。本来なら五千円の勘定が六千円になるだけで、ぼったくっているわけではない。

「今日は顕ちゃんいないんでしょ？　よく早じまいしなかったわね」

「ちょっと金が入り用なんで、真面目に働いてきました」

ぼくは芝居っけたっぷりの口調で応じた。

「女、できたの？」

リリーが目を丸くした。

「なんで女になるわけ？　金が要るって言っただけなのに」

「二年間、酒と本にしか金使わなかったやつが急に金が要るだなんて、女しかないじゃないのよ。どこの女？　わたしが知ってる女じゃないでしょうね？」

「そんなんじゃないって」

葉月はここに来たことはないはずだ——そう考えながら、ぼくは首を振った。

「坂本にもようやく春が来たか」

リリーはぼくの言葉を右から左へ受け流した。オカマはこういうことには鋭い。

「でも、気をつけなさいよ」

「なにに？」

「あんた、世間ずれしてるようで無防備なところあるからさ。変な女に引っかかると痛い目に遭うよ」

「だから、女じゃないって」

「ほら、食べな。痩せすぎの男はモテないんだからさ」

焼きうどんが目の前に出てきた。上に乗ったたっぷりのカツオ節が踊っている。

熱々の焼きうどんを口に放り込んだ時、ドアが開いて客が入ってきた。ナベさんだった。

「お、やっぱりここにいたな、坂本君」

「もしかして〈マーロウ〉に寄りました？」

「四時まわってるからもう閉めたかなと思ってたんだけどね。もっと早くに顔出すつもりだったんだけど、〈まつだ〉のおっかさんにとっつかまってさ」

ナベさんはぼくの右隣に腰を落ち着けた。

「焼酎、お湯割りで」

リリーに酒を注文すると、ナベさんは禁煙パイプを口にくわえた。

「禁煙ですか？」

「うん。実はさ、来週から、有志で日中パトロールしようって話がまとまってね」

「放火の件で？」

リリーが手早く作った焼酎のお湯割りが出てきた。ぼくとナベさんはグラスを合わせ、話を続けた。

「有志ったってさ、昼間暇な連中なんて数限られてるだろう。四、五人で見回ることになるんだけど、これから暑くなるし、寝不足にもなるし、せめて煙草ぐらいやめて体に気を遣わなきゃと思ってね」

「ご苦労様です」

ぼくは素直に頭を下げた。さすがに自分の睡眠時間を削ってまでゴールデン街を守りたいと思う気持ちまではぼくにはなかった。

「ナベちゃん、人がいいんだから、すぐにそういう役、押しつけられちゃうのよね」

リリーが鼻を鳴らした。

「そう言うなよ。好きでやってるんだからさ」

ナベさんは笑った。この人は、いつでもどんな時でも笑っている。

「もう、昔みたいに若くないんだから、お互い。少しは先のこと考えなきゃ」

「なにも考えずにこれまで生きてきたんだからさ、これからもなにも考えずにいくよ、おれは」

ナベさんはお湯割りを啜って一呼吸置いた。

「いずれさ、どこかの店買い取って、自分の飲み屋はじめようかって思ってるんだ。だから、なんていうの？　先行投資。将来の自分の店は、自分の手で守らないと」

「昔から、ここで自分の店やりたいって言ってたもんね、ナベちゃん」

「おまえが飲み屋なんかはじめたら、みんなにタダ酒振る舞って、一年ももたずに潰れるってみんなに言われるんだよね」

「わたしもそう思うよ。いい人間は商売には向かないんだからさ」

「リリー、そう言うなって」

ナベさんはそう言うと、笑顔をぼくに向けた。

「そんなわけだからさ、しばらく、深酒は自粛しようと思ってるんだ。終電で帰って、ちゃんと寝て、日中、見回りをする。〈マーロウ〉にもあんまり顔出せなくなると思うけど、勘弁だよ」

「それ、当然ですよ。朝まで飲んで見回りもなんて、絶対に体壊しますから」

「もし顕ちゃんにいびられて辛くなったら、電話して。寝泊まりしてるの四谷だし、すぐに飛んでくるからさ」

ナベさんの優しい言葉が胸に沁みいってくる。

「ありがたいけど、だいじょうぶです」

「そうか。それならいいんだ」

ナベさんは嬉しそうにお湯割りを啜った。

6

「坂本、なんで先週はこんなに売り上げが少ないんだ」

ぼくが渡した伝票と売り上げ金をチェックしていた顕さんが、顔をしかめた。顕さんが店にいてもいなくても、会計はぼくらバイトがやることになっていた。伝票と一緒に、売り上げからバイト代を引いた額を、毎週はじめに、まとめて顕さんに渡す。

この日、顕さんはいつもより早めに出勤してきた。客が少ないのをいいことに、奥のボックス席で売り上げを調べていたのだ。

「顕さんがいないときはいつもそうじゃないですか。早い時間帯はまだ常連が来てくれるけど、終電の後は、顕さんがいないとみんな、ドア開けただけで帰っちゃいますよ」

「それにしても少なすぎないか。おまえだけじゃない。田丸の日も少ない」

豪放磊落(らいらく)に見えて、顕さんは金に細かかった。若い衆のためなら金などいくらでも使ってやるというポーズを装いながら、ぼくらがその言葉を真に受けて無遠慮に飲み食いすると不機嫌になって、そのうち怒り出す。

「客がいないなら、早く店仕舞いすりゃいいじゃねえか」

顕さんの口調が荒っぽくなっていく。ぼくらに払うバイト代が惜しいのだ。

「客がいてもいなくても時間まで営業するのがバーテンの仕事だって、顕さん、いつも言ってるじゃないですか」

痛いところを突いてやると、顕さんは口を閉じた。伝票を睨(にら)む顔は不機嫌そのものだ。

ぼくは溜息(ためいき)を押し殺した。

こんな時の顕さんは、酒を飲むと、間違いなく荒れる。そのとばっちりを受けるのはぼくだ。

今夜も客足はあまりよくなかった。顕さんは不機嫌なままバーボンのソーダ割りを飲みはじめ、日付が変わる頃には完全にできあがっていた。

「坂本、さっき、客がいなくても店を開けておくのが仕事だと吐(ぬ)かしてたがな、いいか、男の優しさってもんはな、そういうもんじゃねえ」

終電前に少なかった客が一斉に帰り、それから三十分もしないうちに顕さんの説教がはじまった。

うんざりだったが、退路は断たれている。

「この店や、本好きの客や、おれのことを考えたら、早めに閉めるってのが本筋だろう。この店がなくなったら、あいつらの集まるところがなくなるんだぞ。わかってんのか」

どれだけ酔っぱらっていても、ぼくたちに払うバイト代が惜しいとは言わないのだ。屁理屈を捏ねて、延々と嫌みを垂れ流す。

ぼくが〈マーロウ〉で働くようになる前も、何人もの小説好きの若者がカウンターの内側に立って、水割りを作ってきた。そのほとんどが一年ももたずに辞めていった。田丸も遅かれ早かれ辞めるだろう。

ぼくはまだ決心がつかずにいる。

辞めたいという思いは、常に心のどこかに潜んでいる。だったら、辞めてしまえばいい。ケツを捲って、酔っぱらいのたわごとに耳を塞ぐのだ。

なぜそれができないのだろう？　なぜぼくはここに居つづけるのだろう？

ぼくがいなくなったら、この店が立ちゆかなくなると思っているからだ。田丸が辞め、ぼくが辞めたら、代わりの人間を探すのは一苦労だろう。

〈マーロウ〉がオープンした頃とは違って、たいていの常連客は顕さんの酒癖の悪さを知ってしまっている。バイトが次々と辞めていく理由にも察しがついている。好きな小説の話ができるからというおめでたい理由でバイトをやりたいと手を挙げる若者など、もはや皆無だ。

もし辞めるなら、春になるのを待つしかない。地方から大学入学のために上京してきたやつを丸め込んで、この苦役を押しつけるのだ。二年前のぼくがそうされたように。

また、溜息が漏れそうになった。煙草をくわえてごまかす。

顕さんの嫌みはまだ続いていた。

ぼくはボトルの棚に視線を移した。カウンター席の背後の壁には、ボトル収納用の棚がしつらえてある。そこには、百を超えるキープボトルが収まっている。普通の飲み屋なら、ボトルにはそれを買った客の名前をつけたタグがかけられる。だが、〈マーロウ〉のキープボトルは一風変わっていた。ボトルを入れた客が、自分の好きな小説や映画、漫画のキャラクターの名前を書き込むのだ。

たとえば、顕さんのボトルにはハーヴェイ・ロヴェルと記されている。ギャビン・ライアルというイギリス人作家の『深夜プラス1』という小説に登場する、アル中のガンマンの名前だ。

ぼくのボトルに記されているのはミロ。ジェイムズ・クラムリーというアメリカ人作家の『酔いどれの誇り』というハードボイルド小説の主人公、ミロドラゴヴィッチ三世からいただいた。ミロもまた、アル中である。

棚の手前に並んでいるのは常連のボトルだ。どれもこれも、冒険小説やハードボイルド好きにはお馴染み（なじ）みの名前が書き込まれている。

辞める踏ん切りがつかないのはやつらのせいでもあるな――漫然とボトルを眺めなが

らぼくは思う。

こんなぼくにでも、会いに来てくれる人間がいるのだ。顕さんの酒癖の悪さにはついていけない。けれど、小説の話はしたい。そういう本好きがいる。

彼らは、ぼくと小説の話をするために週に一度か二度、〈マーロウ〉のドアを開けるのだ。

田丸の小説の好みは偏っている。笠井にいたっては、小説などほとんど読まない。必然的に、彼らとことん小説の話ができるのはぼくだけということになる。

もちろん、小説の話だけを延々としているわけではない。時にはくだらない馬鹿話に興じることもある。しかし、主題はあくまでも小説だ。

彼らの期待に応えるべく、ぼくは自分自身に一日一冊、小説を読むことを課している。どれだけ酷い二日酔いであったとしても、必ず活字に目を通す。

坂本、あれ読んだ？——そう言って入って来る客に、まだ読んでいませんと応じると、みんな決まって肩を落とす。気に入った小説について語り合いたいのだ。周りにそんな話のできる人間はいない。でも〈マーロウ〉なら、坂本なら、きっと出版されたばかりのこの小説の話もできるだろう。彼らはそう思って、新宿で電車を降りるのだ。

「聞いてるのか、坂本」

顕さんの声がさらに荒くなった。

「はい、聞いてます」

ぼくは反射的に答えた。顕さんの目がすっと据わった。酒乱という人種は、人の嘘に目敏いものだ。

「嘘つくんじゃねえ」

顕さんがスツールから腰を上げたその時、大きな音を立ててドアが開いた。

「顕ちゃん、息子、いる？」

甲高い、歌うような声が響いた。

「佳子姫、いらっしゃい」

途端に顕さんの表情が和らいだ。

「息子、元気？」

黒いロングドレスの佳子さんが、カウンターに身を乗り出すようにしてぼくに抱きつき、頰にキスしてきた。

「元気だよ、母さん」

ぼくは答えた。

佳子さんは、六本木の文壇バー〈ベルソー〉のママだ。ベルソーというのは、フランス語で「揺りかご」という意味だ。

「顕ちゃんも元気？」

佳子さんはドレスの裾を蝶の翅のようにひらひらさせながら顕さんにもハグし、頰にキスした。

「佳子姫は相変わらずだな」

顕さんが嬉しそうに言った。ついさっきまでの不機嫌に酔った姿はない。佳子さんは魔法が使えるのだ。

「息子、ウイスキーの水割りちょうだい」

佳子さんは歌うように言うと、顕さんのとなりのスツールに腰掛けた。

「ちょっと待っててね、母さん」

ぼくはカウンターから外に出て、佳子さんのボトルを探した。佳子さんのボトルにはドロシーと記されている。『オズの魔法使い』の、あのドロシーだ。

「久しぶりだね、息子。会いたかったよ」

「ぼくも会いたかったよ、母さん」

ぼくはそう応じて、水割りを作りはじめた。

佳子さんは昔、息子を失った。その息子がぼくと同い年だったのだ。そして、佳子さんはぼくの母と同い年だった。だから、佳子さんはぼくのことを息子と呼んで可愛がり、ぼくは佳子さんを母さんと呼んで、その気持ちに応えている。

「顕ちゃん、今度またね、ブローティガンが来るの。ここに連れてきてもいい？」

佳子さんが顕さんに言った。リチャード・ブローティガンはアメリカの作家だ。『アメリカの鱒（ます）釣り』という短編集が有名なのだが、たまたまやって来た日本でたまたま〈ベルソー〉の客になり、佳子さんの魅力に一発でノックアウトされた。以来、頻繁に来日しては〈ベルソー〉で飲んだくれている。

「あいつもよく日本に来るな」

「わたしと一緒に飲んだくれてると、最高に幸せなんだって」

「母さん、お待たせ」

ぼくは水割りの入ったグラスを佳子さんの前に置いた。佳子さんは水割りを一気に飲み干すと、大きく口を開いた。

そして『虹の彼方に』を高らかに歌いはじめた。

佳子さんは酔うと歌い、踊る。とても楽しそうに。とても幸せそうに。

リチャード・ブローティガンの気持ちが、ぼくにはよくわかった。

特に今夜は、佳子さんはぼくにとっての救世主だったからなおさらだ。

＊　＊　＊

まだ飲むと言い張る佳子さんをなんとかタクシーに乗せて送り出した。タクシーが発進するまでは油断できない。佳子さんは一度、ぼくが運転手に行き先を告げている間に、反対側のドアから降りて姿をくらましたことがあるのだ。

佳子さんは言うなれば、自由の化身だ。やりたいことをやり、やりたくないことは決してやらない。まだ飲み足りないとなれば、だれがなんと言おうと飲み続ける。外野の声には聞く耳を持たないのだ。それでも、息子であるぼくの言葉は聞き入れてくれる。

「やれやれ」

ぼくは額に滲んだ汗を拭った。タクシーを摑まえたのは靖国通りだ。花園神社と東電の角筈変電所の間の通りをゴールデン街に向かう。

マンモス交番の中を覗くと、例の放火事件の時の中年警官が欠伸を嚙み殺していた。

「こんばんは」

声をかけて中に入った。顕さんはぼくらと一緒に店を出てどこかに飲みに行ってしまった。ぼくがどこでなにをしようと自由だ。もし、客が来たとしても、常連なら勝手になにかを飲んでいるだろう。

「おや。君はあのときの……」

「坂本です。あの放火のことなんですけど、その後、なにかわかりましたか？」

「それがなあ、目撃証言がまったく取れなくてね。上もお手上げってとこらしい。おれたちも、昼間、折に触れて見回りしているんだが、不審なことはなにもなくて」

「そうなんですか……」

「あの店に恨みがあるやつの犯行じゃないかって、常連客を片っ端から洗ったらしいけど、無駄骨だったたって話だな」

「ゴールデン街の常連じゃないと思いますよ」ぼくは言った。「みんな、この街を愛してるから、放火なんて絶対にしないと思います」

警官がうなずいた。

「君もその口か?」

「どうでしょう。遊びに来る客と、働いてる人間じゃ、感じるものが違うから……お忙しいところ、失礼しました」

「もうそろそろ店仕舞いの時間だろう? 戸締まりはしっかりな」

「はい」

元気よく応じて、ぼくは交番を後にした。共産党員の家に生まれたので、基本的に警官は嫌いだ。だが、マンモス交番にはなにかと世話になることが多い。警官と仲良くなっておくのも悪いことではなかった。

「あれ、坂本君」

ゴールデン街から出てきたナベさんと鉢合わせした。

「交番になんの用? また喧嘩(けんか)かい?」

「いえ。お客さんをタクシーに乗せた帰りで、ちょっとあの放火のことが気になったから、話を聞こうかと」

「なにか進展あった?」

ぼくは首を振った。

「目撃者が出てこないことにはどうにもならないだろうなあ。顕ちゃんは?」

「どこかに飲みに行きましたよ。これから戻って、店仕舞いするところです」

「じゃあ、坂本君に付き合ってあげようかな」

ナベさんは微笑みながら言った。

「付き合う？」

「今、顕ちゃんの名前出したら、坂本君の顔が歪んだよ。今日も絡まれたんだろう？愚痴、聞いてあげるよ」

「ナベさんはお見通しですね。でも、こないだ〈リリー〉で会ったとき、昼間の見回りのために、しばらく深酒はやめるって言ってませんでした？」

「だから、飲んでないんだよ。酒場巡りはやめられないから、酒は控えようってね」

「ナベさんが飲まないなんて……」

ぼくは驚いてナベさんの顔をまじまじと見つめた。確かに、素面の顔つきだった。

「店仕舞いするのに店に顔出すのは悪いし、他の店に行くと飲んじゃいそうだし。明日も見回りがあるからさ。だから、花園神社の境内で待ってるよ」

「かまわないから、店に来てくださいよ」

「いいって。たまには河岸を変えてってのも乙なもんだよ」

飲むにしても長っ尻するつもりはないのだ。ナベさんは本気でゴールデン街を守ろうと考えている。

「わかりました。すぐに行きますから、待っててください」

ぼくは駆け足で店に戻り、大急ぎで後片付けを済ませた。花園神社に向かう途中、自販機でビールのロング缶を四本、買った。

ナベさんは境内にある石段に腰をおろしていた。

「お待たせしました。これ、飲んでください」

ぼくは持参したビールを渡した。

「気を遣わせて悪いね。ゴチになるよ」

ナベさんは栓を開け、ビールを喉に流し込んだ。

「ああ、旨い。今夜、最初のアルコールだ」

「本当に全然飲んでないんですか？」

そういえば、このところナベさんは〈マーロウ〉にもご無沙汰だった。

「最初のうちは、少しだけならって飲んでたんだけどね。酒にだらしないからだめなんだ。一杯が二杯、二杯が三杯ってなって、結局はべろんべろん。見回りに支障が出るから、しばらくは飲まないことに決めた」

「ご苦労様です」

ぼくはナベさんの隣に腰をおろした。

「いいんだよ。好きでやってんだから。それより、今夜はなんで絡まれたの？」

「売り上げが少ない時は、営業時間を短くして、バイト代も減らせって。普段言ってることと、酒飲んで言うことが違いすぎるんですよ、あの人」

ぼくもビールを飲んだ。冷たすぎ、苦すぎる。ぼくはもともとビールが好きではなかった。

「酒乱っていうのはそういうもんだよ。どんな人間でも、百パーセントの善人なんてのはいないんだ。顕ちゃんみたいに、普段は善人で、飲むと酒乱って人種は、酔っぱらうと心の中の暗い部分が一気に噴出しちゃうんだなあ」

「それはわかりますけど、とばっちり食うのはごめんですよ」

ナベさんはぼくを見て微笑んだ。

「顕ちゃんはさ、人気の絶頂から奈落の底まで落ちたんだよ。みんな、昔の顕ちゃんのことは知ってるけど、今の顕ちゃんのことは知らない。酒場で口さがない連中は、顕ちゃん見かけると、人間、ああまで落ちぶれたくないなあって聞こえよがしに言ったりしてね。もともと酒乱気味ではあったけど、どん底まで落ちぶれて、それが酷くなっていったんだよね。それがさ、小説のレビューでまた人気が出て、嬉しいことは嬉しいんだろうけど、心のどこかで、おれは芸人だ、本読みが本職じゃねえって思ってるんだよね、きっと。それでしょっちゅう苛々するんだ。で、飲むと荒れる」

ぼくは黙ってうなずいた。

いつだったか、初めての客が顕さんを見るなり「書評家の斉藤顕さんですよね」と言ったことがある。顕さんの顔色が見る間に変わって「馬鹿野郎、おれは芸人だ。コメディアンだ。坂本、この馬鹿、叩き出せ」と怒鳴りはじめた。

あの頃は書評家と呼ばれるのがどうしてそんなに嫌なのかわからなかった。だが、顕さんと付き合って二年、今ならなんとなくその理由がわかる。

だが、顕さんがどんなプライドを持っていようが、〈マーロウ〉にやって来る客、中でも若い世代の客にとって、顕さんはコメディアンではなく、書評家なのだ。

「坂本君たちはまだ若いから、潔癖なところがあって顕ちゃんのそういうところがゆるせないんだろうけどさ。素面のときも、酔っぱらってるときも含めて斉藤顕っていう人間なんだよ」

「それはわかりますけど……」

ぼくはまたビールを飲んだ。相変わらず冷たすぎて、苦すぎる。

「坂本君、もう二年だろう？　開店当初の連中はみんなあっという間に辞めてったし、松田君ももう少し頑張るかなと思ってたけど、一年で辞めた」

松田というのは、ぼくと同じ頃に〈マーロウ〉でバイトをはじめた学生だ。ぼくより三つ年上の明大生だったが、ナベさんの言うとおり、一年と少しで辞めてしまった。

「田丸君ももうすぐ辞めそうな感じだよね」

「ぼくにも、もうすぐ辞めるみたいなこと言ってますから」

「結局さ、顕ちゃんの下に長くいるの、坂本君だけなんだよ。それは顕ちゃんもわかってる。他の若い連中がなんで辞めてくのかもね」

「わからなかったら、ただの馬鹿ですよ」

「顕ちゃんはさ、坂本君にだけ、心をゆるしてるんだと思うんだよね」

「ぼくに?」

「そう。だから、バイトの中でも坂本君に一番きつく当たるんだ」

「勘弁してくださいよ。ぼくが〈マーロウ〉を辞めないのは、顕さんのためじゃないんですから。ぼくに会いに来てくれる、小説の話をしたくて来る仲間のためです」

「だからさ、そういうのも全部、顕ちゃんはわかってると思うよ」

「そうかなあ……」

ぼくは首を捻った。ナベさんはうがちすぎだ。顕さんはただの身勝手な酔っぱらいに過ぎない。その思いがどうしても頭から離れない。

「素面の顕ちゃんが本当の顕ちゃん。酒を飲んでるときは悪魔に取り憑かれてるんだ。そう思ってごらん。少しは気分がましになるかもしれないよ」

ナベさんはまた微笑んで、ビールを飲み干した。ナベさんが普段飲むのは焼酎のお湯割りだが、ビールもいける口なのは初めて知った。

「旨いなあ。坂本君に奢ってもらったビールだと思うと余計に旨いよ」

「そこの自販機で買った普通のビールですよ」

ぼくのビールはまだ半分以上残っている。

「自販機に金を入れた瞬間、坂本君の心がビールに乗り移るんだよ。だから旨いんだ」

ナベさんは嬉しそうに言って、二本目の缶を開けた。

7

月に一度ほど顔を見せる三人組の学生が、産経新聞に連載されている『深夜特急』について熱く語っていた。

ノンフィクションライターの沢木耕太郎が、自らの若き日のバックパック旅行を書いたものだ。

香港からロンドンまで、バスを乗り継いでユーラシア大陸を横断しようという旅は、最初の渡航地である香港でつまずく。

たまたま訪れたマカオのカジノで、大小というサイコロ賭博にはまってしまうのだ。

沢木耕太郎は旅のことも忘れて、この博打にのめり込んでいくというのが、『深夜特急』の前半のあらましだ。

学生たちは博打の熱気と、それになんとか抗おうと力の限りを尽くす沢木耕太郎の熱意についてそれぞれの意見を戦わせていた。

「坂本、おまえ、『深夜特急』好きじゃないの？」

ぼくと一緒に学生たちの話に耳を傾けながら酒を飲んでいた菊地という客が声をかけてきた。

菊地は普通のサラリーマンだが、書評家顔負けの読書量を誇るし、その批評眼もプロ顔負けだった。

「マカオ編は面白いですけど、バンコクから先はなんとも」

ぼくは答えた。

「坂本はバックパック旅行とか、興味なさそうだもんな」

「それもそうですけど、香港・マカオ編とそれ以降の熱気に差がありすぎるんですよ。バックパック旅行の何倍も博打の方が面白いんだから。本としちゃ、マカオ編の大小博打だけ、別の連載の方がよかったんじゃないですかね」

ぼくは沢木耕太郎の書くものが好きだったが、『深夜特急』には首を傾げざるを得なかった。来年に単行本が出版されるという話だが、多分、買わずに、だれかに借りて済ませるだろう。

学生たちは目を輝かせて、自分もいずれはリュックを担いで旅に出たいと話しているが、菊地の言うとおり、ぼくはそんな旅にはこれっぽっちも興味がなかった。

そもそもが北海道のど田舎の人間で、今でも人混みが怖い。香港やインドのように、人が溢れているような場所は嫌いだし、見ず知らずの人間と雑魚寝しなければならないような旅など、考えただけで怖気をふるう。

「マカオ編は別の連載にした方がいい、か。やっぱり、坂本は面白いこと言うよなあ」

「そうですか？」

「うん。他のみんなとは違う。坂本は、ダーク・ピットものもだめだろう？」

「ええ、まあ」

ぼくは曖昧に答えた。ダーク・ピットものというのは、アメリカのクライブ・カッスラーという作家の書くシリーズものだ。ダーク・ピットという男が主人公で、大がかりな舞台設定のもと、007もどきのスパイアクションが展開される。

顕さんはこのシリーズが大好きで、新作が発表されるたびに絶賛する。ぼくは、一冊たりとも面白いと思ったことがない。

「おれもあれはだめなんだよなあ」菊地は酒を呷り、さらに続けた。「顕さん、なんであんなもん面白がるんだろう？」

「派手なのが好きなんですよ」

「確かにその傾向はあるな。大風呂敷広げれば広げただけ喜んじゃうっていうの。小説の本質はそこじゃないんだけどな……」

ぼくは煙草をくわえながら、腕時計に目をやった。三十分もしないうちに顕さんがやって来る。菊地との話はそれまでに終えなければならない。ちらっとでも顕さんの耳に入ったら、ただでは済まない。

「ああいうのが好きだっていう人は、別にかまわないんですよ。ぼくは好きじゃないっていうだけで」

「じゃあ、坂本はどんな小説が好きなんだよ？」

菊地が突っ込んできて、ぼくは言葉に詰まった。

ハードボイルドが好きで、冒険小説が好きだった。だが、この二年の間にぼくの中でなにかが変わった。

フィリップ・マーロウの気障な台詞は鼻につくし、男同士の友情や誇りがどうのこうのなんてファンタジーに過ぎないと思う。アメリカのハードボイルド小説のもう一方の雄であるロス・マクドナルドが描くリュウ・アーチャーはとどのつまりは傍観者で空気と似たようなものでしかない。

冒険小説もそうだ。祖国のためとかなんとか、そんな上っ面の言葉ではぼくの心は震えない。

「やっぱり、ハードボイルドはハメットに尽きるんじゃないかと思います」

ぼくは菊地の目を見て、ハードボイルド小説の始祖であるダシール・ハメットの名を口にした。

「探偵の行動を通して、現実社会の残酷さを炙りだす。ハードボイルドならそういう小説が読みたいかな」

「冒険小説なら?」

「初期のアリステア・マクリーンとか。ジャック・ヒギンズならやっぱり『鷲は舞い降りた』かな」

アリステア・マクリーンは、第二次世界大戦中を舞台にした冒険小説が有名な作家だ。『鷲は舞い降りた』は、チャーチル首相暗殺の密命を帯びてイギリスに潜入したナチス・ドイツの秘密部隊を巡る物語。

　マクリーンもヒギンズも、高校生のぼくには神にも等しい存在だった。

　だが、そんなふたりも、最近は舞台設定に凝った物語ばかり書いて、ぼくはいつも落胆している。

「多分、登場人物個人の葛藤(かっとう)が読みたいんですよ、ぼく。乱暴な話をしちゃえば、舞台設定なんてどうでもいい。ある人間がある状況に直面して葛藤し、抗う。それを切実に書いて欲しい。それが書かれてるなら、問答無用で読むんだけどなあ。最近の冒険小説はそういうの少ないでしょう」

「志水辰夫はどう？」

「大好きです」

　ぼくは即座に答えた。志水辰夫の小説にも謀略は出てくる。だが、それはあくまでも背景で、焦点が当てられるのは主人公の心の動きなのだ。

　弱く、自分勝手で、けれど、どうしても譲れない線があって、その線を守るために命を賭(か)ける。その心は常に揺れ動いているけれど、その心の揺れがぼくにはとてつもなくリアルに感じられるのだ。

「そうだろうと思ったよ。フランシスも好きだろう？　しばらく低迷してたけど、ここ二作は復活したよな」

「ええ、フランシスも大好きです」

ディック・フランシスは元障害競馬の騎手という変わった経歴を持つイギリスの作家だ。競馬業界とその周辺を舞台にしたハードボイルド的な小説を年に一作、書き続けている。マクリーンやヒギンズのように、一時期は舞台設定に凝ろうとするあまり、作品がつまらなくなるという悪循環に陥っていたが、数年前に日本で翻訳が出版された『利腕』という作品で劇的な復活を遂げた。

フランシスもまた、主人公の心の動きを描くのが上手な作家だった。

「すみません、横から口を出して」

三人組のひとりが目を輝かせてぼくたちの話に割って入ってきた。

「フランシスの新作の『奪回』はどうですか？」

「面白かったよね。フランシス、これで完全復活だって思ったもん」

「ですよね？」

学生が身を乗り出してきた。次の瞬間、ドアが大きな音を立てて開いた。

顕さんが大股で店の中に入ってくる。

「フランシスの話か？　店の外まで声が聞こえたぞ」

顕さんは笑った。ご機嫌な様子だった。

＊　＊　＊

顕さんは終始上機嫌で、だれかに絡むわけでもなく酒を飲み続け、午前四時になったところで「さあ、店仕舞いの時間だ」と言って残っていた客を帰した。

飲みに行こうと誘われるのかと思って身構えたが、顕さんは自分のショルダーバッグを手にすると「またな」と気障に微笑んで店を出て行った。

ぼくは後片付けを済ませ、リリーの顔でも見に行こうかなと考えて、首を横に振った。

今日は嫌なことはなにひとつなかった。菊地と突っ込んだ小説の話ができたし、『深夜特急』に目を輝かせていた学生たちも気分のいい連中だった。

そしてなにより、顕さんが酔っても顕さんであることをやめなかった。

こんな夜ぐらい、真っ直ぐに家に帰るのもいいじゃないか。

ぼくは店を閉めると、真っ直ぐ新宿駅へ向かい、総武線に乗り込んだ。東中野で降りて、アパートへ向かう。

駅前から早稲田通りへと抜ける商店街の途中にある電話ボックスに目が留まった。なにかに招かれたようにぼくはボックスの中に入った。受話器を持ち上げ、小銭を投入し、葉月の電話番号を押した。

葉月はまだ働いている時間だ。かけた電話は留守番電話に繋がるだけ。それでも、留守電のメッセージは葉月の肉声になっている。

声が聞ける。それだけでよかった。

『はい、友香です。ただいま留守にしています。ご用件のある方はメッセージを残してください』

なんの変哲もない素っ気ないメッセージだ。客からかかってくることもあるのだろう。声を聞いたら切るつもりだったのだが、勝手に口が動いた。

「坂本です。友香さんの……葉月の声が聞きたくて電話しちゃいました。ごめんなさい。用はないんです。また、かけ直します」

早口でまくし立てて電話を切った。心臓が高鳴っている。留守電だとわかってかけたくせに、なんて無様なんだろう。

かつては酒屋だったコンビニで、ウォッカのボトルを買って部屋に帰った。すぐにでも寝るつもりだったのに、気がつけばボトルはほとんど空になっていた。泥酔し、気絶するように眠りに落ちた。

8

〈エニイ〉で買い出しを済ませ、外に出ると、向かいの喫茶店から出てきたリリーと出くわした。

リリーには連れがいた。スーツを着た中年男だが、どこか胡散臭い雰囲気をまとっている。

リリーはぼくに気づくと男に耳打ちした。男は小さくうなずくと、ぼくに一瞥をくれて立ち去った。

「開店にはまだ早いんじゃないの？」

リリーが言った。今日もおっさんの恰好だ。最近のリリーはオカマとしての容姿に頓着していない。

「暑いからさ、店のクーラーがんがん利かせて本でも読んでようかと思って。喫茶店とかだとなにかと金かかるじゃん」

「女に貢いでるから金欠になるのよ」

「そんなんじゃないってば」

「餃子でも食べようって思ってたんだけど、あんたも付き合う？」

「もちろん」

ぼくは〈エニイ〉の手提げ袋を両手にぶら下げながら、リリーと肩を並べた。この辺りでリリーが餃子と言えば、〈好香〉だ。区役所通りの外れの、中国人夫婦がやっている小さな中華料理屋で、焼き餃子はもちろん、蒸し餃子も水餃子もいける。時間帯によっては行列ができることもあった。

まだ時間が早いせいか、店は空いていた。ぼくたちはカウンターの隅っこに腰をおろし、まずはビールを注文した。運ばれてきたリリーのグラスにビールを注ぐ。奢ってもらう者のエチケットだ。次いで、自分のグラスにも注いだ。

その間に、リリーは食べものを注文した。焼き餃子に水餃子、そして小籠包、それに焼きそば。ここの焼きそばは黄ニラを使っていて滅法旨い。

グラスを軽く合わせてぼくらはビールに口をつけた。

「さっきの人、お客さん？」

「違うわよ。借金取り」

「リリーが借金？」

「故郷の親父が倒れてね、いろいろ入り用なの」

詳しく聞いたことはないが、リリーの故郷は岩手県だ。両親は農家を営んでいて、姉と妹がいる。姉妹は結婚して家を出ているはずだ。東京ではどうということもないが、田舎では息子がオカマだと知れるととんでもないことになるから、帰ってくるなと言われているらしい。

「深刻な病状なの？」

「心筋梗塞。手術は成功したし、そのうち退院できる見込みだけど、これまでみたいに働けなくなるじゃない。おふくろひとりじゃできることもたかが知れてるしね」

「いろいろ大変なんだね」

「あんたはまだ若いからいいけど、わたしぐらいの年になってみなさいよ。気苦労と使わなきゃならない金だけが増えてくんだから。大変よ」

脳裏に両親の顔が浮かんだ。父は共産党の専従職員で、母は小学校の教師だ。ふたりともまだ働き盛りで、衰えた姿などとても想像できなかった。

「あんたも長男でしょ？　今から覚悟しといた方がいいわよ」

ふたりでビールの瓶を空けた頃に焼き餃子が運ばれてきた。ビールのお代わりを注文し、餃子に箸を伸ばした。日本の餃子より皮が厚くてもちもちしている。鉄板で焼けてパリっとなった部分との食感の差が絶妙だった。

「いつ食っても美味しいね、ここの餃子は」

ぼくは微笑んだ。晩飯は牛丼にするつもりだったから、余計に美味しく感じるのかもしれない。

「そうだ。あんたさ、うちの猫、二、三日預かってくれない」

リリーが言った。

「リリー、猫なんて飼ってるの？」

「春に飼いはじめたのよ。まだ子猫みたいなもんね。親父の件で、何日か実家に帰らなきゃいけないのよ」

「いいけど、おれのアパート、ペット禁止だしなあ」

「そこをなんとか、お願い」

リリーはぼくに体を向けて両手を顔の前で合わせた。リリーには本当に世話になっている。断ることなんかできるわけがなかった。

「いいよ」

「ありがとう。それでこそあたしの坂本よ」

抱きつこうとしてきたリリーをいなして、ぼくは餃子を口に放り込んだ。

＊　＊　＊

「いらっしゃいませ」

ドアを開けた客の顔を見て、ぼくは笑みを浮かべた。作家の船戸与一さんと担当編集者の山田さんだ。

「船戸さん、いらっしゃい」

顕さんの顔も綻んだ。カウンターで飲んでいた客たちも嬉しそうに腰を上げ、船戸さんのために席を空けた。店は満席だったのだ。

「混んでるのに、悪いね、顕さん」

「いいんだよ、船戸さん。うちの若い連中は大好きな作家のためなら立って飲むぐらいなんでもないから」

席を譲った客が、どうぞどうぞと船戸さんに着席をすすめた。船戸さんは去年、『山猫の夏』という作品で、日本冒険小説協会大賞を射止めた。ぼくたち協会員の投票で決まる賞だ。和製冒険小説の力強い書き手として注目を集めている。

船戸さんは悪いなと言いながら赤ら顔でスツールに腰をおろした。けっこう酔っ払っているようだった。

客のひとりが棚から船戸さんのボトルを出してカウンターに置いてくれた。ぼくは、山田さんのボトルがあるところを指示し、それも出してもらった。

狭い店内では、満席のときにカウンターから出るのも一苦労なのだ。

顕さんが船戸さんの隣に移動してぼくにうなずいた。飲みはじめるぞという合図だ。ぼくはうなずき返し、酒を作った。

「ご無沙汰しちゃって、申し訳ないね、顕さん」

乾杯が終わると船戸さんが言った。

「なに言ってんの、船戸さん。赤丸急上昇の作家なんだから、引く手あまたでしょ。今は、書いて書いて書きまくるときだよ。おれたちのことなんて気にしなくていいの」

「注文は来るし、みんな褒めてくれるけどよ、売れねえんだよ。北方のしょうもないのが売れて、おれのが売れないのはどういうことだって、こいつらのケツ蹴飛ばしてまわってるんだけどよ」

船戸さんは北方謙三さんの名前を出して豪快に笑った。北方さんは押しも押されもせぬ人気作家だ。日本冒険小説協会大賞の第一回と第二回は北方さんの作品が受賞した。『山猫の夏』は第三回の受賞作だ。

「まあまあ、そんなことはこういうとこで言わないで」

山田さんが船戸さんの肩を叩いた。

「よし、北方を呼べ、山田。おれが直に、あいつの小説がいかにだめか、説教してやる」

状況を飲み込めない客たちが顔を見合わせていた。古株は笑っている。

今、活躍しているハードボイルドや冒険小説系の作家たちはみな、仲がいい。相手をくそみそにけなすのも、冗談のひとつだ。友情とライバル心のあらわれなのだ。

「どこにいるか、わかりませんよ」

山田さんが言った。

「どうせ、銀座のクラブだろう。しょうもない小説で稼いだしょうもない金を、しょうもないところに使ってるんだよ、あいつは。銀座の女に使うぐらいなら、おれに奢れってんだ」

顕さんが笑っている。上機嫌だ。これなら、今夜は荒れることもないだろう。

ぼくはほっとして、くわえた煙草に火を点けた。煙を吐き出すと同時に電話が鳴った。

「はい。〈マーロウ〉です」

ぼくは電話に出た。

「モッ君？　わたし」

葉月の声だった。思わず、受話器を握る手に力が入った。

「〈黄昏〉で待ってる」ぼくが答える前に葉月が言った。「遅くなってもかまわないからね」

電話が切れた。

「だれからだ」

顕さんが声をかけてきた。

「間違い電話です」

ぼくは煙草に噎せそうになりながら答えた。

＊　＊　＊

船戸さんのおかげで気分よく酔った顕さんは、二時過ぎに店を出て行った。

ぼくは即座に他の客たちを追い出した。葉月から電話がかかってきてから、もう四時間以上が経っている。遅くなってもかまわないと言われても、気が急いて仕方がない。

大急ぎで洗い物を済ませて店を出た。区役所通りを渡り、〈黄昏〉に急ぎ足で向かう。店の前に着いたときには息が上がっていた。

「すみません」

声をかけながらドアを開け、中に入った。

「いらっしゃいませ。お待ちかねですよ」

武田さんはグラスを拭いていた。葉月がカウンターの上に突っ伏している。

「いつから？」

「十二時過ぎにいらっしゃいまして、その時点でけっこうお酒が入っているようでした」

ぼくは隣に腰をおろし、声をかけた。

「葉月さん？」

返事はない。葉月は眠っている。

「ここに来てから、カクテルを五杯お飲みになりました。坂本様と待ち合わせてるとお伺いしておりましたので、あまり飲みすぎてはとたしなめたのですが……店で嫌なことでもあったのかもしれませんね」

「申し訳ありません」

ぼくは頭を下げた。

「坂本様のせいではありません」

「とりあえず、ジャックダニエルをオン・ザ・ロックでお願いします」

「かしこまりました」

武田さんは頭を下げ、酒の支度をはじめた。

「葉月さん。葉月さん」

ぼくは葉月の肩に手をかけ、体を揺すった。呻き声が口から漏れた。だが、それだけだ。葉月はノースリーブのブラウスにタイトミニという露出度の高い恰好をしていた。武田さんなら安心だが、下手な店だと、こんな恰好で酔い潰れていたらなにをされるかわからない。

「参ったな……」

放っておけば酔いが醒めるまで寝続けるだろう。それでは店の迷惑になる。葉月の連れであるぼくがなんとかしなければならない。

「確か、住んでるのは方南町だって言ってたよな。ちょっと電話を借ります」

「どうぞ」

ぼくはカウンターの端っこに置かれた電話に手を伸ばした。葉月の勤める店に電話をかける。

「あの、店長はいらっしゃいますか？」電話が繋がるとぼくは言った。「〈マーロウ〉の坂本と申します」

「少々お待ちください」

電話に出たのは中年女性の声だった。相手が出るのを待っている間にグラスが置かれた。ぼくはそれを一口に呷った。

「坂本君？　こんな時間にどうした？」

店長の飯島（いいじま）の声が聞こえてきた。

「飯島さん、すみません。実は、今夜、友香さんと待ち合わせしてたんですけど……待ち合わせ場所に着いたら、友香さん、酔い潰れて寝ちゃってて」

「なんだ、友香のやつ、坂本君にちょっかいだしてるのか」

「そういうんじゃないんですけど――」

「今夜は荒れてたからなあ。それで？」

「〈黄昏〉っていうバーにいるんですけど、だれか、友香さんに迎えに寄こしてもらえませんか？」

「今は立て込んでて無理だな。坂本君、友香を家まで送ってやってよ。領収書もらっておいてくれれば、タクシー代は後で払うから」

「でも、ぼく、友香さんの家知らないし」

「方南町だよ。立正佼成会のある通りと環七の交差点の近くのマンションだ」

飯島はマンションの名前と部屋番号を教えてくれた。鍵は葉月が持っているはずだ。

「わかりました。ぼくが送っていきます」

「悪いな。なんだったら、やっちゃっていいぞ、坂本君。どうせ、べろんべろんに酔っ払ってるんだろう。なにしたって覚えてないから」

「馬鹿なこと言わないでくださいよ」

ぼくは電話を切った。頬が熱い。グラスの中のバーボンを一気に飲み干して、火照りをしずめようとした。だが、バーボンが胃に落ちると、火照りはますます激しくなる。

「お勘定、お願いします。彼女はぼくが送っていきますから」

武田さんが首を振った。

「お会計は、別の日に彼女に請求しますから」

「でも――」

「方南町まで彼女を送って、それから自分のアパートに帰るんでしょう。タクシー代、足りますか？」

武田さんに言われて思いだした。財布に入っているのは五千円札が一枚だけだ。だが、〈マーロウ〉の今夜の売り上げが、ジーンズのポケットに入っている。その中の一部はぼくのバイト代だ。

「だいじょうぶです。でも、お勘定はやっぱり、友香さんに」

「かしこまりました」

武田さんに手伝ってもらって葉月を背負った。完全に力の抜けた体はずしりと重い。葉月のハンドバッグを右腕に引っかけて、慎重に階段を降りた。

「お気をつけて」

武田さんの声が聞こえたが、振り返る余裕はなかった。

「ご迷惑をおかけしました」

ぼくは言って、区役所通りに足を向けた。

＊　＊　＊

葉月の住むマンションはすぐに見つかった。タクシーの中で、ハンドバッグから出しておいた鍵でドアを開け、中に入る。部屋の中は湿気でむっとしていた。

「失礼します」

部屋の主（あるじ）を背負っているのにそんな言葉を口にしてしまう自分が無性におかしかった。

部屋は1LDKの間取りだった。本だらけで、おまけに整理整頓もしないぼくの部屋に比べると、凄く広く感じた。きっと、家具が少ないせいだ。仮の住まいという趣が強い。

葉月をベッドに横たえると、ぼくは床に腰をおろした。さすがに息が荒い。汗もたっぷり掻いていて、酔いが醒めてしまっていた。テレビ台の上にあったリモコンを見つけ、エアコンを入れた。

「帰る途中でコンビニに寄ろう」

ぼくはひとりごちた。しばらくエアコンから噴き出てくる冷風に体をさらし、汗が引くのを待った。

「さあ、帰るか」

そうは言ってみたものの足が動かなかった。目は自然と寝入っている葉月に向かう。ブラウスの下のブラが透けて見える。下半身に張りついたミニスカートは、お尻のラインが丸わかりだ。

なんだったら、やっちゃっていいぞ——飯島の言葉が耳の奥にこびりついていた。口の中に唾がたまっていく。

部屋を出て行く代わりに、ぼくはベッドの端に腰をおろした。ストッキングに包まれた葉月のふくらはぎにおそるおそる、触れてみた。

葉月は起きない。

ストッキングの手触りに、股間が熱くなっていく。

なにしたって覚えてないから――飯島の声がどんどん大きくなっていく。

ぼくは大胆になって、体を横たえた。すぐ目の前に葉月の顔が来る。リップを塗った唇が艶めかしい。

葉月はぼくを待っていた。ぼくに気があるんだ。だから、だいじょうぶ――飯島の声の代わりに、内なる悪魔がぼくに囁きかけてくる。

葉月にキスしたかった。葉月に触れたかった。股間の硬くなったものを、葉月に押し込みたかった。

葉月の顔に、自分の顔を少しずつ寄せていく。葉月からは香水と酒の匂いがする。

ふいに、葉月が寝返りを打った。ぼくとは反対側に体を向ける。

心臓が止まるかと思った。深呼吸を繰り返し、口の中に溜まった唾液を飲み下した。

「焦った……」

ぼくは体を起こした。ろくでもないことを考えているとろくでもないことが起こる。

日をあらためて、ぼくの気持ちを正直に伝えよう。それで葉月がぼくを受け入れてくれるなら、こんな真似をしなくても自然と結ばれるはずだ。

これまで、マスターベーションで性欲を発散させてきたじゃないか。それがこの先続いたとしたって、どうってことはない。

「おやすみ。ぼくは帰るよ」

葉月に言った。それに応えるかのように、葉月が寝言を口にした。

体の火照りがさっと消え、代わりに、冷え冷えとした感覚がぼくを覆った。

葉月が口にしたのは男の名前だった。

サトシ——ぼくの耳には確かにそう聞こえた。

9

「坂本、聞いてんのかよ?」

田丸の声で我に返った。

「ん? ごめん。ちょっとぼうっとしてた」

ぼくは煙草に手を伸ばし、火を点けた。

「また昨日、飲みすぎたんだろう?」

「まあな」

煙を吐き出しながら返事をした。本当は葉月のことを考えていたのだ。

あの夜は方南町から東中野まで歩いて帰った。どれぐらいの時間がかかったのかは覚えていない。歩きながら、ずっとサトシという男のことを考えていた。

何者なのだろう。寝言で口にするぐらいだから恋人なのか。いや、そうとも限らない。父親や兄弟の名前だという可能性もあるし、恋人だったとしても、もう別れたのかもしれない。

でもやっぱり、いま現在付き合っている男だろう。葉月のような女を他の男が放っておくはずがない。ぼくが惹かれているように他の大勢の男たちが惹かれ、サトシという名の男が葉月の心を射止めたのだ。

いや、しかし、必ずしもそうだとは言い切れないんじゃないか……。

考えは堂々巡りに陥り、結局は葉月に訊いてみるしかないが、自分にはその勇気はないだろうという結論に達する。

今もそうだ。あの夜と同じことを考えていた。

「それで、原稿は足りてるんだよね？」

吉村が言った。

「だいじょうぶだと思いますよ」

答えたのは佐々木だ。

ここは高田馬場にある佐々木のアパートだった。ぼくと田丸、吉村と佐々木は日本冒険小説協会の機関誌『鷲』の編集委員なのだ。

『鷲』は不定期刊行で、会の近況や会員たちによる書評などを掲載している。

自分たちが書いた原稿や送られてきた原稿をワープロに打ち込んでプリントアウトし、それを切り貼りして見てくれを整える。すべての作業が終わった後は、吉村が知っている小さな印刷屋にそれを持っていって印刷してもらう。

今日は『鷲』の編集会議だった。

会議とは言っても、酒を飲みながらわいわいやるだけだし、レンタルビデオ屋で借りてきた海外のホラー映画を観て盛りあがったりと、大学生のサークル活動とさほど変わらない気がする。

「坂本君、原稿は？」

佐々木が訊いてきた。

「まだだよ。でも、すぐに書く」

ゴールデン街の放火事件のことを書くつもりなのだが、葉月のことが気になって原稿はほとんど進んでいなかった。

「坂本は文才あるし、筆が速いからいいよな」

田丸が言った。自分ではよくわからないが、ぼくの書くものは評判がいい。

「坂本も作家目指してるのかい？」

吉村が言った。ぼくは首を振った。

「小説家は雲の上の存在ですよ。なろうなんて思ったこともない。なりたいのはやっぱり、文芸の編集者かな。それも大手出版社の。給料めっちゃいいし」

「金かよ」

田丸が茶化した。

「おまえだって知ってるだろう。作家になったってさ、売れなきゃ食えないって。半年かけて一冊書いて、それが初版数千部だと、印税、百万にもならないんだぜ。商売としちゃ最悪じゃん。でも、これが大手出版社なら三十歳過ぎたら年収一千万だ。いい給料もらえて、好きな小説に携わって、最高の仕事じゃないか」

「でも、めちゃくちゃ狭き門だぞ、大手は。年に二十人、新人採るかどうかだもん」

「だからさ、希望だよ、希望」

ぼくは煙草を消し、ウイスキーの水割りを口に含んだ。国産の安物は舌の上でざらつき、喉（のど）を灼（や）く。学生三人と安月給のサラリーマンでは、高級ウイスキーは望むべくもない。

「まあ、大手は別にしても、文芸の編集者にはなりたい」

「出版社に入れたとしても、どの部署にまわされるかは運だしなあ」

田丸も煙草に火を点けた。六畳一間（ひとま）の部屋は紫煙で燻（くすぶ）っている。

田丸はぼくより一学年上だ。つまり、ぼくより先に就職活動に動き出さなければならない。

「坂本なら、もし出版社に入れなくても、飲み屋でやっていけるんじゃないか」

吉村が言った。

「飲み屋？」

「〈マーロウ〉じゃなくても、ゴールデン街とかその辺の飲み屋。けっこう向いてる気がするんだけど」

「いやですよ」ぼくは即答した。「〈マーロウ〉辞めたら、もう二度とカウンターの内側には立たない。絶対にごめんだ」

「そういうもんかなあ……」

吉村は〈マーロウ〉で飲んでいても、たいてい、終電に間に合うように席を立つ。だから、深夜の酔っぱらいたちの醜い姿を知らないのだ。

「さっちゃんはやっぱ映画関係？」

田丸が佐々木に声をかけた。さっちゃんというのは佐々木の愛称だ。

「できれば、なんですけどね」

ぼくは部屋の中を見渡した。ぼくの部屋は本だらけというか、本しかないが、佐々木の部屋は本と映画関係のものが半々だった。

「でもその前に、さっちゃんは大学卒業しなきゃ。あ、映画監督になりたいんなら、学歴は関係ないか」

ぼくが言うと、佐々木は頭を掻いた。故郷の両親からも、いつ卒業するんだとせっつかれているはずだ。だが、名画座を梯子して一日に何本もの映画を観て、小説を読んで、酒を飲む。そんな生活を続けていて単位が取れるわけもない。

わかっていてもやめられない。

それがぼくたちだ。

「さっちゃんさ、もし卒業する気がないんなら、来年から、おれの代わりに〈マーロウ〉のバイトやってくれないかな」

　田丸の目は真剣だった。

「田丸が辞めるなら、おれも辞める」

　ぼくは田丸の機先を制した。

「坂本が辞めたら〈マーロウ〉大変なことになるだろう」

　口を挟んできたのは吉村だった。

「田丸が辞めてもさっちゃんが代わりに入ればなんとかなるけど、坂本が辞めたら……笠井は全然話にならないし」

「なんとかなりますよ。なんだったら、顕さんがカウンターの中に立てばいいんだし」

「だめです。それはだめです。坂本君は辞めちゃだめです」

　佐々木が言った。

「辞めるときは一緒だって言ったじゃないか」

　ぼくは田丸を睨んだ。

「子供みたいに駄々こねるなよ。おれは就職活動があるからしょうがないだろう」

「田丸が辞めてさ、おれひとりで顕さんの相手するの、無理だよ。笠井はまだ使いものにならないし、絶対に無理」

「ぼく、頑張りますから。ね、坂本君。もう少し頑張りましょうよ」

　佐々木が生真面目な口調で言った。ぼくは新しい煙草に火を点けた。

「口ではそう言っても、やなことがあったら真っ先に逃げ出すくせに」

佐々木の顔に煙を吹きかけてやる。

「なにするんですか」

「そうだよなあ。さっちゃんって、真面目そうな顔して、やること大胆だからなあ。ほら、あの時だってそうだったじゃん」

田丸が笑いだした。

「ああ、あれね。あの時の佐々木君は酷かったもんなあ」

吉村もつられて笑いだした。

あれは半年ほど前、今夜と同じ、編集会議だった。佐々木はその夜が会議であることを失念し、映画好き仲間と飲みに出かけた。佐々木の部屋が会議室なのだから、ぼくたちは途方に暮れた。真冬の夜に待ちぼうけを食わされて、心底腹が立った。だから、あれやこれや手を尽くして佐々木の飲んでいる場所を突き止めた。

佐々木は平謝りに謝ったが、ぼくと田丸は腹に据えかねて佐々木をねちねちといびった。これが初めてならゆるしてやってもいいが、同じようなことが何度もあったのだ。

三十分ほど嫌みを口にしたころ、それまで正座してうなだれていた佐々木が急に立ち上がった。

「田丸君も坂本君も大嫌いだ」

そう叫んで部屋を飛び出していった。

ぼくたちは唖然とした。確かにやりすぎたきらいはあったかもしれないが、悪いのは佐々木自身なのだ。

その夜、佐々木は戻って来なかった。ぼくたちは主のいない部屋で編集作業を済ませて帰途に就いた。というか、ぼくと田丸は腹立ちがおさまらず、新宿で電車を降りて酒を飲んだ。

翌日、佐々木から電話があった。

「あの、昨日、なにがあったんでしょうか？」

佐々木は昨夜のことをなにも覚えていなかったのだ。

以来、佐々木は泥酔すると自分勝手になる男というレッテルを貼られ、ことあるごとにぼくと田丸と吉村にからかわれている。

「なにしろ、おれと坂本はさっちゃんの大嫌いな人間だからなあ」

田丸の目尻が下がっている。

「もうあの時のことは忘れてくださいって何度もお願いしてるじゃないですか。泥酔してたんです」

「酔えば酔うほど本音が出るんだよな。顕さんみたいにさ」

ぼくは追い打ちをかけた。

「ぼくは顕さんほど酷くありません」

ぼくと田丸と吉村はほくそ笑んだ。佐々木が失言するのを待っていたのだ。

「顕さんみたいに酷い酒乱じゃない、か」

吉村が言った。

「これは報告しないと」

田丸が言った。

「おれたちだって顕さんに対してこんな酷い悪口言ったことないもんな」

ぼくも言った。

佐々木の顔がどんどん赤くなっていく。

「もう、吉村さんも田丸君も坂本君も大嫌いです」

佐々木が叫び、ぼくたちは腹を抱えて笑い転げた。

＊　＊　＊

新宿の紀伊國屋書店で新刊の小説を数冊買って、ゴールデン街に向かった。区役所通りの辺りから、いつもとは違う空気が漂っていることに気づいた。

「なんだろう？」

ぼくは首を傾げながら先を急いだ。また放火騒ぎでもあったのだろうか？　それにしては焦げ臭い匂いはしない。

ゴールデン街の入口に制服警官がふたり立っていた。穏やかな顔つきと険しい顔つきの二人組だ。

「なにかあったんですか？」

ぼくは警官に訊いた。

「君は？」

穏やかな顔つきの警官が口を開いた。

「ゴールデン街で働いている者ですけど」

「なんて店？」

険しい顔つきの警官が言った。顔つき同様、声もいかつかった。

「〈マーロウ〉です」

「免許証かなにか持ってる？」

ぼくは学生証を渡した。

「坂本君か……横浜の大学の学生がゴールデン街で働いてるの？」

「そうです」

穏やかな顔つきの警官が警察手帳にペンを走らせた。

「後で、刑事が話を聞きに行くかもしれないから」

「刑事って……なにがあったんですか？　放火じゃないんですか？」

「人が死んだんだよ」

ぼくは絶句した。胸の奥が激しくざわついている。

「花園五番街は立ち入り禁止だから、近づかないようにね」

「死んだって、酔っ払って階段から落ちたとか、喧嘩とかですか？」

警官たちが顔を見合わせた。険しい顔つきの方がうなずき、口を開いた。

「喧嘩かな。昼前に死体が発見された。五番街の路上で倒れていたんだ」

「死んだのはだれですか？　もしかして、ぼくが知ってる人だったり……」

警官たちが肩をすくめた。それ以上は話をするつもりはないようだった。ぼくはふたりの間をすり抜けた。花園五番街へと通じる路地に、ゴールデン街の住人たちが突っ立っている。その中に、リリーの後ろ姿を見つけた。蒸し暑いというのに、リリーは厚手のジャンパーを羽織っていた。

「リリー」

ぼくは声をかけ、リリーのところへ駆けよった。

リリーが振り返った。ぼくの足が止まった。リリーが泣いていたのだ。

「なんだよ、リリー」

胸の奥のざわつきだけじゃなく、心臓も早鐘を打ちはじめた。

「だれが死んだんだよ？」

「ナベちゃんよ。ナベちゃんが死んじゃったのよ」

「なんで？　なんでナベさんが？」

全身から力が抜けて、ぼくはその場にへたり込みそうになった。

「知らない。でも、死んだのがナベちゃんなのは確かなの」

「嘘だよ。そんなの嘘だ」

ナベさんの飾り気のない、穏やかな笑顔が脳裏に浮かんだ。

「坂本、ナベちゃんが死んじゃったのよ」

リリーがぼくにしがみついてきた。ぼくの肩に顔を埋め、人目も憚らず号泣する。

ぼくの目からも涙が溢れた。周りにいる人間の大半が泣いていた。

ナベさんはみんなに愛されていたのだ。

＊　＊　＊

ふたりして泣くだけ泣くと、リリーと別れて店へ向かった。顕さんに電話をかけた。

電話はすぐに繋がった。

「顕さん、坂本です」

「うん、どうした？」

寝起きのような声だった。

「詳しいことはわからないんですけど、ナベさんが花園五番街の路上で死んでるのが見つかったって、ゴールデン街中、大騒ぎなんです」

「ナベさんが？」

「はい。あちこちに警官が立ってて、後で刑事が聞き込みにくるかもしれないって。ぼくが話を聞いた警官は喧嘩じゃないかって言ってましたけど」

「ナベさんが……そうか、あのナベさんが死んだのか」

顕さんの声は沈んでいた。

「坂本、できるだけ早くそっちに行くが、今日は臨時休業だ。どこか別の店でナベさんのために献杯しよう」

「わかりました。待ってます」

電話を切ると、新聞のチラシの裏に、油性のボールペンで『本日、臨時休業』と殴り書きし、それをドアに画鋲で貼った。

再び店に入ろうとしたところで、視界の隅に人の姿を捉えた。

「君、ちょっといいかな」

くたびれた背広姿の二人組だった。刑事だろう。

「はい」

ぼくはふたりを店内に招き入れ、カウンターの中に移動した。

エアコンのスイッチを入れ、冷蔵庫から冷えた炭酸のボトルを取り出す。

「すみません。ぼくもさっき来たばっかりで、店の中冷えてなくて。暑いでしょう」

グラスに注いだ炭酸をふたりに出した。

「ありがとう。気が利くね」

ふたりはすぐに炭酸に口をつけた。ふたりとも、額に汗が浮いている。

「四谷署の高木(たかぎ)です」

「下村(しもむら)です」

ふたりはぼくに警察手帳を見せ、ついで名刺を出した。やや太り気味の方が高木で、痩(や)せている方が下村だ。

「話はどこまで耳に入ってる?」

高木が口火を切った。

「ナベさん……渡邊さんが五番街の路上で死体で発見されたとしか」

「渡邊さんのこと、よく知ってるの?」

「常連客です。可愛がってもらってました」

ぼくはふたりの間に灰皿を置いた。

「喧嘩かもしれないって聞いたんですけど、どうなんですか?」

「どうもね、だれかと揉(も)み合いになって投げ飛ばされたようなんだ。その時、路面に頭を強く打って死亡した」

下村が言った。ぼくはよろめきそうになるのを辛うじてこらえた。死の原因を聞いた途端、ナベさんがもうこの世にはいないのだという実感が湧いてくる。

「とりあえず、昨日の夜から今日の昼過ぎまで、どこでなにをしてたか教えてもらえるかな?」

「アリバイですか？　まさか、ぼくが──」

「だれにでも訊く質問なんだよ」

高木が微笑んだ。笑うと、えくぼができて顔つきがソフトになる。

「昨日は日曜だったので、友達の家で飲んでました。昼過ぎまでそこで寝てて、部屋を出たのは二時ぐらいだったかな」

「友達の名前と連絡先は？」

ぼくは下村に佐々木と田丸の名前、電話番号を教えた。吉村は終電で帰っていた。

「渡邊さんに恨みを持つ人とか、トラブルを抱えていた人は思いつかないかね？」

高木が訊いてきた。ふたりのグラスが空になっていた。ぼくは新しい炭酸の栓を抜いて注いでやった。

「ナベさんはゴールデン街のたいていの人には愛されてました。でも、ここは飲み屋街ですから。酔っぱらいのやることは、でたらめです」

ふたりが苦笑した。

「渡邊さんの行きつけの店、知っているだけでいいから教えてくれると助かるんだが」

ぼくは思いつくだけの店の名をふたりに教えた。

「ありがとう。助かったよ。またなにか思い出したことがあったら名刺にある番号に電話して」

ふたりは炭酸を飲み干して立ち上がった。

「ちょっと待ってください。これって、放火事件とは関係ないんでしょうか？」

ぼくの言葉に、ふたりはまた顔を見合わせた。

「ちょっと待てよ。坂本君と言ったね？」

下村が警察手帳を開いた。

「そうか。君が放火事件の発見者か」

「そうです。ナベさんは、あんなことがないようにって、ゴールデン街の見回りをしてたんです。月曜の午前中に五番街にいたのも、きっと、見回りをしていたんだと思います」

「見回り？」

ふたりの目つきが変わった。

「どういうことか説明してもらえるかな？」

「あの放火未遂事件の後、ナベさん、日中、ゴールデン街の見回りをするようになったんです。マンモス交番のおまわりさんたちも四六時中目を光らせるのは無理だし、この街を愛してる有志でやろうって」

「有志でということは、仲間がいるんだね。だれか知ってる？」

下村の質問にぼくは首を振った。ナベさんから有志の名前を聞いたことはないし、ナベさん以外に見回りをしている人間を見たこともない。

「渡邊さんと仲がよくて、一緒に見回りをしそうな人に心当たりは？」

「すみません。思いつかないです。ぼくは週に三日、ここでバイトしていて、他の店に飲みに行く回数は少ないんです。何軒か、ナベさんと同じ店には行ってますけど」

「そうか。でもまあ、見回りの件は教えてもらって助かった。なぜ店の関係者でもないのに、月曜の午前中にあんなところにいたのか、不思議に思っていたんだ。見回りなら納得がいく」

大きな音を立ててドアが開いた。高木と下村が驚いたように振り向いた。

「なんだこいつら？」

顕さんが鋭い視線をふたりに注いでいた。

「あれ？　斉藤顕？　コメディアンの？」

高木が素っ頓狂な声をあげた。

「男はタフでなければ生きていけない。優しくなければ生きる資格がない」

顕さんはすかさず右の眉を吊り上げて決め台詞を口にした。

「本物だ。おれ、大ファンなんですよ」

高木の険しい顔がすっかり緩んでいる。ファンというのは本当なのだろう。

「どうも。斉藤顕です」

顕さんはご満悦の表情で高木に右手を差し出した。

「それじゃ、ナベちゃんが死んでたのは〈風穴〉の前だったの？」

カナコママが顕さんの顔を覗きこんだ。

＊　＊　＊

刑事たちが顕さんに話を聞き終えた後、ぼくたちはゴールデン街を離れて四谷の〈レッド・バロン〉に向かった。ゴールデン街は騒がしすぎて、とても酒を飲むような雰囲気ではなかったのだ。

「どうもそうみたいです」

酒を呷る顕さんの代わりにぼくが答えた。〈風穴〉はゴールデン街でも老舗に属する店だ。店主の室屋さんは詩人でもあり、ゴールデン街の再開発に反対する最右翼でもある。

そのせいで、〈風穴〉に火を点けようとした放火犯とばったり出くわして、ナベさんは殺されてしまったのではないかという噂が立っていた。

「室さんの店がなくなれば、ゴールデン街の立ち退き交渉がまとめやすくなるとでも思ってるのかしらね」

「さあな。どっちにしろ、おれは〈マーロウ〉を手放すつもりはない。そういう連中は他にもいるぞ。どだい、あそこを再開発なんて無理に決まってる」

顕さんはバーボンのソーダ割りを軽快に呷った。飲むペースが速い。いつもと違って夜は長いのに……。ぼくは溜息が漏れそうになるのをなんとかこらえた。

「ちょっと考えればわかることなんだけどさ、金に目が眩んじゃうのよ」

カナコママもウイスキーを呷るペースが速い。もう、やけくそだ。ぼくも、目の前の酒をぐいぐい飲んだ。

ナベさんを偲ぶ酒なのだ。べろんべろんのぐでんぐでんになっても、ナベさんは笑ってゆるしてくれる。

「それにしても、ナベちゃんがねえ……」

カナコママが頬杖をついた。

「おれもナベさんが死んだなんて信じられねえよ」

「いろんな酔っぱらいが死んでいったけど、殺されたっていうのは初めてよ。ゆるせないな、やったやつ」

「おれもゆるせないです」

ぼくは口を開いた。

「あら、坊や、ナベちゃんと仲がよかったの？」

「可愛がってもらってました」

「ナベちゃん、坊やみたいな若い子が好きだったのよねえ。粋がって強がってるけど、心は繊細で、みたいなさ」

「ナベさんを殺したやつ、おれがこの手で捕まえたいです」

「坂本、だからって無茶はするんじゃないぞ。北海道のご両親からおまえを預かってるのはおれなんだからな。おまえになにかあったら合わせる顔がねえ」

顕さんの顔も言葉もこれ以上ないほど真剣だった。まだ、半分素面だからだ。

「無茶したくたって、ひとりじゃなにもできないですから」

「おまえ、さっきから飲んでばかりじゃないか。おれたちと違って若いんだから、食え。食いながら飲め」

今夜はなんだか顕さんの言葉が心に沁みる。ナベさんが死んだからだろうか。心の奥にぽっかりと穴が開いて、すきま風がびゅーびゅーと音を立てて吹いている。

そのくせ、腹は減る。悲しくて切なくてしょうがないのに、それを嘲笑うかのように胃袋が鳴るのだ。

ぼくは焼きそばと唐揚げを注文した。

酔っ払ってもゆるしてくれるのと同じように、どれだけ食ってもナベさんは気にしないはずだ。

「ところで、坂本、おまえ、ナベさんの見回りのこといつから知ってた？」

顕さんが訊いてきた。

「いつからって、放火未遂事件の後、すぐです。ナベさん本人から聞きました」

「なんでおれに教えないんだ」

「教えましたよ。ただ、会長、酔っ払ってたからすぐに忘れたんじゃないですか」

「おれ、聞いてたのか？」

「はい」

刑事にナベさんの見回りのことを訊かれたとき、顕さんはきょとんとした顔をしていた。

「放火の見回りなんて酔狂なことをナベさんとするやつ、だれだろうな」

顕さんが空になったグラスの底を覗き込んだ。ぼくは慌ててお代わりを作りはじめた。

「さあ。見当もつきません」

「リリーなら聞いてるかもな」

「そうですね。明日にでも寄って、訊いてみますよ」

氷と酒と炭酸で満たしたグラスを顕さんの方に押しやった。

「もう一回、ナベさんに献杯しよう」

顕さんがグラスを持ち上げた。ぼくとカナコママもグラスを掲げた。

「献杯」

そう言って酒を飲んだ。顕さんの目が潤んでいた。きっとぼくの目も同じだろう。

その夜、顕さんはどれだけ飲んでも荒れることがなかった。ぼくもべろんべろんのぐでんぐでんにはならなかった。

＊　＊　＊

部屋の明かりを点けるのと同時に電話が鳴った。午前二時半。こんな時間に電話をかけてくるのは田丸ぐらいしか思い浮かばない。

ぼくは溜息を漏らした。頭は冴えているが、体が重い。顕さんとふたりでバーボンのボトルを二本、空けたのだ。さすがにもう飲めないということになってお開きになった。

「もしもし」

ぼくは受話器を取った。

「何回電話かけたと思ってるんだよ」

やっぱり、電話をかけてきたのは田丸だった。

「店にかけても繋がらないし――」

「顕さんと四谷で飲んでたんだ。ナベさんのために」

「本当なのか？　テレビのニュースでやってたんだ。ゴールデン街でナベさんが死んだって」

「本当だよ。〈風穴〉の前で死んでたって」

「そんな……」

ぼくは電話を抱えて冷蔵庫を開けた。すぐに寝るつもりだったが、田丸の声を聞いているうちにまた飲みたくなってきた。

ウォッカのボトルに直接口をつけて飲んだ。

「見回りの最中に放火犯に出くわしたんだと思う」ぼくは言った。「警察に話聞いたんだけど、揉み合いになって投げ飛ばされて、道路に頭を強く打ちつけたんじゃないかって」

「ナベさん、ナイフ使わなかったのかな」

田丸の言葉で、ナベさんがいつもナイフを身につけていたことを思い出した。どうして忘れていたのだろう。

「そんな暇、なかったんじゃないか」

「だけど、おれ、見せてもらったことがあるんだ。ナベさんが、ナイフ抜くところ。凄(すご)い早技なんだよ。日活のアクション映画や西部劇に憧(あこが)れて、何度も練習したんだって」

ぼくも見せてもらったことがある。顕さんの拳銃(けんじゅう)の抜き撃ちにひけを取らないぐらいだった。

「もしナイフを抜いてたら、そう簡単には殺されたりしないだろう。だいたい、揉み合いにならないはずだよ。突然のことで驚いて、ナイフを抜く暇もなかったんだ」

「そうかな……そうかもな」

ぼくはまたウォッカを呷った。

「明日、店、早めに閉めてリリーんとこに行くつもりなんだ。ナベさんと見回りしてたのだれなのか、リリーなら知ってるかも」

「そうだな。リリーは地獄耳だから。じゃあ、おれも行くようにするよ」

「うん。ありがとう」

「ところで、顕さんとずっと〈レッド・バロン〉で飲んでたんだろう？　だいじょうぶだったか？」

「今夜は顕さん、これっぽっちも荒れなかった」

「本当に？」

終始荒れることのなかった顕さんは、タクシー代だと言って、ぼくに五千円をくれた。この二年間で初めてのことだった。

「うん。ナベさんのこと、顕さんも相当こたえたんじゃないかな。おれも全然酔っぱらえなくてさ――」

そこまで言ったとき、突然、吐き気がこみ上げてきた。ウォッカが効いたのだ。いくらなんでも飲み過ぎだった。

「田丸、ごめん」

「坂本、どうした？」

ぼくは受話器を放りだし、トイレに駆け込んだ。

10

ドラッグストアで買ったスタミナドリンクを立て続けに飲んだ。それでも頭痛と胸のむかつきは消えない。

これだけ酷い二日酔いは久しぶりだった。

ナベさんの死から一夜明けたゴールデン街は、いつもと変わらぬ姿を取り戻していた。〈風穴〉のドアの脇に手向けられた多くの花束がこの街に不似合いな彩りを与えているだけだ。

二日酔いを呪いながら店の掃除をし、買い出しに行った。開店の準備が整うと、あまり早い時間から来るなよと常連客の顔を思い浮かべながら懇願し、スツールを並べてその上に横たわった。

アパートを出た時から、今日は飲まないぞと何度も自分に言い聞かせているのだが、時間が経って二日酔いが薄れれば、また飲んでしまうことはわかっていた。

酔っぱらいというのはだらしない生き物なのだ。

うとうとしかけたと思ったら、だれかがドアをノックした。まだ開店前だ。無視しようと思ったが、ノックは執拗に続いた。

舌打ちしながらスツールをおりた。

「はい」

ドアを開けながら無愛想な声を出した。

「こんにちは」

葉月が立っていた。

「ど、どうしたの？」

「テレビのニュースで、ゴールデン街で人が殺されたってやってて。なんだか心配で顔見に来たの」

「ぼくならだいじょうぶだけど……あ、中に入って」

ぼくは葉月を招き入れ、ドアに鍵をかけた。それから、スツールを並べ直した。

「なにか飲む？」

「いらない。ありがとう。でも、よかった。死んだのがモッ君だったらどうしようって、焦ってたんだ。電話しても繋がらないし」

夢うつつに何度か電話が鳴ったのは覚えている。田丸からだろうと思って出なかったのだ。

「ごめん。二日酔いで唸りながら寝てたんだ」

ぼくは葉月の隣に腰掛けた。無意識に煙草に手を伸ばし、途中でその手を止めた。今煙草を吸ったら、間違いなく吐いてしまう。

「知り合いだったの？　亡くなった人」

「うん。凄く可愛がってもらってた」

「それは残念ね」

ぼくはうなずいた。さっきまではナベさんの死が悲しくてたまらず、ナベさんを殺したやつが憎くてたまらず、そのことばかりを考えていたのに、今のぼくの頭にあるのはサトシという名の男のことだけだ。

本当に自分で自分が嫌になる。

「こないだ、ごめんね」

葉月が言った。

「ん？」

ぼくはとぼけた。

「〈黄昏〉に呼び出したのに、わたし、酔っ払っちゃって……」

「ああ、そんなこともあったね」

「気がついたら、自分の部屋のベッドで寝てたの。全然記憶がないから、次の日、また〈黄昏〉に行って武田さんに訊いたのよ。そしたら、モッ君がわたしをおぶって帰っていったって」

「店長が葉月さんの家の住所教えてくれたんだよ。タクシー代も出してあげるって言ってくれたから。だから、気にしないで」

「だけど……」

サトシってだれ？　彼氏？　それとも別れた男？

頭の中ではいくつもの疑問が渦を巻いていた。だが、それらを口にする勇気がぼくにはない。

「おんぶしながら、葉月さんって意外と胸大きいんだなとか、役得があったからさ」

「わたし、寝言でなにか言ってなかった？」

いきなり直球を投げられて、胃が収縮した。

「なにも言ってなかったと思うけど。葉月さん、とにかく眠りこけてたから」

「モッ君は優しいね」

葉月が微笑んだ。葉月の右手が伸びてきて、ぼくの左手をそっと握った。

顔が熱くなり、心臓が早鐘を打った。なんとか平静を保とうと煙草をくわえ、火を点けた。胸のむかつきが悪化する。それでもかまわず煙草をふかした。

「でも、酷い顔色」

葉月の視線がぼくの横顔を射貫いた。

「昨日、飲みすぎたんだ。久しぶりに吐いたよ」

「亡くなった人を偲んで飲んだんだ」

ぼくはうなずいた。途端に、ナベさんの笑顔が脳裏に浮かんだ。もう一度、あの笑顔を見たかった。もう一度だけナベさんと酒を酌み交わしたかった。そう思うと目の奥がしくしくと痛み出した。

「よっぽど好きだったのね、その人のこと」

「この街で一番好きな人だった。飾り気がなくて優しくて面白くて、酒に飲まれることがなくて……」

もう優しく諭されることはないのだ。酔った顕さんに酷い仕打ちをされても慰めてくれるナベさんはいないのだ。

胸が熱くなった。葉月の前だ、こらえなければ——そう思えば思うほど感情が揺れた。煙草を灰皿で押し潰し、咳き込んだ。涙が溢れそうになっているのをごまかそうと思ったのだ。

ふいに葉月に抱き寄せられた。香水が鼻をくすぐり、柔らかい肉体の感触が心臓を鷲づかみにした。

「泣きなよ。男だって、こういう時は泣いていいんだよ」

葉月が囁くように言った。その瞬間、たがが外れた。

ぼくは葉月の肩に顔を埋め、子供のように泣きじゃくった。

＊　＊　＊

店を閉めたのは午前二時だった。客はまだいたのだが、顕さんの顔色も悪く、客に頭を下げて早めにお開きにさせてもらったのだ。

「行こうか」

洗い物を済ませると、ぼくは待っていてくれた田丸に声をかけた。

田丸は開店と同時に顔を出した。葉月が帰るのがあと十分遅ければ鉢合わせしていたところだ。ぼくはほっと胸を撫でおろし、葉月の香水の匂いをごまかすために立て続けに煙草を吸った。おかげで胸のむかつきがさらに酷くなった。

戸締まりをし、路地を抜けてリリーの店に向かった。

「あれ？」

先を歩いていた田丸が首を捻った。リリーの店の看板が消えている。いつもならドアの隙間から漏れてくる明かりもない。

「もう店仕舞いしちゃったのかな」

「まさか。客が居なくたって開けてるよ」

ぼくたちは店の前に立った。ドアに貼り紙がしてあった。

〈本日はお休みさせていただきます　リリー〉

「〈マーロウ〉に行く前にちらっと見た時はこんな貼り紙なかったけどな」

田丸が首を傾げる。

「リリーが店閉めるの、旅行の時以外は初めてかも」

ぼくは貼り紙を睨んだ。確かにリリーの字だ。見かけによらず、少女のような可愛らしい字を書く。

「ほんと、この字だけ見たらオカマバーとは思えないよな」

「ナベさんのことがそんなにショックだったのかな?」

ぼくは田丸の戯れ言を無視した。

「そうかもな。ナベさん、みんなに好かれてたし」

「どうする?」

ぼくは訊いた。始発にはまだ時間がたっぷりある。どの店で飲むか、考えなければならない。

「おれ、今日、あんまり金持ってないんだよ。リリーならツケで飲めると思ってたんだけど」

田丸が顔をしかめた。

「なら、〈まつだ〉に行こうか。おっかさんならなにか聞いてるかもしれないし、昨日の今日だから、ナベさんと親しい人たちが集まってるよ。だれがナベさんと一緒に見回りしてたのか、わかるかも」

「決まりだな」

田丸がうなずき、ぼくたちは〈まつだ〉に足を向けた。

〈まつだ〉は賑わっていた。店に入る前から客たちの騒ぐ声が外に漏れ聞こえていた。中に入ると十人近くの酔っぱらいたちが酒を飲み、鼻歌をうたい、議論を交わし、あるいは泣いていた。

「おう、若者たち。よく来たな」

カウンターの隅で客と飲んでいたおっかさんがぼくらに気づき、手を振った。カウンターは満席だったが、ふたり組の客がぼくらが来たのをしおに腰を上げた。ぼくと田丸は空いた席に座った。もちろん、ぼくがおっかさんに近い席だ。田丸は酔っ払ったおっかさんに頭を叩かれるのがいやなのだ。

「若者たち、ナベのことは知ってるな？　警察のせいで昨日は営業できなかったから、今日があいつのお通夜だ。全部わたしの奢りだから、好きなだけ飲め。ナベも喜ぶ」

おっかさんが言い、バーテンダーの深澤さんが、ぼくたちの目の前に琥珀色の酒が入ったグラスを置いた。

「ウイスキーの水割りです」

深澤さんは客たちの好みをちゃんと覚えている。筋金入りのプロだ。

「いただきます」

ぼくと田丸はおっかさんに向けてグラスを掲げたが、おっかさんは隣の客と話し込んでいてぼくたちには目もくれなかった。

「深澤さん、ちょっとお聞きしたいことがあるんだけど、いいですか？」

おっかさんは諦めて、ぼくは深澤さんに話を振った。

「なんですか？」

「ナベさん、放火未遂事件の後、有志を募ってゴールデン街の見回りをボランティアでやるって言ってたんですよ。その有志って、だれのことだかわかります？」

「ああ、あれですか。そうだな、綾野さんとか山口さん、それに、鈴木さん」

深澤さんが口にしたのは左翼系雑誌の編集者、演劇関係者、そして生業がよくわからない男の名前だった。

「でも、みんな十日ほどで飽きてやめたみたいですよ」

「飽きた？」

田丸が甲高い声をあげた。

「ええ。最初は熱心に見回りしてたみたいですけど、なにも起こらないし、なにより暑いじゃないですか、昼間は。それでみんな嫌気が差しちゃって、十日ほどでやめたはずです。ずっと続けてたのはナベさんだけですね」

「そうだったんだ」

ぼくは水割りを啜った。ナベさんからはそんな話を聞いたことはなかった。ナベさんは人を責めたりするのがきらいだった。

「さっきまで綾野さんがいらしてたんですが、自分が一緒に見回りを続けていればナベさんが死ぬこともなかったかもしれないって、すっかりしょげ返っていましたよ」

その通りだ。途中でやめたりせず、一緒に見回りをしていたら、ナベさんが死ぬことはなかったはずだ。だが、ナベさんは綾野たちを恨むような人じゃなかった。

ちょっとしくじっちゃったよ——そういって天国で微笑んでいるような気がする。

「それはそれとして、なんか腑に落ちないんですよね」

深澤さんが言った。

「なにがですか？」

ぼくは訊き返した。

「何度かナベさんの喧嘩に遭遇したことがあるんですけどね、わたし。ナベさんが負けるの見たことないんですよ。あの人の喧嘩は先手必勝。不意を突くなんて卑怯な真似はしないけど、いざとなったら先にがつんとかまして主導権を握るんです」

ぼくと田丸は固唾を呑んで深澤さんの話に聞き入った。

「もしですよ、ナベさんが、だれかが放火しようとしてるところを見つけたんだとしたら、まず揉みあうなんてことはないんじゃないかと思うんですよ。がつんとかまして、そのまま殴り倒して押さえつける。揉みあって投げ飛ばされるナベさんの姿、想像できないんですよね」

「つまり？」

ぼくは口を開いた。

「相手は顔見知りかなにかで、油断してるところをやられたんじゃないかなって」

「顔見知りって……ゴールデン街のだれかってことですか？」

田丸が言った。唇が尖っている。納得がいかないときの癖だ。

「そこまではわかりませんけどね」

「ちょっと待ってください。〈風穴〉の店に、火を点けた跡はなかったんですかね？」

「路面に焼け焦げたような跡があったらしいんですが、放火かどうかまではまだわからないみたいですね」

ぼくは田丸と顔を見合わせた。ナベさんを殺したのは放火犯だと決め込んでいた。別の可能性があるかもしれないとは露ほども思っていなかったのだ。

「ま、素人考えですけどね。警察が街中で聞き込み捜査やってますから、そのうちなにかわかるんじゃないですかね」

深澤さんはそういうと、ぼくたちの前からキッチンへ移動していった。酒を作るだけではなく、客が注文する食べものを作るのも深澤さんの役目なのだ。

「不意を突かれたんだとしたら、ナベさんが気をゆるすような相手だったのかな」

田丸が煙草をくわえた。

「考えたってしょうがないよ。本当のところは、犯人が捕まるまでわからないんだから」

「おれたちがハードボイルドや冒険小説じゃなくて本格ミステリのファンなら、いろいろ推理できるのかもしれないな」

「馬鹿なこと――」

ぼくは田丸をたしなめようとした言葉を飲み込んだ。田丸の目が潤んでいる。

「ナベさんってさ、おれたちにとってオアシスみたいな人だったよな」

田丸は続けた。

「顕さんに理不尽なこと言われて、クソみたいな酔っぱらいの客に絡まれて、心がささくれ立ってるときにナベさんが店に顔を出してくれるとほっとするんだ」

「ああ」

「客と喧嘩になりそうになっても、ナベさんがいたら、上手く止めてくれる」

田丸は喧嘩っ早い。導火線がぼくよりずっと短い――いや、正義感が強いのだ。だから、理不尽な言動にすぐに耐えられなくなってキレてしまう。

「ナベさんがいないのがこんなに寂しいだなんて、思ってもいなかった」

田丸がこぼした。

「そうだな。おれも、こんなにショックを受けるなんて思ってなかったよ」

田丸が溜息を漏らした。ぼくもつられて溜息をついた。

次の瞬間、勢いよくドアが開いた。きつい香水の香りが漂ってくる。

「なによこの湿った空気。せっかく楽しく酔っ払っているっていうのにさ」

聞き覚えのある声だった。ぼくはカウンターを睨んだまま酒を啜った。ドアの方に目を向けた田丸の顔が強張っていくのがわかった。

声の主は中嶋桜に決まっていた。

「お通夜は故人のためにぱーっと楽しく飲むもんでしょ」

「やかましいな、相変わらずおまえは。うちの雰囲気がいやだったら帰れ」

おっかさんが怒鳴ったが、そんなことで怯む女ではなかった。

「あら？　顕さんのところの田丸君と坂本君じゃない」

おっかさんの怒声を聞き流し、中嶋桜はぼくらに声をかけてきた。

仕方なく振り返る。相変わらずファッションモデルのような服を着ている。だが、モデルとは違い、背が低く、顔も大きいので似合っていないどころか滑稽だった。

中嶋桜はファッション雑誌の編集者だ。底意地が悪く、他の客の言葉の揚げ足をとってはねちねちと難癖をつけるのでだれからも嫌われている。

〈マーロウ〉でも、顕さんから出入り禁止を言い渡されていた。

「なによ、あんたたちもナベさんのことでしんみりしてるクチ？　可愛がってもらってたもんね。ホモみたいに」

中嶋桜は泥酔していた。

「ふたりで飲んでるんだから、かまわないでください」

田丸の目の色が変わるのを察知して、ぼくは中嶋桜を追い払いにかかった。

「あら、田丸君、目が赤いじゃない。もしかして泣いてたの？　ナベさんのために？　あんな放火の見回りなんて酔狂なことして死んじゃった馬鹿のために？」

田丸が立ち上がった。

「やめろよ、田丸。相手にするな」

ぼくは田丸の腕を引いた。田丸は怒りのためにわなわなと震えている。

「あら？　わたしを殴るつもり？　普段は騎士道精神がどうのとか偉そうなこと言って

ても、頭に来たら相手が女でも殴るのよね。男なんてみんなそう。どうぞ。殴りたいなら殴ったら」

中嶋桜は田丸に顔を突き出した。田丸が拳を握った。

「だめだって、田丸」

「止めるな、坂本」

田丸が拳を振り上げようとしたその瞬間、おっかさんのだみ声が店内に響いた。

「深澤、このクソ馬鹿女、つまみ出せ」

「つまみ出されなくても帰るわよ、こんな辛気くさい店」

中嶋桜は回れ右をして店から出て行った。その背中を見送る客のだれもが、毒気を抜かれたような顔をしていた。

11

エンドロールの途中で席を立ち、映画館を後にした。

やっぱりいい映画だ。観るのは二度目だが、感動は変わらない。

『刑事ジョン・ブック　目撃者』

六月の封切り初日に観にいって感激し、二番館に落ちてくるのを待ってまた観にきていた。

素晴らしいシーンはたくさんあるのだが、やはりぼくがなにより好きなのはラストだ。ハリソン・フォード演じる刑事が、無言でアーミッシュの村を去っていく。愛する女性がそこにいるのに、いや、愛するが故に、刑事は黙って立ち去るのだ。

最近のぼくは、顕さんが絶賛するハードボイルドや冒険小説にいまひとつ入り込めずにいた。みな喋りすぎる。恰好をつけすぎる。それが鼻につく。

男はこうでなきゃ——気に入った小説を読み終えた後の顕さんの口癖だ。

男。誇り。友情。信義。騎士道精神。

顕さんの好きな言葉だ。顕さんだけじゃない。レイモンド・チャンドラーのハードボイルド小説の愛読者ならみんな好きだろう。

だが、そんな言葉が重要視されるのはお伽噺の中だけなんじゃないか——最近のぼくはそう思うようになっていた。

誇り高く、友情や信義を重んじ、中世の騎士よろしくか弱き女性を守って生きていく男。

そんな男、見たことがない。

少なくとも、ゴールデン街では絶滅種だ。ぼくの知る酔っぱらいは本能やエゴを剝き出しにする。

実際、顕さんにしてからが、そんな自分の好きな言葉やキャラクターとは正反対の言動をする。

嘘をつき、友情を踏みにじり、信義には唾を吐きかけ、女性にだって暴言を吐く。プライドは病的に高いが、誇り高さとは別次元の話だ。

現実に居もしない、居たとしてもごくわずかな存在の人間を主役に据えた物語など、それこそお伽噺にすぎないじゃないか。

そう思えて仕方がない。

もっとリアルな物語を、ぼくにとってよりリアルなものを読みたい。

そんな気持ちが芽生えていた。

『刑事ジョン・ブック　目撃者』は、少しロマンティックなきらいはあるけれど、そんなぼくの想いに応えてくれる映画だったのだ。

無性にだれかと話がしたかった。小説について。映画について。

書店に寄って新刊を数冊買い、牛丼を腹に詰め込んでからゴールデン街に向かった。店に入る前に〈風穴〉に立ち寄ってナベさんのために合掌した。〈風穴〉のドアの横には、今でもだれかが花を手向けている。

時々、顔見知りになったマンモス交番の警官に話を聞きに行くのだが、捜査にこれといった進展はないらしい。

ナベさんはいったいだれに殺されたのだろう。

掃除と買い出しを済ませ、七時ちょうどに看板の明かりを点けた。

顕さんは今夜、地方で舞台の仕事が入っていて店には来ない。カセットデッキに持参したテープを入れてかけた。普段の店内には顕さん好みのジャズや映画のサウンドトラックが流れている。顕さんが留守のときは、たまに、自分の好きな音楽をかける。

パンクロックだ。

今日のテープに入っているのはザ・クラッシュというバンドのお気に入りの曲だった。ぼくにとってはかけがえのないバンドだ。このバンドの『ホワイトマン・イン・ハマースミス・パレス』という曲を聴いたのは、中学生のときだった。この曲を聴き、英語の歌詞の意味を理解したとき、ぼくの生き方の半分が決まったと言ってもいい。バンドを組むとか演奏するとか歌うとか、そんなことはどうでもいい。おれは一生、パンクロッカーとして生きる。

十四歳のぼくは、自分自身にそう誓った。

以来、いろんなバンドのいろんな曲を聴いてきたけれど、ザ・クラッシュを超えるバンドはなかった。

ほとんどの曲をそらで歌える。英語の歌詞カードと睨めっこして詞を和訳したからだ。歌詞を理解しなければならなかった。歌詞を理解しなければザ・クラッシュの訴えたいことも理解できない。理解したかった。必死だった。そうやっているうちに、英語の歌詞も自然と覚えてしまったのだ。

真夜中から朝の六時まで

ジャマイカから初めてやってきたのは
ディリンジャーとリロイ・スマート
クール・オペレイターのデルロイ・ウィルソン

イギリスのポップ・レゲエのケン・ブースはバックバンドに
サウンドシステムまでくっつけている
やつらがなにかを言えば、黒人の観客たちが耳を傾ける

でも、一晩中、フォー・トップスを見せられてるような気分だった
きんきらきんのアンコール
演奏は尖っていたけど、ステージの上にいる連中には、反抗の音楽のかけらもなかった
ステージの上にいる連中には、反抗の音楽のかけらもなかった

だって、やつらはどこにも連れていっちゃくれないんだ
おまえの持ってる武器を嘲笑ってるのさ
外には大英帝国の軍隊がいて、やつらの装備は１５００トンもあるんだからな

白い若者たちよ、黒い若者たちよ
他の方法を見つけた方がいいぜ
どうしてロビン・フッドに電話しないんだ?
あいつに富の分配を頼めばいいじゃないか

イギリスのパンクロッカーたちはなんにも気づいちゃいない
スポットライトを浴びる場所をめぐって喧嘩をしているだけだ
新しいバンドは自分たちには関係ないって顔をしてる
学ぶべきことはいっぱいあるのにな
やつらはバートンのスーツを着てるんだ
笑えるぜ
反抗を金に換えてるんだ

シーズンごとにコートを替えるように、投票する相手を変える連中は
アドルフ・ヒトラーがよみがえったら、喜んでリムジンで迎えに行くんだろう
おれはドラッグを求めて夜ごとさまようオオカミさ
太陽の下では病人に見える

おれはハマースミス・パレスの白人さ
ただ、面白いことを探してる

デッキから流れてくる曲に合わせて歌詞を口ずさんでいると、客がやってきた。

目黒考二さんと、船戸与一さんの担当編集者でもある山田さんだった。

「北上さん、ご無沙汰です。いらっしゃいませ」

ぼくはデッキのボリュームを落としてカウンターの中に入った。目黒さんは『本の雑誌』という、書評や活字文化を題材にした記事を多く載せるミニコミ誌の代表人だ。椎名誠さんが編集長で、イラストレーターの沢野ひとしさんや、弁護士の木村晋介さんなども関わっている。

目黒さんは、北上次郎というペンネームで書評家もやっている。ぼくら小説好きの若者には、目黒考二より北上次郎の方が親しみやすかった。

「とりあえず、ビール。今日は顕さんは？」

目黒さんが言った。

「今日は地方で仕事が入っていて休みです」

「そうか。久しぶりに会えるかなと思って来たんだけど」

「申し訳ありません」

「最近、顕さん、坂本君が当番の日は安心して任せてる感じだよね」

山田さんが言った。

「そうですかね」

「土曜日だっけ？　笠井君が当番の日は、顕さん、絶対休まないよ」

「笠井も最近はだいぶまともになってきたみたいですけど」

ぴかぴかに磨いたグラスと栓を抜いた瓶ビールをふたりの前に置いた。すぐに乾き物のお通しも用意する。

ふたりは乾杯すると、早くもぼくの存在を忘れて熱く語りはじめた。

山田さんが担当した小説が文庫になるらしく、それの解説を目黒さんに頼んでいるらしい。

ぼくはにやつきながらふたりの会話をそれとなく聞いた。小説の分野で一家をなしているひとたちが、真剣に小説に関する議論を戦わせているのを聞いたり見たりするのはそれだけで気分がいいものだ。

ビールがなくなりそうだったので山田さんに目配せした。山田さんがうなずいた。ぼくは新しいビールを開け、空になった瓶と取り替えた。

別の客が入ってきた。

「よう」

常連の小西だった。

「月曜なんて珍しいじゃないですか」

「たまたま新宿で打ち合わせがあってさ。会社に戻るの面倒だし、このままひとりで家に帰ってもな」

小西はボトル棚から自分のボトルを取りだし、席に着いた。ぼくはとりあえずお通しを出してから、氷を割りはじめた。

「お、北上次郎じゃん。久しぶりじゃないか？」

「うん。山田さんの担当した本の解説書くみたいですよ」

「熱く語り合ってるねえ。いいなあ」

小西は上着を脱ぎ、ワイシャツの袖をまくり上げた。ぼくはアイスピックで割った氷をアイスペールに放り込んでいく。真夏でも、氷を握り続けていると掌と指先が冷たさに痺れてくる。いずれ慣れるものかと思っていたけれど、慣れることはなかった。

グラスと氷と炭酸の入ったボトルを小西の前に置いた。

「今日、顕さん休みなんだろう？　おまえも飲めば？」

小西が悪戯小僧のような笑みを浮かべる。ぼくは首を振った。

「柄にもなく真面目だねえ」

「小西さん、知ってるくせに」

ぼくはベロを出した。去年のことだ。顕さんが休みの日に、ぼくは開店した途端にみんなと一緒に飲みはじめた。ところが、午後九時過ぎに顕さんが店にやって来たのだ。仕事の日付を一日間違えていたらしい。へべれけになっているぼくを見た顕さんは烈火の如く怒った。

当たり前だ。

あれは完全にぼくが悪い。

あれ以来ぼくは、顕さんが居ようと居まいと午後十時までは酒に口をつけないようにしている。もちろん、だれもいない時間に葉月が来たときは別だ。

「最近、面白い本か映画、あったか？」

小西が水を向けてきた。

「また『刑事ジョン・ブック』観て来ちゃった」

「あれはいい映画だもんなあ」

ぼくたちは目黒さんたちの存在を忘れて映画について語りはじめた。

＊　＊　＊

「坂本君、ウィスキーの水割りにしたいんだけど」

ぼくと小西が映画の話で盛りあがっていると、山田さんが遠慮がちに声をかけてきた。

「はい、今すぐ」

ぼくが返事をしている間に、小西が目黒さんと山田さんのボトルを棚から出してきてくれた。気が利く常連は大好きだ。

また氷を割り、グラスと水を用意する。

「ああ、そうだ。坂本君、『鷺』読んだよ」

目黒さんが言った。『鷺』の最新号は、先週、発送を済ませたばかりだった。

「相変わらず、坂本君の原稿、面白いよな」

「ありがとうございます」

今回の『鷺』に、ぼくは数冊の新刊書評と、身辺雑記風のエッセイを寄稿していた。

「今度、うちで書いてみないか？」

目黒さんの言葉に耳を疑った。

「うち？」

「『本の雑誌』だよ。前から思ってたんだ。坂本君になにか書かせたら面白いんじゃないかって」

「ぼくがですか？　『本の雑誌』に？」

「うん。今度、担当のやつに連絡させるから、電話番号あったら教えてくれるか？」

「は、はい」

ぼくは真新しい伝票の裏に名前と電話番号を書き、目黒さんに渡した。

「伝票の裏で申し訳ないですけど」

「かまわないよ。それでさ、山田――」

目黒さんは伝票を折り畳んでジャケットの胸ポケットに押し込むと、また山田さんと熱のこもった話を始めた。

「すげえじゃん、坂本」小西が囁いてきた。「『本の雑誌』だぞ」

『本の雑誌』はミニコミ誌のようなものだが、日本中の小説好きに愛読されている。もちろん、ぼくも毎号欠かさず購入し、隅から隅まで舐めるように読んでいる。

今年の五月、目黒さんは『本の雑誌風雲録』という本を出版した。前半は、若かりし目黒さんや椎名さんが夜な夜な新宿に集まっては小説や活字文化を語り合い、やがて自分たちの納得できる雑誌を作ろうと盛り上がる。実際の現場のことをなにも知らない面々が雑誌作りに奮闘。取次を通さない直販で書店に納入して販売するというシステムを作り上げていく過程が描かれている。

そして、『本の雑誌』が次第に人気を博し、創刊に携わった各々が時の人となって仕事に忙殺されるようになっていくなかでの葛藤、そして、書店への搬入を手伝う「助っ人」と呼ばれる若者たちとの交流を描いているのが後半だ。

『本の雑誌』はもはや、直販制度は取っていない。それをやるには部数が大きくなりすぎたのだ。あと数年早く生まれていたら、ぼくも助っ人になっていたかもしれない――この本を読みながら、何度もそんな妄想を抱いたものだ。

「マジですかね」

ぼくは言った。

「北上さん、嘘は言わないだろう」

「ですよね。なんだか喉が渇いてきたな。飲んじゃおうかな」

「飲めよ。めでたいことなんだから乾杯しよう。師角とかさっちゃんも呼ぼうか？」

「いいですよ。まだ決まったわけじゃないんだし」

ぼくは顕さんのボトルに手を伸ばした。グラスに氷を放り込み、バーボンを注ぎ、最後に炭酸を流し入れる。指でかき回せばバーボンソーダのできあがりだ。

「乾杯」

目黒さんたちに気づかれないよう、カウンターの上で小さくグラスをぶつけた。

いつもと変わらないはずなのに、今まで飲んだ中で一番美味しいバーボンソーダだった。

12

何度かけても葉月への電話は留守電に繋がるだけだった。

「坂本です。時間のある時でいいので、電話ください」

ぼくはまた溜息を押し殺しながらメッセージを残し、電話を切る。

〈マーロウ〉のバイトは休みなのだから、たまにはアパートでゆっくりしていればいいのに、気がつけば外に出て電車に乗り、新宿駅で降りていた。

地下通路を通って紀伊國屋に向かい、新刊コーナー、文芸書の単行本コーナー、それから翻訳小説のコーナーへと移動していく。

早川書房のポケットミステリの棚の前で顕さんが立ち読みをしていた。

「顕さん」

声をかけると、顕さんが振り返った。相変わらず酷い顔色だ。昨日も地方で深酒をしたのだろう。

「おお、坂本か。なにしてるんだ？　今日は店、田丸だろう？」

「ええ。でも、なんだか、一日一回は大型書店に足を運ばないと気が済まなくて」

「そうか」

顕さんは嬉しそうに笑った。

「顕さんこそなにしてるんですか？」

「ちょっと昨日、飲みすぎてな。一時間ぐらい前に新幹線で東京駅に着いたんだけど、このまま家に帰って寝たら、朝まで起きられない気がしてな。ひとりで茶店に居ても寝ちゃいそうだけど、立って本読んでりゃだいじょうぶだろうって」

「それで斉藤顕がポケミスを立ち読みですか。気づいてる客が結構いますよ」

「おお。さっきから何度も声かけられて、集中できないんだよ。坂本、時間あるなら、付き合ってくれるか？」

「いいですけど」

顕さんは腕時計を覗きこんだ。

「この時間で飲めるところとなると……」

「飲むんですか？　まだ五時前ですよ」

「迎え酒やらないと夜までもたねえ。おまえ、ホテルのバーで飲んだことあるか？」

「ないですけど」

「じゃあ、行こう。男なら、ちゃんとしたバーでの酒の嗜み方を覚えなきゃな」

顕さんは本を棚に戻すと、颯爽と歩きはじめた。チビで小太りなのだが、テンガロンハットとウエスタンブーツ姿が小粋でいかにも芸能人然としている。その後について歩くぼくは付き人にでも見えるのだろうか。

紀伊國屋を出たところでタクシーを摑まえると、顕さんは「京王プラザホテル」と運転手に告げた。

東口から西口へ抜ける間は混み合っていたが、タクシーは十分もかからないでホテルに到着した。顕さんは千円札を運転手に渡し、釣りは受け取らなかった。

素面で人目がある時は実に気前がいいのが顕さんだ。

ぼくたちはバーに直行した。まだ明るい時間帯のバーは映画のセットのように思えた。この後の撮影のために、隅から隅まで綺麗に磨き上げられているかのようだ。

顕さんはカウンターに陣取った。ぼくは左隣。いつからか、それがぼくたちの並び順になっていた。

「ダイキリを」

近づいてきた初老のバーテンダーに顕さんがカクテルを頼んだ。

「坂本はどうする？」

「こんなとこでなに頼んだらいいかわかりませんよ」

「アメリカやイギリスの洒落た小説によく出てくるだろう。カクテルの名前。飲んでみたいやつを頼めばいいんだ。そうやってるうちに、自分の好みがわかってくる」

「じゃあ、マティーニを。ジェイムズ・ボンドの飲むやつって言ってわかりますか？」

ぼくはおそるおそるバーテンダーに訊ねた。

「もちろんです。ジンではなくウォッカベースで。ステアではなく、シェイクして。それでよろしいですね？」

「はい」

マティーニは普通、ジンをベースにして作る。ドライジンにドライベルモットを垂らしてステアしたものに、レモンの皮を搾って香りをつけ、最後に串に刺したオリーブを入れる。対して、ジェイムズ・ボンドが飲むマティーニはジンの代わりにウォッカを使い、ステアではなくシェイクする。

そもそも本格的なマティーニ自体、飲んだことがないから違いなどわからない。それでも、小説の中に出てくるカクテルで真っ先に頭に浮かぶのは、ボンドのマティーニだった。

バーテンダーがカクテルの用意をはじめた。

「チャンドラーの『長いお別れ』に、開店したてのバーに関するうんちくを語るシーンがあるだろう？」

顕さんが言った。フィリップ・マーロウが登場する有名なシーンだ。

「若いときにあれ読んでな。おれもいつか、そういうバーで酒を飲んでうんちくを語れるようになってみたいって思ったもんだ」

売れる前は本当に貧乏だったというのも、顕さんの口癖のひとつだった。

「ぼくはゴールデン街の方が落ち着きます」

「慣れだよ、慣れ。慣れりゃ、こういう本格的なバーでも、ゴールデン街みたいな安酒場でも、自由に酒を飲めるようになる」

顕さんは煙草をくわえ、火を点けた。ハイライトだ。ぼくは自分のセブンスターを出してくわえた。

バーテンダーがぼくのウォッカマティーニをシェイクしはじめた。背筋がぴんと伸び、シェイカーを握る手つきは優雅だった。その手捌き（てさばき）は〈黄昏〉の武田さんを思い出させた。

あそこに行けば、葉月の近況を知ることができるだろうか？　もしかすると、〈サトシ〉という男のことも武田さんなら知っているかもしれない。

ぼくは首を振った。

プロのバーテンダーが客のことをぺらぺら喋るはずがない。知りたいことは本人に直接訊くしかないのだ。

「お待たせいたしました」

顕さんの目の前にダイキリが、ぼくの目の前にマティーニが置かれた。

「ジェイムズ・ボンドの好みはミディアムドライなので、その通りに作りました。もっとドライなのがお好みでしたらおっしゃってください」

「そうします」

ぼくはグラスを手に取った。

「乾杯」

顕さんとグラスを合わせ、マティーニに口をつける。強烈なアルコールに噎せそうになった。

「どうだ?」

顕さんがにやにやしながら訊いてきた。

「ベルモットとレモンで香り付けしたウォッカです」

「ステアじゃなくシェイクしてる分、口当たりは軽やかだって言われてるんだが、変わらねえよな」

顕さんはダイキリを啜った。土気色だった顔が、アルコールを吸収するたびに血の気を取り戻していく。吸血鬼みたいだなと思った。

「若いころは金がなかったから、こういうところには、先輩に連れてきてもらうしかなかった」

顕さんは視線を左右に走らせた。

「おれも金稼げるようになったら、先輩がそうしてくれたように後輩を連れてきてやろうと誓ったもんだ。性格的に弟子を持つタイプじゃないし、昔とは違って、寄席や舞台で若い芸人と一緒になるってことも少ないからな」

顕さんは煙草をふかし、ダイキリを啜った。

「まさか、芸人の代わりに本好きの若者を連れてくることになるとは想像もしてなかったな」

迎え酒のおかげか、顕さんはすこぶるご機嫌だった。まだ二時間はこの調子でいくだろう。その後のことは神のみぞ知る。迂闊に酔っ払うわけにはいかない。逃げるタイミングを考えておかないと、痛い目を見るのはぼくだ。

「坂本、おまえ、最近暗い顔してることがあるけど、悩みでもあるのか？」

顕さんが言った。酔っ払っていてもいなくても、目敏いことに変わりはない。

「ナベさんのことが引っかかってて。ぼく、あの人が大好きだったんです」

「おれもナベさんのことを考えるとここが痛む」顕さんは拳で左の胸を叩いた。「いい酔っぱらいだった」

「犯人、早く捕まるといいんですけど」

「これが小説の世界ならなあ。おれたちが探偵役やって、犯人を見つけるのにな」

「田丸とも話してますよ。おれたちで犯人、見つけられないかなって」

「田丸か……あいつ、秋になったら就職活動のために店、辞めたいってこの前言ってたな」

「本当ですか？」

ぼくは唇を噛んだ。顕さんに辞めると告げる前にぼくに言ってくれとあれほど頼んでいたのに。

「辞めるのはかまわないんだ。おまえたちは学生で、それぞれ事情があるんだからな。問題は、代わりが見つかるかどうかだな。おまえ、田丸の代わりが見つかるまで、田丸の曜日もやってくれないか？」

「無理ですよ」ぼくは即答した。「うちも貧乏なんで、留年とかできないんです。たまには学校に顔を出さないとまずいし」

「そうだよな」

「そういえば、さっちゃんがバイトやってもいいって言ってましたよ」

「佐々木が？　あいつ、だいじょうぶかな？」

「田丸にちゃんと仕込ませればだいじょうぶです」

「そうか。後釜がいるなら安心だな」

顕さんはダイキリを飲み干した。

「お代わり。坂本はどうする？」

「じゃあ、ぼくはジンベースの普通のマティーニを」

ぼくは慌ててグラスの中身を飲み干した。オリーブを頬張り、串を空になったグラスに入れた。オリーブを嚙んでいると、腹が鳴った。

「腹が減ってるのか？」

「昼飯食ったの、十一時ぐらいなんで」

「ここのローストビーフサンド、いけるぞ」

「じゃあ、それもお願いします」

ぼくはグラスを片づけに来たバーテンダーに言った。ローストビーフサンドなど食べたことがない。おそらく、値段もかなりするのだろう。酔っ払っている顕さんの言葉を真に受けるのは危険だが、今はまだだいじょうぶだ。

「ローストビーフサンド、二人前ね」

顕さんが付け加えた。

「顕さんも食べるんですか？」

「さすがになんか胃に入れておかねえとまずいだろう。この後、店に顔出すつもりだしな」

「そうですね。絶対、なにか食べておいた方がいいですよ」

ぼくは笑いが顔に出ないように気をつけた。顕さんは間違いなくサンドイッチを残す。残飯処理係はぼくしかいない。

田丸に話したら、地団駄を踏んで悔しがるだろう。ぼくとの約束を破って勝手に店を辞める話を進めた罰だ。

顕さんが今、ゲラで読んでいるという翻訳物の冒険小説の話をはじめた。

ほろ酔い加減の顕さんが愛を込めて小説について語る。それを聞くのが好きだった。少なくとも、そこには愛があって悪意はない。

だが、今のぼくには顕さんの言葉が胸にすとんと落ちて来ない。男の友情、誇り、ロマン――どれもこれも薄っぺらな言葉に感じてしまう。

顕さん、あなたの生きている世界はもっとドロドロじゃないですか。酒に酔えば理性を失い、友情も誇りもかなぐり捨てて、肥大したエゴに埋もれ、欲望の虜(とりこ)になるじゃないですか。それが人間でしょう?

喉元まで出かかった言葉を飲みこんで、ぼくは煙草をふかした。

カクテルのお代わりとローストビーフサンドが運ばれてきた。

ローストビーフサンドは絶品だった。

マティーニは、ジン独特の香りが癖になる味だった。ジェイムズ・ボンドの味覚はまったくあてにならない。

＊　＊　＊

顕さんが完全に酔っ払ってしまう前に口実を作って別れた。

顕さんをタクシーに押し込んで、ぼくは歩いて東口へ戻った。喫茶店で酔い覚ましのためのコーヒーを啜り、買ったばかりの文庫に目を通す。

本の中身は頭を素通りした。ウォッカマティーニにジンマティーニ。顕さんと同じダイキリにマルガリータ。さすがに四杯のカクテルはこたえる。

顕さんはダイキリを三杯飲んだ後にバーボンのソーダ割りに切り替えた。五杯目あたりから呂律が怪しくなっていた。

「今夜の田丸は大変だな」

ぼくは文庫から目をあげて呟いた。顕さんは〈マーロウ〉に行くと言っていた。時刻は午後七時半。開店直後で油断しているところに、したたか酔った顕さんが現れるのだ。店は修羅場と化すだろう。

「ごめんな」

頭の中の田丸に謝り、ぼくは会計を済ませて喫茶店を後にした。冷房の効いた店内から外へ出ると目眩がした。肌にまとわりつくような湿気と熱気だ。とうに日は落ちているというのに気温は下がる気配がない。

靖国通りを渡り、遊歩道を通ってゴールデン街に向かった。リリーの店は今日は看板に明かりが灯っていた。

「こんばんは」

勢いよく中に入った。客はいない。リリーはメイク中だった。着ているのも黒いドレスだ。

「あ、久しぶりにオカマの恰好」

ぼくはカウンターの右端のスツールに腰をおろした。

「なに言ってんのよ。わたしはいつだってオカマよ。なに飲む？」

リリーは口紅を塗り終えた。

「ビール」

「あら、珍しいわね」

「夕方、紀伊國屋で顕さんにばったり出くわして、さっきまでホテルのバーで一緒に飲んでたんだ。結構酔っ払ってるから、すっきりしたのが飲みたい」

「まあ、顕ちゃんとホテルのバーで？　だいじょうぶだった？」

「顕さんが泥酔する前に別れたから。今頃、田丸が大変な目に遭ってると思うよ」

「災難ねえ」

リリーがグラスとビールの瓶をカウンターに置いた。手酌で注ぎ、最初の一杯を一気に飲み干した。

「あ、今のうちから言っておくけど、今夜はツケでお願いします」

「今夜も、でしょ。日本語は正しく使いなさい」

「そう言えば、なんで休んでたの？」

「ちょっと調子がよくなくてさ」

「まさしく鬼の霍乱だ。リリーが店休むの初めてだったから、田丸と一緒に心配してたんだぜ」

「店閉めたの、わたしも初めてよ」

「そんなにナベさんのことショックだったのかなあって」

「そりゃそうよ」

リリーはお通しを出してくれた。大根の煮物だ。顕さんに奢ってもらったローストビーフサンドはとっくに消化され、胃は空っぽだった。ぼくは大根に箸をつけながら焼きそばを注文した。

「それと、ウイスキーのソーダ割り」

「はいはい。育ち盛りはよく食べるわね。顕ちゃんに食事もご馳走してもらったんでしょ？」

「サンドイッチ。美味しいけど、腹持ちしないんだよね」

「ああ、そうだ。焼きそばじゃなくてチャーハンにしなさいよ。昨日炊いたご飯が余ってるの。チャーハンならただにしてあげるから」

「チャーハン、いただきます」

ぼくは飛びついた。ただより旨いものはない。

「ナベさんの件、なにか耳に入ってきてない？」

　お通しを食べ終えると、ぼくは話題を変えた。

「特にはなにも。時間が時間だから、だれもなにも見てないのよ」

「酒や氷の配達ももっと遅い時間だしなあ」

「もし目撃者がいるとしたら浮浪者かしらね。時々いるのよ、外に出しておいたビール瓶、勝手に持ってって酒屋に売るやつ」

「聞いたことあるよ。昔はもっと多かったって」

「酒屋がね、明らかにそれとわかるのが来たら、買い取らないようにしたのよ。それで減ったんだけど、まだ時々いるわ」

　この辺の浮浪者が根城にしているのは、大久保界隈の公園が多かった。時折、花園神社や新宿駅の地下通路で段ボールを敷いて寝ている者もいるが、定期的に追い払われるからだ。

　時間が出来たら、田丸と一緒に浮浪者に話を聞いてまわるのもいいかもしれないな――ビールを飲みながら、ぼくはそう思った。

「ところで、坂本。猫を預かってほしいって話、覚えてる？」

「うん。覚えてるよ」

「再来週、田舎に帰らなきゃならないのよ。あんた、東京にいるんでしょう？」

　北海道の母親の顔が頭に浮かんだ。ぼくの帰省を心待ちにしているだろう。だが、わざわざ金を出して北海道に帰るのは面倒だという思いがぼくにはあった。

「三万円あげるから」

「いる」

「お盆休みの間、十四日から十六日まで預かってもらいたいのよ。三万円あげるから」

「三万？」

ぼくは口に運びかけていたビールのグラスを途中で止めた。

「アルバイト代と、三日間の猫の食費」

猫の食費など、一日千円もかからないだろう。

「そんなにもらっちゃ悪いよ」

「いいのよ。わたしの気持ちなんだから。お願いできるわよね」

「もちろん」

「助かるわ。坂本なら安心だから。田丸はいい子だけど、百パーセントは信頼できないのよね。それから――」

リリーはボトルの棚から焼酎を取りだした。

「今夜はウイスキーじゃなく、これを飲みなさい」

ボトルにかけられたタグにはナベさんの名前が記されていた。

「これ――」

「ナベちゃんも、どこのだれかわからないやつに飲まれるより、あんたや田丸が飲んだ方が喜ぶわ」

元々は透明だったはずのボトルが、煙草のヤニで黄ばんでいた。新しいボトルを入れても、中身を古いボトルに入れ替えてキープしておくのがナベさんの流儀だった。

「このボトルはいつから？」

ぼくは訊いた。

「もう、五、六年になるかしらね。ヤニで黄ばんで、触ると手がべたつくから新しいボトルにしてって言っても、あの人、笑ってるだけなのよね。優しそうな顔して、ほんとに頑固なんだから」

リリーはタマネギを刻んでいた。その声が途中から湿りだした。

「泣いてんのかよ、リリー」

「あんな馬鹿のために泣くわけないじゃない。タマネギのせいよ。タマネギ」

うつむいたリリーの顔から涙の滴が落ちた。タマネギのせいだ——ぼくは自分に言い聞かせた。

ビールを飲み干し、空になったグラスにナベさんの焼酎を注いだ。カウンターに置いてある魔法瓶を手に取った。

普段、ぼくはお湯割りなんて飲まない。でも、ナベさんは焼酎のお湯割り一辺倒だった。

焼酎をお湯で割って、グラスを掲げた。

「いただきます」

そう呟いて、お湯割りを啜った。焼酎はナベさんの人柄そのまま、穏やかでまろやかだった。

「意地汚く全部飲んじゃだめよ。田丸の分、残しておきなさいよ」

リリーがフライパンでタマネギを炒めはじめた。

言われなくてもそのつもりだった。

13

電話の音で起こされた。電話をかけてきた相手への呪詛を口にしながら寝返りを打ち、受話器に手を伸ばす。

「もしもし？」

思いきり不機嫌な声を絞り出してやる。昨日は結局、〈リリー〉で深い時間まで飲んでいたのだ。

「坂本さんのお宅でしょうか？」

聞き慣れない声が耳に流れてくる。

「そうですけど」

電話の横に置いてある目覚まし時計はもうすぐ午後一時になると告げていた。

「『本の雑誌』の望月と申しますが」

眠気が吹き飛んだ。ぼくは身体を起こし、ベッドの上で正座した。

「はい、どうも」

「先日、目黒から話があったと思うんですが、坂本さんに是非、原稿を依頼したいと思いまして」

「本当に？」

思わず言ってしまった。電話の向こうで望月が笑った。

「はい。目黒が坂本さんの原稿、とても気に入ってるんです」

「ありがとうございます」

いつもなら頭痛と胸焼けと喉の渇きの三重苦が待ち受けていたはずの寝起きだが、頭痛はせず、胸焼けも起きず、喉の渇きも覚えなかった。

「それで、一度お会いして打ち合わせをしたいと思っているんですが」

「いつでもどこにでもお伺いします」

「いきなりで申し訳ないんですが、今日の夕方なんてどうですか？」

今日もバイトは休みだ。また〈リリー〉に顔を出そうかと思っていたぐらいで予定はなにもない。

「だいじょうぶです」

「では、夕方、そうですね、四時に弊社までお越しいただけると助かるんですが」

「笹塚でしたよね？」

笹塚の駅から編集部までの詳しい道順を聞いた。

「じゃあ、四時にお伺いします」

電話を切った。呆然とした気分のまま、煙草をくわえ、火を点けた。煙を吸い込んだ途端、頭痛と胸焼けと喉の渇きが同時に襲いかかってきた。

火を点けたばかりの煙草を消し、台所に飛んでいって冷蔵庫を開けた。微炭酸の清涼飲料水の缶が並んでいる。二日酔いにはこの手の飲み物が一番だ。

栓を開け、中身を一気に飲み干した。トイレに行き、大小の排泄物を体外に出す。

それで、喉の渇きは癒え、頭痛と胸焼けもだいぶましになってきた。

「夕方までに酒抜かないとな……風呂にでも入ろうかな」

さっき消したばかりの煙草を灰皿から抜き取り、また火を点けた。せっかくおさまりかけていた胸焼けがぶり返す。

わかっているのにやめられない。

人間は本当に愚かな生き物だ。

結局、風呂に浸かるには湯船を掃除しなければならないことに思い至り、シャワーだけで済ませることにした。

煙草を消し、バスルームへ向かう。また、電話が鳴った。

「もしもし？」

今度はだれからだろうと訝りながら電話に出た。

「もしもし、モッ君？　おはよう」

葉月の朗らかな声が耳をくすぐった。

「あ、おはよう」

「ちょっと早いかなと思ったんだけど、だいじょうぶ？」

「うん。もう起きてたから」

「いきなりなんだけど、今日、映画でも行かない？」

「何時ぐらいから？」

ぼくはおそるおそる訊いた。田丸たちとの約束ぐらいならすっぽかしてでも葉月と映画を観に行くことを選ぶ。だが、今日は『本の雑誌』との打ち合わせがあるのだ。こればかりは、葉月と天秤にかけるわけにはいかなかった。

「六時はどう？」

胸に溜めていた息を吐き出した。打ち合わせは一時間ぐらいで終わるだろう。五時に笹塚を出れば、六時には余裕で新宿に到着できる。

「ぼくはいいけど、その時間に映画観たら、店に遅刻するんじゃないの？」

「今日はお休みもらったの。映画観て、ご飯食べて、飲もう」

「うん。いいよ。で、なんの映画観る？」

「『刑事ジョン・ブック　目撃者』。封切りのとき見逃しちゃったの。今、二番館におりてきてるから、絶対に観たくて。モッ君はもう観ちゃってるよね？」

ぼくは苦笑をこらえた。観たどころか、先日、二番館で観直してきたばかりだ。

「観たけど、かまわないよ。あの映画、大好きだから」

ぼくは言った。

「ありがとう。じゃあ、六時にどこで待ち合わせしようか？」

「西武新宿ペペのブックセンターは？　新刊売り場の辺りで」

「西武新宿ペペ？　あんなところで？」

「あそこは穴場なんだよ。あんまり人もいないし、知り合いにばったり出くわすおそれも少ないから」

「あ、わたしとデートしてるところ、知り合いに見られるの嫌なんだ」

「そういうわけじゃないけど――」

「からかわれるのが嫌なのね。可愛い」

耳たぶが熱くなった。

「葉月さんがぼくをからかってどうするんだよ」

「そうね。じゃあ、六時にペペで。楽しみ」

「ぼくも」

ぼくはそっと受話器を置いた。今度こそ、頭痛も胸焼けも消えていた。

＊　＊　＊

『本の雑誌』の編集部は思いのほか広く、そして静かだった。もっとこぢんまりとしたところで、編集者たちが忙しなく働いているのだろうと勝手に想像していた。デスクはほとんど空いていて、編集部内にいるのは数人だけだ。応接セットでは目黒さんがだれかと話し込んでいた。

「失礼します」

入口で声を発し、一礼して中に入った。

「坂本と申しますが、望月さんは？」

「おお、坂本君か。よく来たな」

目黒さんが真っ先に反応して手を振ってくれた。

「ようこそ」

そう言って腰を上げたのは、眼鏡をかけた銀行員のような風貌の男だった。

「しっかり面倒見てやれよ、望月」

目黒さんが言った。

「わかってます。どうも、電話では失礼しました。望月です」

望月が名刺を差し出してきた。ぼくはそれを受け取った。

「それじゃ、こちらへ」

会議室と書かれた部屋へ通される。書類の山がいたるところにあって、元々白かっただろう壁は〈マーロウ〉と同じく煙草のヤニで黄ばんでいる。机に置かれた灰皿は吸い殻で一杯だった。

どこも一緒だ。

「早速ですけど、再来月発売の号で、『初めての読書体験』という特集を組もうと思ってるんです」

「はあ」

「その特集の中で、坂本さんにも原稿を書いていただけないかなと」

「あの、坂本とか、坂本君でいいですよ」

明らかに望月の方が年上なのだ。仕事の話だとしても、いちいち「さん」付けで呼ばれるのは背中がくすぐったかった。

「それじゃあ、坂本君にします」望月が微笑んだ。「それで、坂本君には、読書体験と、そこからなにがどう転がって、北海道の小説好き少年が斉藤顕さんと出会い、ゴールデン街でバーテンのバイトをしながら、さらなる読書地獄を歩んでいるのか、なんていう原稿をと思ってるんだけど」

ぼくへの呼びかけ方を変えたせいか、望月の口調が砕けてきた。

「できると思いますけど」

「四百字の原稿用紙で十枚。締切は九月の頭でどうかな？」

「だいじょうぶです」

「よかった。それで、原稿料なんだけど、うちは一枚五千円しか出せないんだ。かまわない？」

「原稿料、もらえるんですか？」

ぼくは素っ頓狂な声を出した。かつての『本の雑誌』は原稿料の代わりに図書券を出していたはずだ。

「昔は図書券だったけど、今はちゃんと原稿料を出すようになったの。いろいろ執筆者から文句言われて」

「そうなんですか……」

ぼくはうなずいた。一枚五千円で十枚なら、もらえる原稿料は五万円だ。生まれて初めて原稿料をもらって書く原稿。

望月には安請け合いをしたがどんな内容のものを書けばいいのだろう。

「『鷲』で書いてるエッセイあるだろ？　あんなノリで頼むよ」

ぼくの心を読んだかのように望月が言った。

「本当にあんなのでいいんですか？」

「あれを読んだ目黒が、坂本君に原稿書かせてみたいって言ったんだから」

「わかりました」

ドアの向こうから目黒さんの声が聞こえてくる。目黒考二であり北上次郎でもあるあの人が、ぼくの書く文章を買ってくれたのだ。舞い上がりそうな気分だった。

ドアが開いた。Tシャツにジーンズ姿の女性がお茶を運んできてくれた。ぼくはお茶を啜り、煙草をくわえた。望月も煙草を出したので、ジッポーで火を点けてやった。

「原稿の出来がよかったら、これからも定期的に仕事頼むことになるかもしれないから」

望月が煙を吐きながら言った。ぼくは噎せそうになった。

「原稿の出来不出来はだれが判断するんですか？」

ぼくは訊いた。

「目黒だよ。決まってるじゃない」

ぼくは女性が出ていったドアの向こうに視線を向けた。

目黒さんは若いころ、本を読む時間が取れなくなるからと、入社したばかりの会社を辞めたという逸話の持ち主だ。本を読むだけで給料がもらえる仕事があればいいのにと語ったこともあるそうだ。

もし『本の雑誌』で定期的に原稿を書かせてもらえるようになったら、他の雑誌からも声がかかるかもしれない。月に数本の連載を持つライターになれたら、就職なんかする必要もなくなる。原稿は書かなければいけないが、目黒さんの言う、本を読むだけでお金がもらえる仕事を手に入れられるかもしれないのだ。

日々飲んだくれるだけで、将来のことなど真剣に考えたことはない。だが今、頭の中に広がっているのは確かな未来だった。

いっぱしの物書きになって世の中を渡っていく。

そんな人生が送れたらどんなに素晴らしいだろう。

＊　＊　＊

スキップしたいような気分で電車を降り、歩いて西武新宿駅方面に向かった。思ったより打ち合わせが早く終わり、葉月との待ち合わせの時間には余裕がある。

映画を観た後で食事だと、それまでに空腹で耐えられなくなるおそれがある。

ハンバーガー屋に入ってチーズバーガーとフライドポテト、それにコーラを頼んだ。

普段なら、こんなに金のかかる間食はしない。頭の片隅にある『本の雑誌』からもらえる原稿料のことがぼくを大胆にしていた。

ハンバーガーを食べ終え、煙草を数本灰にし、文庫本を五十ページほど読み進めると、ちょうどいい時間になっていた。

西武新宿ペペの八階には西武新宿ブックセンターが入っている。大きな売り場の書店だが、紀伊國屋などに比べると客も少なく静かで、ぼくはよくこの書店を利用していた。

新刊売り場を覗く。葉月の姿はまだなかった。ぼくは買おうかどうしようか迷っていた日本人作家の新刊を手に取り、ページをめくった。

読みはじめると、すぐに小説の世界の中に入り込んでいった。

肩を叩かれて我に返った。葉月がぼくの手にしていた本を覗きこんできた。

「なに読んでるの？」

「買おうかどうしようか迷ってて、ちょっと読んでみたんだ」

ぼくは本を閉じて棚に戻した。今日の葉月はジーンズに真っ白のブラウスを身にまとっていた。化粧はいつもより控えめだ。

「棚に戻したってことは買わないのね？」

「古本屋に出てくるか、文庫になるのを待つっよ」

「本はなんでも買っちゃうのかと思ってた」

「お金が腐るほどあるなら買うんだけどね」

「書店で立ち読みしてるモッ君を遠くから眺めてるの、なんだかいい感じだったよ」

「ずっと見てたの？」

「五分ぐらい」

「趣味が悪いなあ」

ぼくは頭を掻いた。

「じゃ、映画行こうか？」

「うん」

葉月に促され、エスカレーターに向かって歩きはじめた。葉月の右腕がぼくの左腕に絡みついてきた。その自然な仕種がぼくを息苦しくさせた。

腕を組んで歩くのは恋人同士と相場が決まっている。葉月はぼくのことをそう思っているのだろうか？　サトシという男とはどうなっているのだろう。

『本の雑誌』の編集部を出たときの昂揚は影を潜め、ぼくは悶々としながら葉月と歩いた。

映画館まで歩く間、葉月はよく喋った。同僚のホステスのこと、変な客のこと。喋っては笑い、笑っては喋る。ぼくとこうやって歩くことを心から楽しんでいるようだった。

映画館に着いたのは開演の十分前だった。客の入りは五分といったところ。場内の後ろの方の座席に座ると照明が落ち、予告編がはじまった。

「いつものことだけど、照明が落ちるとドキドキする」

葉月が囁いた。

「映画館で映画を観る醍醐味だよね」

ぼくも囁き返す。ぼくたちの座った席の列には他の客はいなかった。前の列も後ろの列も空いている。目を閉じると、葉月の香水の香りが鼻をくすぐった。ぼくより少しだけ大人の女性の香りだ。

本編がはじまったのが音でわかった。

目を開ける。スクリーンに反射する明かりが葉月の横顔を暗闇に浮かびあがらせていた。これからはじまる映画への期待に目が輝いている。

綺麗だと思った。愛おしいと思った。ぼくのものにしたいと思った。喉元までこみ上げてくる思いは切実で、息が詰まりそうだった。

勇気をふるい起こした。左手で葉月の右手を握った。

葉月がその手を握り返してきた。

とても幸せな気持ちに包まれ、ぼくは映画が終わるまで葉月の手を握り続けた。

＊　＊　＊

映画を観終わった後は、コマ劇場の裏手にある居酒屋で飯を食い、それから〈黄昏〉に移動した。

居酒屋では映画の話で盛りあがった。今度は話題を変えたかったのだが、ここでも映画の話が続いた。

映画を観た帰りだというぼくらの話に武田さんが目を輝かせ、キャサリン・ヘプバーンへの想いを語りはじめたのだ。

それにつられて葉月は、若いころのヘンリー・フォンダが好きだと話しはじめ、酔ったぼくはどれだけブルース・リーに憧れていたかを語った。

「初めてひとりで映画館に行ったのは『ドラゴン危機一発』を観るためだったんだ。田舎だから、封切り作品でも二作同時上映が普通でね。もう一作は『タワーリング・インフェルノ』。ぼくはドラゴンを観たい一心だったから、こんな火事の映画なんてどうでもいい。早くドラゴンを出せって思ってたんだ。今考えると罰当たりだけどさ」

そんな感じで、終始、話題は尽きなかった。

気がつけば終電の時間を過ぎていて、懐具合も寂しいし、かといってツケの利く行きつけの店に葉月を連れていくのも躊躇(ためら)われて、どうしようかと考えていると、耳元で葉月が囁いた。

「わたしの部屋に来る？」

自分の耳を疑い、それから、武田さんの姿を目で追った。武田さんは洗い物をしていて、葉月の言葉は耳に届いていないようだった。

「いいの？」

ぼくは囁くように言った。

「うん。朝までモッ君と一緒にいたい」

葉月は相当酔っていた。

「朝まで一緒ってことは、おれ、あんなことやこんなことやこんなことしちゃうかもよ」

「わたしもモッ君とあんなことやこんなことしたい」

葉月がそう言った瞬間、下半身が熱くなった。

「葉月さん……」

口の中が急に渇いて言葉がつかえた。

「行こう」

「う、うん」

葉月が支払いを済ませるのを待って、ぼくたちは店を出た。葉月がぼくの左腕に自分の両腕を絡ませてくる。

「ちょっと酔っ払っちゃった」

「後悔しない？」

ぼくは足もとの覚束(おぼつか)ない葉月を支えながら訊いた。

「しないよ」

葉月はぶっきらぼうに答え、ぼくの左腕に絡めた両腕に力をこめた。ぼくの下半身に生じた熱は一向に収まる気配がなく、ジーンズに押さえつけられているものが痛いほどに硬くなっていた。

靖国通りまで出てタクシーを拾った。葉月は運転手に「方南町まで」と告げると、ぼくに顔を向けた。

「わたし、年上だけどだいじょうぶかな？」

「おれ、そういうの全然気にしないから」

「そう言ってくれると思ってた」

葉月は微笑み、ぼくの肩に頭を乗せた。ぼくはおそるおそる腕を伸ばし、葉月の肩を抱いた。葉月の体は柔らかく、ぼくは息苦しさを覚えた。

「歓楽街にいる男の人って、みんな同じに見えるの。遊びに来る人も、働いてる人も」

「うん」

ぼくはそう答えたけれど、心ここにあらずだった。硬くいきりたったものに触れてほしかった。口づけしてほしかった。葉月の中に押し込みたくてしかたがなかった。

「でも、モッ君は違うなって思って」

葉月はそれっきり口を閉じた。

息苦しさが続き、窒息してしまいそうだった。葉月を抱き寄せ、キスをすれば息苦しさから解放されるような気がした。

だが、運転手の声がぼくを押しとどめた。

「方南町はどの辺りですか？」

ぼくは舌打ちをこらえた。

「えっとね——」

葉月が道順を説明しはじめた。葉月のマンションまではもうすぐだ。

どうして長く続いてほしいと思う時間ほど、早く過ぎてしまうのだろう。

葉月のマンションの前にタクシーが停まった。ぼくは先にタクシーを降りて葉月を待った。

夜空は晴れ渡っていたが、星は見えない。大都会の明かりが星を飲みこんでしまうのだ。ぼくの生まれ育った北海道とは大違いだ。

「お待たせ」

葉月がタクシーを降りてきた。ぼくたちは手を繋いでマンションに入った。エレベーターに乗り込むと、ぼくは葉月を抱きしめた。

「だめだよ。だれかに見られたらどうするの？」

「みんな寝てるよ」

キスしたいという切実な欲望を、ぼくはなんとかねじ伏せた。今は抱きしめるだけでいい。

葉月の香水の匂いを嗅いでいるうちに息苦しさが消えた。下半身は火傷しそうに熱くなったままだが、少しだけ、気持ちに余裕が出てきた。

エレベーターが停まった。ぼくは渋々、葉月を解放した。足音と気配を殺して廊下を進んだ。葉月が鍵を開け、ぼくたちはなにかから逃げるように部屋に入った。

エアコンの効いていない部屋は蒸し風呂のようだった。

「ちょっと待っててね。すぐにクーラー利かせるから」

葉月は靴を脱ぎ捨て、明かりを点けた。ぼくは葉月の脱ぎ散らかした靴を揃え、自分の靴を脱いだ。

また、息苦しさが戻ってきた。

前にここに来た時は、葉月は泥酔して正体を失っていた。今回は、葉月がぼくを招いたのだ。

「モッ君呼ぶことになるかなと思って掃除しておいたんだ。前に来た時は散らかってて酷かったでしょ？」

リモコンでエアコンのスイッチを入れながら、葉月が言った。首筋に汗の滴が見えた。ぼくもかなり汗を掻いていて、濡れたシャツが不快だった。でも、こんなに汗を掻いているのは暑さのせいだけじゃない。

「暑いよね。ビール飲む？　白ワインもあるよ」

ぼくは勧められたソファに腰をおろした。

「じゃあ、白ワイン」

居心地の悪さをごまかすために煙草に火を点けた。エアコンの送風口から吹きつけてくる風が直に当たって心地よい。

「お待たせ」

葉月がワインのボトルとグラスをふたつ、持ってきた。グラスにワインを注ぐと、葉月は床に座ってグラスを掲げた。

「乾杯」

ぼくは自分のグラスを葉月のそれと軽く合わせ、ワインを口に含んだ。白ワインは甘かったけれど、きりりと冷えていた。

「ごめんね。暑いよね。クーラー、入れっぱなしにしておけばよかった」

「だいじょうぶ。気にしないでいいよ。こういうの、慣れてるから」

「でも、モッ君は道産子（どさんこ）なんでしょ？　暑いの苦手じゃない？」

　葉月のブラウスが汗に濡れて肌に張りついている。ブラジャーの色は淡いピンクだ。

ぼくは生唾（なまつば）を飲みこんだ。質問には答えなかった。

「こっちにおいでよ」

　ぼくは勇気をふるい起こし、葉月の手を取って引き寄せた。

「モッ君……」

　葉月がぼくを見上げた。ルージュを塗った唇が艶（なま）めかしい。

「好きだ」

　ぼくは言った。

「もっと言って」

　葉月が言った。

「好きだ」

　葉月の目が潤んできた。

「もっと」

「好きだ」

　ぼくは葉月を抱き寄せた。そっと顔を近づける。

「もっと言って。たくさん言って」

「好きだ。好きだ。好きだ」

ぼくは葉月にキスした。すぐに、葉月の舌がぼくの口の中に分け入ってくる。その舌に自分の舌を絡め、吸った。

左手で葉月の尻の肉を摑み、右手で胸を揉んだ。

「シャワー浴びなきゃ」

葉月がキスをやめて言った。

「それまで我慢できない」

ぼくはそう言って、再び葉月の唇を塞いだ。硬く猛ったものが、ジーンズの布地を突き破りそうだった。

ぼくは葉月の手を取り、股間に導いた。指先がぼくの猛りに触れた瞬間、葉月は体を震わせた。

「ごめん」

葉月は体を引いた。

「やっぱり、だめ」

わけがわからず、呆然として葉月を見つめた。葉月は泣いていた。

「ごめんね、モッ君。悪いけど、帰って」

「いきなりなんだよ。どうしたの？　強引すぎた？」

「そうじゃないの。わたしが悪かったわ。帰って。お願い」

突然、怒りが湧いてきた。

だ。

　誘ってきたのは葉月だ。部屋にぼくを招き、ぼくの口に舌を入れてきたのは葉月なのだ。

「あんまりじゃないか」

「ごめんなさい」

　葉月は両手で顔を覆った。

「どうして？」

「彼がいるの」

　いつの間にか拳を握っていた。爪が掌に食い込んで痛い。

「彼氏がいるのに、どうしておれのこと誘ったりしたんだよ？」

「あいつ、浮気してるの。だから、わたしもって……浮気するならモッ君がいいなって」

「じゃあ、やろうよ」

　ぼくは葉月の肩に手をかけた。怒りと屈辱で頭の中が燃えている。

「浮気でいいよ。浮気でもいいから、おれ、葉月さんとやりたいよ。やらせてよ」

「ごめん。わたしが悪かったから、謝るから、ゆるして。機嫌直して。いつものモッ君に戻って」

「いつものおれってなんだよ？」

　ぼくは喘いだ。そうしなければ叫んでしまいそうだった。

「お願い、モッ君」

葉月は泣き続けている。身勝手な彼女をめちゃくちゃにしてやりたいという衝動と、理性を取り戻せと命じる声が、ぼくの中でせめぎ合っていた。

「おれはいつだっておれだよ。〈マーロウ〉のカウンターの中で働いてるおれも、外で飲んでるおれも、本読んでるときのおれも、映画観てるときのおれも、今こうしてやらせろって言ってるおれもおれだ」

ぼくは葉月を睨(にら)んだまま、喉の奥から声を絞り出した。

「その気にさせておいて、土壇場で掌返しなんてあんまりだ。酷すぎる。おれ、本当に好きなのに」

「わかってる。わたしが全部悪いの。本当にごめん。さっきまではわたしもその気だったの。でもだめなの。サトシのこと、本気で好きなの」

葉月の口からサトシという名前が出てきて、急に力が抜けた。床に腰を落とし、グラスに白ワインを注いで一気に飲み干した。

「ふざけんなよ」

「ごめんね。ほんとにごめんね」

またグラスにワインを注ぎ、煙草を吸った。気持ちを落ち着けるつもりだったが、時間が経てば経つほど心は乱れていく。

決して口にはしなかったが、馬鹿なことを夢見ていたのだ。

『本の雑誌』に書いた原稿が絶賛されて、いろんな雑誌から原稿執筆の依頼が来る。ぼくは売れっ子の学生ライターになって〈マーロウ〉のバイトを辞める。もう、顕さんや他の酔っぱらいたちの相手をする必要もない。

　がんがん稼いで、葉月にも夜の仕事を辞めさせる。小綺麗なマンションを借りて、ふたりで一緒に暮らして……。

　とんだ道化だ。

　煙草を灰皿に乱暴に押しつけ、ぼくは立ち上がった。

「モッ君？」

「さよなら」

　葉月に背を向け、部屋を出た。エレベーターに乗っている間に目頭が熱くなってきた。

「泣くもんか。泣いてたまるか」

　呪文のように自分に言い聞かせた。マンションを出てすぐのところで電話ボックスを見つけた。〈マーロウ〉に電話をかけた。

「こんな時間に珍しいじゃん、坂本。リリーんとこにでもいるのかよ？」

　電話に出た田丸が言った。店は静かなようだった。

「顕さんは？」

「風邪気味で調子が悪いって、さっき帰ったよ」

「これから行こうと思ってるんだけどさ、田丸、悪いけど、タクシー代貸してくれる？」

「いいけど、どこから来るんだよ？」

「方南町。じゃあ、後で」

電話を切り、流しのタクシーを摑まえた。電話をかけたのも自分だし、タクシーを摑まえたのも自分なのに、なんだか、他人がやっていることのように思えてしかたがなかった。

マンモス交番を越えたところでタクシーを停め、〈マーロウ〉まで駆けて、田丸に金を借りた。カウンターにいた客が種田(たねだ)だということに気づいて一瞬躊躇(ちゅうちょ)したが、タクシーを長く待たせておくわけにもいかない。

運転手に料金を支払い、お釣りを受け取るとまた〈マーロウ〉に足を向けた。

「なんでこういう時に種田がいるんだよ」

ぼくは毒づいた。種田は〈マーロウ〉が開店した時から通っている常連客だ。だが、他の常連客と違ってたいして本を読んでいるわけじゃないし、ぼくと田丸は種田のことを毛嫌いしていた。

話すことがいちいち嫌みったらしく、自慢話が多い。中身が薄っぺらなくせに、自分を大物に見せることに汲々(きゅうきゅう)としている。

相手にするのが馬鹿らしい男なのだ。

「助かったよ、田丸。ありがとう」

ぼくは種田から離れた席に座った。田丸はほっとした顔をして、種田から離れてぼくの方にやって来た。

「どこで飲んでたんだよ？」

「内緒」

「いつものでいいか？」

ぼくがうなずくと、田丸は顕さんのボトルに手を伸ばし、バーボンのソーダ割りを作った。タクシー代を借りたということは飲み代もないということだ。伝票にはなにも書かず、顕さんの酒を飲ませる。

ぼくも時々田丸にそうやって飲ませてやる。相身互いというのは顕さんの好きな言葉だが、そういうことだ。

ぼくは田丸が作ってくれたソーダ割りを一気に飲み干した。

「そんな飲み方してだいじょうぶかよ、坂本」

「いいんだ。おれのことは放っておいてくれ」

ぼくはカウンターの上に身を乗り出して顕さんのボトルを摑み、自分のグラスに注いだ。

ぼくの機嫌が悪いことを察した田丸は定位置——種田の正面に戻っていった。

種田は隣の客にどうでもいいことを滔々(とうとう)とまくし立てている。

バーボンを入れたグラスにソーダを注ごうとして、手が震えていることに気づいた。

今になって屈辱がよみがえってきたらしい。

ほんの数十分前まではこれまでにないというほど昂揚していたのに、今は最低の気分だった。

葉月が恨めしく、愚かな自分が呪わしく、徹底的に飲んで酩酊の底にまで落ちていきたい。

ぼくはぐびぐびと酒を飲んだ。田丸が心配しているのはわかっていたが、どうしても止めることはできなかった。

やがて、頭の中でいろんな想いが溶け合っていく。時間の流れが緩慢になっていく。

しかし、どれだけ飲んでも悔しさと悲しさだけは消えなかった。

種田が声を張り上げた。この前の競馬で大穴を当てたと自慢しているのだ。

でたらめだ。競馬で勝った、ボートで勝った——種田はよくその手の自慢話をする。

だが、種田が大金を持っているのを見たためしがない。

「うるせえぞ」

「坂本君、今、なんつった？」

なにかを考える前に口が動いていた。種田の声が途切れた。

「うるせえって言ったんだよ。嘘八百並べ立ててないで静かに飲めよ」

種田がぼくを見た。

「坂本君、もしかして、おれに喧嘩売ってんのかな？」

「おまえの大法螺にはみんなうんざりしてんだよ。気づけよ、それぐらい」

「坂本——」

田丸がぼくを止めようとした。ぼくは止まらなかった。

「おれも田丸も、おまえにはうんざりなんだよ」

「だれに口利いてるんだ、こら」

種田が立ち上がった。ぼくも立ち上がり、拳を握って種田に向かった。足がもつれ、たたらを踏んだ。

なんとかバランスを取って顔を上げた瞬間、衝撃を受けた。

暗闇が覆い被(かぶ)さってきて、ぼくはぼくではなくなった。

＊　＊　＊

頭が割れるような痛みで目が覚めた。背中に違和感がある。どうやら、並べたスツールの上に横たわっているらしい。左の顎(あご)の周りが冷たい。タオルでくるんだ氷が押しつけられている。

「気がついたか？」

田丸の声だった。ぼくは目を開けた。田丸がぼくの顔を覗きこんでいた。種田はもちろん、他の客の姿もなかった。

「頭が痛い」

ぼくは呻(うめ)いた。

「それは飲み過ぎの方だな。それより、殴られた顎が腫れてるぞ」

「冷たくてなにも感じないよ。種田は？」

「仇は取っておいた。もう、二度とこの店には来ないと思う。留守中に喧嘩したから、また顕さんの雷が落ちるだろうけど」

「おれも一緒に叱られるよ」

「当たり前だろう。おれはせっかく我慢してたのに、おまえがいきなりはじめたんだから」

「ごめん」

ぼくは身体を起こし、田丸から氷をくるんだタオルを受け取って自分で顎に押し当てた。

「頭が割れそうだ」

「ここに来た時点で相当へべれけだったからなあ。なにがあったんだよ？」

「別になにも」

「嘘つくなよ。おまえがあんな飲み方したり、自分から喧嘩売ったり、なにかあったに決まってる」

「話したくないんだ」

「なら、無理には聞かないけど」

田丸はカウンターに手を伸ばし、酒の入ったグラスを傾けた。

「今、何時？」

「五時回ったところかな」

「閉店時間とっくに過ぎてるのにごめん」

「六時まで待って、それでも目を覚まさなかったら救急車呼ぼうと思ってたんだ」

「そんな必要ないよ。でも、ありがとう。店、おれが閉めておくから、田丸はもう帰っていいよ。疲れてるだろう？」

「ひとりでだいじょうぶか？」

ぼくはうなずいた。

「じゃあ、悪いけど、帰るよ。洗い物と床掃除はしてあるから」

田丸はカウンターに置いてあったリュックを肩に引っかけるとドアを開けた。

「その様子じゃ、今夜、バイトは無理だろう。おれが代わるよ」

「ありがとう」

ぼくは唇を噛んだ。そうしなければ、泣いてしまいそうだった。

「いつでも電話しろよ。飲みたいときには付き合うし」

「ありがとう」

田丸が出ていった。ぼくは田丸に感謝しながらスツールから降りた。ちょっと体を動かすだけで頭が痛み、顔をしかめた。トイレで鏡を覗きこむ。左顎から唇にかけてがどす黒く変色し、腫れている。目は落ちくぼみ、こめかみの血管が浮き上がっていた。

「まるで死霊みたいだな」

惨めな自分の姿を笑いながら鏡に背を向けた。

二列に並べられていたスツールを元の位置に戻し、そのひとつに腰掛けた。田丸の飲み残しの酒に口をつける。耐えがたい頭痛を和らげるには、やはり飲むしかない。氷で冷やしたおかげで麻痺(まひ)している左顎も、そのうち激しく痛むようになるだろう。

あの時、足がもつれさえしなければ——そう考えて、また自嘲(じちょう)した。足もとが覚束ないほど酔っていたからあんなことになったのだ。殴られたのは自業自得だ。

酒はすぐになくなった。顕さんのボトルから酒を注ぎ、ストレートで飲んだ。煙草に火を点け、飲んでは吸い、吸っては飲んだ。少しずつ、頭の痛みが和らいでいく。頭痛と入れ替わるように、また胸が苦しくなってきた。

ぼくは本気で葉月が好きだったのだ。葉月もその気だと思い込んでいた。ひとりで浮かれ、調子に乗って、はたから見ればなんと愚かな男だろう。

こらえていた涙が出てきた。鼻水も出てきた。

「ちくしょう、馬鹿野郎」

自分を罵(ののし)りながら飲み続けた。

途中からまた記憶がなくなった。

14

一週間が経っても、陰鬱な気分が続いていた。

たかが失恋じゃないか——自分にそう言い聞かせても気持ちが切り替わることはなかった。

世の中はお盆休みで浮かれている。世界中の人間が幸せを満喫しているのに、ぼくひとりだけが不幸のどん底にいる。

のべつまくなしにそんな気分に襲われ、とても惨めだった。

〈マーロウ〉も一週間のお盆休みに入ったし、ゴールデン街の他の店も閉店しているところが多かった。

どこにも行く当てがなく、かといって素面でいる気分にもなれず、ぼくは目覚めては酒を飲み、酔っては眠るという生活を三日ほど続けていた。

自分に鞭打って外出したのは、リリーとの約束があったからだ。今日から三日間、リリーの猫を預かることになっている。

リリーとは花園神社の境内で待ち合わせていた。

リリーは普通の中年男のようないでたちで、猫の入ったバスケットのような籠を右手に、左手には伊勢丹の買い物袋をぶら下げていた。

「おはよう、坂本。なんだか久しぶりね」

葉月にフラれた夜から、リリーの店には顔を出していなかった。

「ちょっと忙しくてね」

「田丸から聞いたわよ。あんた、殴り合いの喧嘩したんだって」

「一方的に殴られて気絶しただけだよ」

ぼくは首を横に振った。数日ぶりに人と会話するのはなんだか新鮮な気分だった。耳に入ってくるのがリリーのオカマ言葉だというのが、なぜだか心を落ち着かせてくれた。

「田丸が心配してたわよ。あんたが殴り合いの喧嘩するなんて珍しい、なにかあったに違いないって」

「なんにもないよ。虫の居所が悪かっただけさ」

リリーは肩をすくめた。それで済ませるのがゴールデン街で生きる人間のルールだった。

「じゃあ、早速だけど、この子、よろしくね」

リリーから籠を受け取った。中で毛足の長い子猫が眠っている。

「ペルシャ猫のチューイ。可愛いでしょ?」

「チューイって『スター・ウォーズ』のチューバッカから取った名前?」

チューイは、ハリソン・フォード演じるハン・ソロの相棒、毛むくじゃらのチューバッカのあだ名だ。

「リリーが子猫にチューイなんて名前をつけて可愛がってるのか」

その姿を想像するとなんだかおかしくて、ぼくは笑った。多分、笑ったのはあの夜以来だ。

「こっちにはチューイのトイレとトイレ用の砂が入ってるの。あと、猫じゃらし」

ぼくは買い物袋も受け取った。

「それから、チューイの預かり賃と食費の三万円」

リリーは剝き出しの一万円札を三枚、ぼくに押しつけてきた。

「食事は一日二回よ。近くのスーパーでかまわないから、そこで一番高いササミ肉買って、茹でてから食べさせて」

「ササミ肉って、キャットフードじゃだめなの？」

リリーがぼくを睨んだ。

「あんな、なにが入ってるかわからないもの、チューイには食べさせられないでしょ」

「一番高いササミねえ……」

ぼくは嘆息した。

「よろしく頼んだわよ。東京に戻ったら電話するから」

「うん。気をつけて里帰りしてきて」

「あんたは帰らないの？」

「飛行機代もったいないし、そんな金あったら、リリーにツケを返すよ」

「いつだっていいのよ、そんなもん。それより親孝行しなさい」

「うん」

ぼくはリリーに背中を向けて歩き出した。チューイの入った籠は意外に重い。買い物袋と両方を持ったまま電車に乗るのは面倒だ。リリーからもらった三万円がある。ここはタクシーを摑まえよう。

久々に気持ちが晴れてきた。家に閉じこもったりせずに、外で飲むべきだったのかもしれない。

リリーや、他の仲間たちと飲んで、いつものように馬鹿話に興じれば、傷ついた心ももっと早く癒えたのかもしれない。

それでも、ぼくにはひとりの時間が必要だった。籠の中のチューイを覗きこみながらぼくは思った。

あの夜起こったことを、ひとりで咀嚼し、飲みこむ必要があったのだ。

田丸もリリーも、他の連中もぼくの話に耳を傾けてはくれるだろう。だが、自分を癒せるのは自分だけだ。

「ナベさんがいたら、話、聞いてもらったかもな」

ぼくは独りごちた。確かに、ナベさんには話していたかもしれない。だが、そのナベさんはもういない。

タクシーを摑まえ、乗り込んだ。ドアを閉めた衝撃でチューイが目を覚まし、ぼくを見てみゃあと鳴いた。

「三日間、よろしくな。チューイ」

ぼくは籠の中に手を差し入れ、チューイの頭をそっと撫でた。

＊　＊　＊

「もう勘弁してくれ」

ぼくは猫じゃらしをカラーボックスの上に置いた。もう一時間以上、チューイの遊びに付き合っている。

「喉がからからだ」

八月も半ばを過ぎてから気温も湿度もうなぎ登りで下がる気配がない。北海道で生まれ育ったぼくにとって、東京の真夏は地獄のようだった。

台所へ行って冷蔵庫を開けた。ぼくの借りているアパートは1Kだ。風呂場もユニットバスではなく、浴室とトイレがちゃんと分かれている。コーラの栓を開けて中身を飲んでいると、居間の方で大きな物音がした。

慌てて飛んでいくと、カラーボックスが倒れていた。収納していたものがあちこちに散乱している。

「チューイ！」

チューイはおかまいなしに、猫じゃらしで遊んでいる。

「なりは小さいけど、怪物だな、おまえは」

チューイが遊んでいた猫じゃらしが宙を飛んでベッドの上に落ちた。チューイはベッドに跳び上がり、布団の上の猫じゃらしに向かって爪を立てた前脚でひと掻きした。

「あああっ！」

ぼくは叫んだ。チューイの爪が布団カバーを切り裂いたのだ。

「なにすんだよ！」

ぼくはなおも遊び続けようとするチューイを抱き上げた。左手でチューイを抱いたまま、右手で布団の被害状況を確認する。裂けたのはカバーだけで布団本体は無傷だった。

「油断も隙もあったもんじゃないな……」

チューイはぼくから逃れようと盛んに身をくねらせている。まだ遊び続けるつもりなのだ。

ぼくはチューイを籠に入れて蓋を閉じた。籠から出たくて暴れるだろうと思って身構えていたのだが、そんな気配はなかった。どうやら、チューイは寝てしまったらしい。

籠は寝床で、寝床に入ったら寝るものなのか？

ぼくはほっと胸を撫でおろし、チューイの晩飯の支度に取りかかった。もう何ヶ月も使っていなかった雪平鍋を洗って湯を沸かし、スーパーで買ってきたササミ肉を茹でた。

精肉売場で見つけたそのササミは、三本で六百円もした。ぼくのいつもの晩飯代より高い。

茹で上がった肉をまな板に移し、冷めるのを待つ間に実家に電話をかけた。帰省しないのだから、声ぐらいは聞かせてやるべきだ。

「母さん？　おれ」

電話はすぐに繋がった。まるでぼくからかかってくるのを電話の前で待っていたみたいだった。

「俊彦、元気？」

「うん、元気だよ。母さんは？」

「体は元気だけど、寂しいべさあ。なんで帰ってこないの？」

「勉強とかバイトとか、いろいろ忙しいんだよ。正月には帰るからさ」

母に電話をかけると、いつも心苦しくなる。嘘をつくはめになるからだ。正月にだって帰省するつもりはない。

母の手料理を恋しく思いはするが、ゴールデン街の刺激になれてしまったぼくには、北海道の片田舎は退屈に過ぎる。

今年の正月に帰省した時は、大雪に見舞われてどこにも出かけることができなかった。仕方がないので近所の幼馴染みたちと集まったのだが、かつては楽しかった連中との会話も弾まない。連中の進路は地元に残るか、近くの地方都市で働くか、あるいは札幌の大学に進学するかだ。ぼくがゴールデン街の話をしても連中にはちんぷんかんぷんだし、連中の話はぼくには退屈だった。

つまらない故郷へ帰るぐらいだったら東京にいた方がいい。楽しく飲める人間は必ず摑まるし、大晦日(おおみそか)でも元日でも飲める店はある。

自分からかけたのに、母の話を適当に受け流して電話を切った。

申し訳ないという気持ちがまったく湧かない。我ながら冷たい息子だと思う。

冷めたササミ肉を親指の先ほどの大きさに切り分け、薬缶(やかん)で湯を沸かした。

自分用のカップ麵(めん)ができあがると、籠の蓋を開けてやった。

「飯だぞ、チューイ」

小皿に載せた肉をチューイの目の前に置いてやった。チューイは匂いを嗅いでいる。

ぼくはカップ麵を啜った。チューイのササミ肉に醬油(しょうゆ)を垂らして食べたら美味(おい)しいだろうなと思った。

チューイが前脚でササミ肉をつついた。肉は皿から飛び出て転がった。チューイは肉を追いかけた。両前脚で器用に肉をつついて転がし、追いかけてはまたつつく。

「食べものを粗末にしちゃだめだろ」

カップ麵の器をテーブルに置いて、ぼくは叫んだ。猫にそんな理屈が通じるわけではないのに、一本二百円もするササミがもったいないという気持ちが抑えられなかったのだ。

らしい。

チューイが目を逸らした。言葉は通じなくても、ぼくが本気で怒っているのはわかる

「今度こんな真似したら、ぶっ飛ばすぞ」

ぼくはチューイを抱き上げた。顔を覗きこんで睨む。

「チューイ！」

チューイがオモチャにした肉は、埃やゴミがまとわりついて、とても食べられるような代物ではなくなっていた。ぼくは泣く泣くゴミ箱に捨てた。

「ああ、こんなに汚しちゃって……」

小皿の肉を一切れつまんで、チューイの口元に持っていった。チューイは匂いを嗅ぎ、口を開け、食べた。

「どうすんだよ、食い物をゴミにして。おまえの食べるもの、なくなっちゃうぞ」

ぼくはチューイの喉をさすってやった。別の肉を与え、さらにもうひとつ。次に、チューイを小皿の前にそっと降ろした。チューイは残った肉をぺろりと平らげた。

「そうだ。これは食い物であって、オモチャじゃない」

三本六百円のササミ肉はどんな味がするのだろう？　そんないやしい思いを腹に抱えたまま、ぼくはカップ麺を食べた。

「ちぇっ。残したら、おれがもらおうと思ってたのに」

いつの間にかスープは冷え、麺は伸びていた。恐ろしくまずい。それでも、ぼくはス

ープの最後の一滴まで飲み干した。

＊　＊　＊

ウォッカのソーダ割りをちびちびやりながら、本を読んだ。ウォークマンに繋いだイヤフォンからは、ミック・ジョーンズのボーカルが流れてきていた。ザ・クラッシュのリードギター兼ボーカルだ。ザ・クラッシュのメインボーカルはジョー・ストラマーだ。ジョーとミックのふたりで、バンドの大半の楽曲を作っている。ときおり、ミックがメインボーカルを務める曲があるのだが、甲高い鼻にかかった歌声はパンクロックらしからぬ哀調を帯びている。

流れているのは『ステイ・フリー』という曲だ。不良少年ふたりの学校生活が描かれ、やがて、ひとりはプロのミュージシャンを夢見て悪さから足を洗い、もうひとりは悪さをやめられずに刑務所に送られる。

ミックの自伝的要素の色濃い曲だった。

「なんだっていいさ、自由でいろよ」

ぼくはミックに合わせて最後のフレーズを歌い、本を閉じた。物語がすんなりと頭に入ってこない。

母に電話したせいか、ミックの歌声のせいか、あるいは、チューイのせいか、想い出が頭の中で渦巻いている。

チューイは籠の中で眠っている。

ぼくの祖父は北海道の浦河町という田舎町の山奥で、ニジマスの養殖と釣り堀店を生業にしていた。山をひとりで切り開き、電話はもちろん、電気もガスも水道もないところに家を建て、池を作り、祖母とふたり、ニジマスを育てて暮らしていた。

祖父の家には二頭の犬がいた。コロとシロ。コロが牡で、シロは牝だ。コロは気性が荒いため鎖で繋がれていたが、シロは山の中を自由に歩き回っていた。

祖父のところに遊びに行くと、ぼくはシロと日がな一日遊んでいた。

やがて、自分の犬がほしいと思うようになり、母にせがんだ。だが、母は動物は先に死んでしまうから絶対に嫌だとかたくなに拒んだ。

そんな我が家に猫がやって来たのは小学校の教師をしている母が、生徒の保護者から是非もらってくれと懇願されて断れなかったからだ。

やって来たのはシャム猫だった。母猫が飼い主の目を盗んで妊娠してしまい生まれた子猫の中の一匹で、ぼくはその子をトムと名付けた。猫と言えばアメリカのアニメの『トムとジェリー』。それしか頭に浮かばなかったからだ。

子猫の間は家の中で飼っていたが、トムが大人になると放し飼いになった。両親は共働きだし、ぼくたち子供も昼間は家にいない。その間に家をめちゃくちゃにされたことが何度もあったし、おしっこやうんちの粗相もたびたびだった。潔癖症の気がある母が音をあげ、昼の間は外に出すことになったのだ。

北海道のど田舎だからこそできる飼い方だ。

トムは自由を満喫した。家にいるのはご飯と眠る時だけ。それ以外のほとんどの時間を、外での冒険に費やしていた。

だから、猫を飼っていたという実感はほとんどない。外から汚れまくって帰ってくるトムの体を洗うのはぼくの役目で、風呂場では修羅場が毎回演じられた。ぼくの両腕は生傷が絶えなかった。

風呂場でのトムはぼくに対する敵意を剝き出しにしたが、それでも、家の中の人間ではぼくに一番懐いていた。ご飯をせがむのもぼくに対してだし、寝る時はぼくのベッドで寝た。

懐かれているのは嬉しかったが、それでもぼくが飼いたかったのは猫ではなく、犬だった。

親の臑をかじっている間は無理でも、いつか、絶対に犬と暮らす。

ぼくは心にそう決めていた。

いつになったら犬と一緒に暮らせるようになるのだろうか。東京の賃貸物件はほとんどがペット禁止だ。ペットと暮らせるマンションとなると家賃は跳ね上がる。マイホームを建てるなんて、夢のまた夢だ。

トムは実家でまだ生きている。だいぶぼけてきているらしい。

トムがもし犬だったら、ぼくはまめに帰省していただろうか。答えはイエスでもあり、ノーでもある。そんな気がする。気まぐれに犬を可愛がりたくなったら帰省し、そんな気分にならなかったら東京に残って飲んだくれるだろう。ぼくはそういう人間で、ぼくはそんな自分をどうしても好きになれない。自分を好きになれない人間が、他の人間に好かれるはずがない。だから、葉月は最後の最後でぼくを拒絶したのだ。

「くそ」

ぼくはウォークマンに入っているカセットをザ・クラッシュの『ロンドン・コーリング』を録音したものに取り替えた。ビートの利いたアップテンポの曲で気持ちを切り替えたかった。

ぼくは耳に流れてくるリズムに合わせて首を振りながらウォッカを喉の奥に流し込んだ。

ジョーのしゃがれたボーカルが耳に心地よい。

　ロンドン・コーリング　遠くの街へ
　宣戦布告　戦闘終結
　ロンドン・コーリング　地球の裏側へ

サビのパートで、ぼくはジョーの声に合わせて替え歌を口ずさんだ。

氷河期が近づいている　太陽がズームインする
メルトダウンが起こり、農作物は死滅する
核兵器が間違って発射される　でも怖くはない
トーキョーは溺(おぼ)れかかっているし、おれはゴールデン街で働いている

歌い終わると、ジョーのボーカルが続いた。

そう、おれもそこにいたんだぜ

少しだけ、気分がましになった。

＊　＊　＊

軽い二日酔いと共に目が覚めた。時刻は昼の十二時を回っていた。
チューイを籠から出してやり、ご飯の支度をはじめた。メニューは昨日の晩飯と同じだ。チューイは茹でたササミ肉。ぼくはカップ麵。この暑さの中、飯を食べるためだけ

に外に出るのも億劫だし、留守の間、チューイが悪さをするのも怖かった。

明後日にはリリーが帰ってくる。それまではチューイに付きっきりでいてやろう。

チューイはトイレで用を足すと水を飲み、ぼくのところへやって来た。

目が輝いている。遊びたくてうずうずしているのだ。

「昨日、あんなに遊んだじゃないか」

ぼくは早くも音を上げる。だが、そんなことで怯むチューイではなかった。円らな目で見つめられることに耐えられなくなって、ぼくは猫じゃらしを手に取った。その瞬間、チューイの目つきが変わった。子猫から肉食獣に変貌する。

昼ごはんのササミが茹で上がるのを待つ間、ぼくはチューイの遊びに付き合った。

チューイと遊んでいる間は辛い現実を忘れることができる。なんだかチューイがぼくの守護天使のように思えてきた。

遊びを中断して、茹で上がった肉を鍋からあげて、薬缶を火にかけた。その間も、チューイはぼくに飛びついてきて、ジーンズをはいた足に爪を立ててしがみつこうとする。

チューイの爪は厚いデニム地を貫いてぼくの皮膚に突き刺さった。

「いてえよ、チューイ」

足から振り落とすと、チューイはまた飛びついてきた。新しい遊びだと勘違いしている。

「だから痛いからだめだって」

チューイの首の皮を摑み、持ち上げた。睨みつける。チューイは目を逸らした。床に降ろしてやると、ベッドに飛び乗って体を丸めた。

叱られたらしょげるのだ。

チューイの姿がおかしくて、ぼくは笑いながら沸いたお湯をカップ麵の器に注いだ。できあがりを待つ間にササミ肉を切り分け、また、小皿に載せた。

「チューイ、飯だぞ」

ぼくの声に反応して、チューイがベッドから飛び降りて駆けてきた。

「昨日みたいに肉をオモチャにしたらぶっ殺すぞ。いいな？」

凄み(すご)を利かせた声でチューイに語りかけ、小皿を床に置いた。チューイはすぐに食べはじめた。

「腹一杯になったら残してもいいんだぞ。余ったやつは、おれが食べてやる」

チューイはあっという間にササミを食べ尽くした。食べ終わると水を飲み、ぼくに顔を向ける。

「また遊べって？　勘弁してくれよ。おれはまだ飯食ってないんだぞ」

チューイが膝(ひざ)の上に飛び乗ってきた。またスープが冷めて麵が伸びたまずいカップ麵を食う羽目になりそうだった。

＊　＊　＊

猫じゃらしで一時間ほど遊んでやると、突然、チューイが床に寝そべった。まるで電池が切れたオモチャだ。声をかける間もなく寝息を立てていた。

チューイを入れる前に綺麗にしておこうと、ぼくは籠の中を覗きこんだ。底に布が敷き詰めてある。布地に抜け毛が絡んでいた。布を手に取って、それが着古したアロハシャツであることに気づいた。

淡い水色の地に花模様が入った柄に見覚えがあった。いつだったかは思い出せないが、間違いなくリリーが着ていたシャツだ。飼い犬を動物病院などに預ける場合、犬が寂しがらないように飼い主の匂いが染みこんだタオルなどを一緒に預けるのだと耳にしたことがある。

チューイが寂しがらないようにと籠に着古したアロハを敷くリリーの姿を想像すると微笑みが漏れた。

アロハを広げて払った。抜け毛や細かい埃が床に落ちる。アロハの袖口(そでぐち)に染みが付いていた。茶色の染みが点々と飛び散っている。醬油かなにかが跳ねたのかもしれない。

「洗濯ぐらいしろよ、リリー」

ぼくは苦笑しながらアロハを丁寧に折り畳み、籠の底に敷いた。チューイをそっと抱き上げ、籠に寝かせた。チューイはすっかり眠りこけている。

蓋を閉じ、煙草を吸った。今度はカップ麺に口をつけるのを諦め、器ごとゴミ箱に捨てた。

「さすがに腹が減ったな」

まだ買い置きはあるが、もうカップ麺を食べたくはなかった。

「氷もそろそろ切れるし、弁当でも買ってくるか」

煙草を吸い終えると、ぼくは腰を上げた。チューイはまだしばらく寝ているだろう。

最寄りのコンビニへ行くぐらい、どうってことはない。

コンビニに向かいながら、チューイを預かってよかったと、ぼくは何度もうなずいていた。

15

チューイをリリーに返したその足で、ぼくは大久保に向かった。

チューイとの別れは名残惜しかったが、会おうと思えばいつでも会える。歌舞伎町までやって来たついでに、葉月との一件があってからなおざりにしていたことをきちんとやろうと思ったのだ。

浮浪者への聞き込みだ。小遣い稼ぎに空き瓶集めをしていた浮浪者が、あの日、なにかを見た可能性はある。収穫がなかったとしても、なにもせずにぼんやりしているよりはましだ。

チューイのおかげで失意のどん底から抜け出すことはできた。次は、大好きだったナベさんのために行動を起こすことで日々の活力を取り戻すことにした。

今日もうだるような暑さだった。浮浪者たちも歩き回ったりはせず、公園のねぐらでじっとしているだろう。

最初に目に留まった公園を手はじめに、片っ端から声をかけていった。

ハナから聞く耳を持たない者、喧嘩腰で挑んでくる者、それとなく金を要求してくる者——めぼしい話はなにひとつ聞けなかった。

この時季、浮浪者たちの体やねぐらからは、饐(す)えたような匂いが立ち上ってきて、一時間も経たないうちにぼくの気力は尽きようとしていた。

暑いし、匂うし、徒労感が強まっていくばかりだ。

もうひとりだけ声をかけて、その後は退散しようと決めた。エアコンの効いた喫茶店かなにかに飛び込んで、きんと冷えたビールを飲むのだ。

「ちょっとよろしいですか」

声をかけたのは浮浪者にしては折り目正しい佇(たたず)まいの初老の男だった。着ているものはくたびれているが、手入れされているように見える。頭髪も気を遣っているのか、見苦しくはなかった。

男はぼくに笑顔を向けた。ぼくはナベさんが死んだ事件の顚末とあの日、ゴールデン街周辺で空き瓶集めをしていた浮浪者がいないか探している理由を語った。

「ゴールデン街で空き瓶集めですか……ちょっと前まではみんなよく行ってたけど、最近、うるさくなったでしょう」

男は言葉遣いも丁寧だった。

「はい」

「だから、あっちへ行く人は減ってるんですよね……ちょっと待っててくださいね」

男はぼくから離れ、近くの浮浪者のねぐらに頭をつっこんだ。ねぐらといっても、段ボールや新聞で屋根を作ってあるだけだ。

しばらくすると、男は隣の浮浪者との会話を切り上げ、ぼくのところに戻ってきた。

「キタさんって呼ばれてる人がいるんですけどね、時々ゴールデン街まで足を延ばして空き瓶を集めてたんですが……」

男は周囲に視線を走らせた。

「ここしばらく姿を見てないんですよ。ねぐら、移しちゃったかなあ」

「いつからいなくなったんでしょう？」

「彼とも話したんですけど……キタさんの姿が見えなくなったのはその渡邊さんって方が亡くなられた頃じゃないかと思うんですよねえ」

心臓が高鳴った。もしかすると、ぼくは当たりくじを引き当てたのかもしれない。

「そのキタさんがどこにねぐらを移したのか、知ってる人はいませんかね？」

「さて……この辺の連中は、突然いなくなるなんてことはよくありましてね。だれかがいなくなっても、だれも気にかけないんですよ」

「そうですか……」

ぼくの落胆ぶりに、男が慌てて手を振った。

「いろいろ聞いてまわってみますから」

「いいんですか？」

「暇ですからね、わたしらは」

男は自嘲の笑みを浮かべた。

「もしキタさんの新しいねぐらがわかったら、ここに連絡してもらえますか」

ぼくはあらかじめ用意しておいた紙を男に渡した。ぼくの名前と電話番号が記してある。

「坂本さんですか……」男は紙に目を落とした。「わたしは鈴木と申します」

「鈴木さん、それから、これ」

ぼくは鈴木の手にテレホンカードを押しつけた。

「もし、キタさんが見つかったら、たいしたことはできないですけど、できるかぎりのお礼をしますから」

「五千円ほどいただけるとありがたいですね」

鈴木はそう言って、恥ずかしそうにうつむいた。

＊　＊　＊

〈黄昏〉は開いていた。ドアを開けると、洗剤の香りが鼻をついた。

「いらっしゃいませ」

武田さんは洗い立てのグラスを乾いた布巾で拭っていた。

「生ビール、お願いします。もう、外は暑くて、暑くて」

店内はエアコンが効いていて汗で濡れた体がすっと冷えていく。

「東京の夏は年々暑くなりますね」

武田さんはよく冷えたカクテルのような笑みを浮かべて背の高いグラスに手を伸ばした。

「お盆は帰郷されましたか？」

「いいえ」ぼくは首を振った。「人から猫を預かって、その猫とずっと遊んでました」

「そうですか……ご両親が会いたがっているでしょうに」

「毎晩酔っ払ってるから、飛行機代が出ないんです」

「いずれ、親のありがたみがわかるときが来ます。それまでは自由気ままにやっていればいいんです」

　コースターの上に生ビールの入ったグラスが置かれた。ぼくは半分近くを一気に飲んだ。

「うまいっ！」

　グラスを置いて、煙草をくわえた。

「武田さんは、お盆はなにをしていたんですか？」

「孫に会いに行っておりました。娘が名古屋に嫁いでいましてね」

「お孫さんがいらっしゃるんですね」

　煙草の煙を吐き、今度はゆっくりビールを味わう。

「今日は友香さんと待ち合わせですか？」

　武田さんの言葉に煙草を挟んだ指がひくついた。

「違いますよ。たまたま近所に用事があって……行きつけの店はまだお盆休み中で。ちょっと寄ってみたらここは開いていたから。とにかく、ビールが飲みたくてしょうがなかったんです」

「そうですか。実は、お盆休み前になりますが、飯島さんがいらっしゃって」

「店長が？」

「ええ。友香さんが突然、店に来なくなって困っているという話でした。方南町のマンションも引き払ったらしく、もぬけの殻だったということで……」

葉月は勝手に店を辞め、引っ越してしまったのだ。サトシという男と一緒なのだろうか。

「勝手に店を辞めるような子じゃないから、なにか事情があるんじゃないかと飯島さんはおっしゃってまして、もしかして、坂本君ならなにか知っているかなと思ったんですが」

「ぼくも初耳です」

ぼくはグラスに残っていたビールを飲み干した。

「なにか、強いカクテルを一杯、ください」

「かしこまりました」

ビールを飲んだら帰ろうと思っていたのに、葉月の話を聞いたら強い酒を飲まずにはいられなくなっていた。リリーからもらった金がある。少しぐらいなら飲んでもだいじょうぶだろう。

煙草が短くなっていた。灰皿でそれを消し、新しい煙草に火を点けた。胃が鳴った。昼に牛丼を食べただけだ。胃は空っぽのはずだが、食欲はなかった。

武田さんがシェイカーを振りはじめた。その様子を眺めながら、ぼくは煙草をふかした。

チューイのおかげで少しは立ち直ることができた。それでも、葉月はまだぼくの心にナイフを突き立てる。

「お待たせいたしました。アラスカです」

武田さんがカクテルグラスをぼくのまえに置いた。グラスは淡い黄色の液体で満ち、レモンピールが添えられている。

「ドライジンとシャルトリューズ・ジョーヌというリキュールをシェイクしたカクテルです。かなり強いですからゆっくりお飲みください」

「いただきます」

グラスを手にし、そっと口をつけた。アルコールが口の中で暴れた。目を丸くするぼくに微笑みながら、武田さんがチェイサーの入ったグラスを渡してくれた。

「強いでしょう。だいじょうぶですか？」

「平気です」

強がりを言いながら、ぼくはチェイサーを飲んだ。胃に落ちたカクテルが燃えたみたいに熱い。

「坂本君、食事は済ませてきましたか？」

「いいえ。とにかくビールが飲みたくて」

「なにか作りましょう。空腹で飲むカクテルじゃないですから」

「だいじょうぶです。というか、これを飲んだら帰ります。長い休みになるとバイトがなくて懐具合が途端に寂しくなるんです」

「わたしの奢り（おご）です。休み明けの最初のお客様へのお礼ですよ」

武田さんは料理の支度をはじめた。

「その代わり、簡単なものしか出せませんからね」

ぼくは煙草を消し、カクテルに口をつけた。本当にアルコールが強い。唇が燃え上がってしまいそうだった。胃壁が吸収したアルコールが血管を通って全身に運ばれていくのを感じた。

一杯のビールと二口のカクテルでもう酔いはじめている。

またカクテルに口をつけた。酔いがさらにましていく。

「召し上がれ」

武田さんが細長いガラスの皿をぼくの前に置いた。スライスしたフランスパンにチーズやサラミが載っている。皿の端の方にこんもりと盛りつけられているのはポテトサラダだった。

「チーズもサラミも伊勢丹で買ってきたものですが、ポテトサラダは自家製です。評判がいいんですよ」

「いただきます」

ぼくは皿と一緒に出されたフォークを使ってポテトサラダを口に運んだ。マスタードの酸味と粒胡椒(こしょう)の刺激が口の中に広がった。ジャガイモも潰(つぶ)したものと固形のものが交ざっていて食感が楽しい。

「美味しいです」

「よかった。お代わりもたくさんありますからね」

チーズとサラミの載ったフランスパンを食べ、カクテルを飲んだ。武田さんの優しさがアルコールと一緒に体に沁みこんでくる。

突然、飢餓感がぼくを襲った。眠っていた食欲が目を覚ましたのだ。食べて、飲んだ。気がつけば皿もグラスも空になっていた。

「若い人の食べる姿を見るのは楽しいものです」

武田さんが言った。

「がっついてしまってすみません。同じカクテルをもう一杯だけください」

「かしこまりました。ポテトサラダのお代わりもいかがですか?」

「いただきます」

ぼくは武田さんに頭を下げた。また煙草をくわえ、シェイカーを振る武田さんの姿を見つめた。

「実は、ぼく、友香さんにフラれたんです」

思ってもみなかった言葉が口をついて出た。武田さんは動じることなくシェイカーを振り続けている。

「大好きだったんですけど、他に好きな人がいるからって……きっと、彼女が黙って店を辞めたのはぼくのせいです。店長が来たら、ぼくが謝っていたと伝えてください」

「そうですか」

武田さんはシェイカーの中身をカクテルグラスに注いだ。

「青春真っ只中(ただなか)ですね。わたしのような年寄りからすると、羨(うらや)ましいかぎりです」

カクテルにレモンピールを添えると、武田さんは丁寧にグラスをカウンターに置いた。

「羨ましいことなんてないですよ。ただ、惨めで苦しいだけです」

「いやいや。みんなそうやって大人になっていくんです。大人になると、惨めで苦しくなるような恋なんてできなくなる。どれだけ惨めでも、どれだけ苦しくても、それは素敵なことなんですよ」

フランスパンのスライスとポテトサラダの載った皿が出てきた。

「このカクテルもわたしの奢りです。これを食べて飲んだら、今夜は帰りなさい。いいですね。少なくとも今夜はやけ酒なんてしない。約束してください」

ぼくは武田さんを見た。武田さんは微笑んでいる。微笑みが絶えたところを見たことがない。

武田さんのような老紳士になりたいと思った。

「約束します」

ぼくは応(こた)え、カクテルに口をつけた。

「あの、よろしかったら武田さんもなにか飲みませんか？　奢ってもらってばかりじゃ申し訳ないんで」

「お心だけいただきます」

武田さんは首を振った。

「やっぱり、飲むには時間が早すぎますよね」

「そうじゃないんですよ。わたしは断酒中なので」

「断酒？　いつからですか？」

「もう、二十五年になります」

ぼくはカクテルを飲む手を止めた。武田さんの年齢から、血圧だとか血糖値だとか、体調の悪化で少しのあいだ酒を飲むのをやめているだけだと思ったからだ。

「わたしは酒に飲まれる質なんですよ。人が変わっちゃうんです。暴言を吐く、暴れる、手を出す。最悪の酔っぱらいでしてね。家族にも愛想をつかされて捨てられました。それで、心を入れ替えるために酒を断ったんです。酒でしでかしたしくじりをゆるしてもらえるのに二十年かかりました。妻はとっくに鬼籍に入っているんですが、娘がね。孫が生まれたのをきっかけに、なんとかゆるしてくれたんです」

顕さんの顔が頭に浮かんで消えた。

「二十五年間、一滴も飲んでないんですか？」

「はい。一滴でも飲んだら、だめになるのがわかってるんです。怖いんです。バーテンなんていう仕事をはじめたのも、もしかしたら自分の克己心を試すためかもしれませんね。これだけの酒に囲まれていても自分はだいじょうぶだ。いつも、そう自分に言い聞かせているんです」

「それで二十五年も……偉いですね」

「そんなことはありません」

武田さんの顔から笑みが消えた。

「酷いことばかりしてきたんです。わたしのような人間はね、二十五年酒を断ったぐらいじゃ贖えないようなことばかりです。わたしのような人間はね、そもそも酒を飲んではいけないんです」

武田さんの言葉を顕さんが聞いたらなんと言うだろう。顕さんも間違いなく、酒を飲んではいけない人種なのだ。

「すみませんね、坂本君。つまらない話を聞かせてしまいました」

「いいえ。そんなことないですよ」

武田さんの顔には微笑みが戻っていた。

ぼくはポテトサラダを載せたフランスパンを頬張った。

＊　＊　＊

〈黄昏〉を出ると、他の飲み屋には寄らず、家へ戻った。

ザ・クラッシュの曲をかけ、読みかけの冒険小説を読みながら、ウォッカのオン・ザ・ロックを飲んだ。

蒸し暑かった。扇風機の風量設定を最強にしても汗が引かない。ぼくはパンツ一丁になった。それでも暑い。エアコンが欲しいと切実に思った。

だが、エアコンを買う金はもちろん、もしエアコンが手に入ったとしても、電気代が厳しい。

暑さを紛らわせるために氷で冷やしたウォッカをがぶ飲みした。

これはやけ酒なんかじゃない——自分に言い聞かせ、ぐでんぐでんに酔っ払ってベッドに倒れ込んだ。

16

八月十九日から〈マーロウ〉の営業が再開された。初日のバイト当番はぼくだった。

休み明けを心待ちにしていたのか、ひっきりなしに客がやってきて店は大混雑だった。スツールはすぐに埋まり、立ち飲みの客がひしめいてトイレに行くのも一苦労だ。

賑（にぎ）やかな雰囲気に顕さんもご機嫌で、いつもより早めに飲み出し、十二時前にはすっかりできあがっていた。

「坂本！　なんでこいつらはいつまで経っても帰らないんだ。おれはずっと立ちっぱなしで飲んでるのに、優しさってものがねえのか」

突然、顕さんが声を荒らげた。ほんの十分ばかり前まではまわりの客たちと馬鹿話に興じていたのに、突然の豹変だ。

常連客は慣れたものだが、一見の客は顚さんの変わりように驚き、目を白黒させる。

「お、もうこんな時間か。そろそろおいとましなきゃ」

常連客は早々に退散する。一見の客は帰るタイミングを失って顚さんに延々と絡まれることになる。

今夜の犠牲者はふたり。三十代のサラリーマン風だ。

顚さんが立ちっぱなしで飲んでいることに気づかずに長時間店に居つづけることへの非礼にはじまり、論拠がどんどんずれていく。最後には相手の人格否定がはじまって、わけもわからぬまま説教されている相手の顔色が青ざめていく。

中には怒り出す者もいるし、泣き出す者もいる。

前者の場合は殴り合いの喧嘩に発展する。後者の場合はだれかがとりなすことになる。

今夜はとりなし役になるような客がいなかった。

説教がはじまって三十分ほどが過ぎたころ、顚さんがトイレに立った。

「今のうちに帰った方がいいですよ」

ぼくはふたりに囁いた。ふたりはうなずき、飲み代を払って逃げるように店を出ていった。

トイレから出てきた顚さんが店内を見回し、ぼくを睨んだ。

「あのふたりはどうした？」

「帰りましたけど」

「なんで帰すんだ、馬鹿野郎」

顕さんはぼくを怒鳴り、残っている客に目を向けた。深夜すぎに時々顔を出す、映画関係のふたり連れがいるだけだ。

ふたりとも、顕さんの酒癖の悪さを熟知し、絡まれたときの対処法も心得ている。絡む相手を失った顕さんは酒を飲み、煙草を吸った。

「今日は久々だから、ちょっと酔っ払っちまったな」

「めちゃ混みでしたからね。疲れたんだと思います」

ぼくは心にもないことを口にする。顕さんにおもねるような言葉を発するたびに、自分の心が汚れていくような気がした。

疲れているのはぼくの方だ。客が少なければ、カウンターの内側にスツールをひとつ運び入れて、それに尻(しり)を乗っけて仕事をすることができる。混んでくれば立ちっぱなしだ。

開店とほとんど同時に席が埋まったから、かれこれもう六時間以上立ちっぱなしで働いている。

「今日はもう帰るぞ」

「お疲れ様でした」

顕さんは煙草を灰皿でもみ消し、ショルダーバッグを肩にかけて店を出ていった。

ドアが閉まると、ぼくは太い息を吐き出した。

「顕ちゃん、相変わらずだなあ。坂本君も毎晩、大変だね」

残っていた客のひとりが言った。

「もう、慣れましたから」

ぼくは愛想笑いを浮かべ、煙草をくわえた。これもまた嘘だ。慣れることなどない。酒を飲んで荒れる顕さんを相手にするたびに、心がすり切れていく。

「おれたちも退散するよ。お勘定して」

ふたりが出ていくと、ぼくはカウンターの外に出て看板の明かりを消した。

「よいしょ」

中年男のように声を出してスツールに腰掛け、煙草を吸いながらバーボンのソーダ割りをちびちびと飲んだ。

いつになくくたびれている。心身ともにへとへとだ。

突然、ドアが開いた。香水の匂いが鼻に流れ込んできた。

「今日はもうおしまいだよ」

苛立ちながら入口に顔を向けた。ぼくの言葉を無視して店に入ってきたのは中嶋桜だった。

「なにやってんだよ。あんた、うちの店出入り禁止だろう」

「一杯だけでいいから飲ませてよ。お金はちゃんと払うから」

「もうおしまいだって言っただろう。看板も消した」

「いいから一杯だけ飲ませてよ。一杯だけ。飲んだら帰るから。顕さんだっていないんだし、それぐらいかまわないでしょ」

ああ言えばこう言う――中嶋桜はそういう人間の典型だった。とにかくまずは、相手の言葉を否定するところからすべてがはじまるのだ。

男たるもの、すべての女性に優しくあらねばならないというモットーの持ち主である顕さんが、中嶋桜を出入り禁止にしたのにはわけがある。

ぼくは舌打ちをこらえ、カウンターの中に移動した。

「なに飲む？」

ぞんざいな口調で訊いた。

「ズブロッカのストレート」

ズブロッカはバイソングラスという植物を漬け込んだウォッカだ。ボトルごと冷凍庫で冷やし、とろとろになったものをストレートで飲む。独特の香りと味わいがあって、ぼくも好きな酒だった。

「あんたも飲む？」

中嶋桜が言った。

「いただきます」

ぼくは答えた。今日の気分はバーボンよりズブロッカだ。ふたつのロックグラスにきんきんに冷えたズブロッカをなみなみと注ぎ、ひとつを中嶋桜に渡した。

自分のグラスに口をつけて、その冷たさと芳醇な味わいに溜息を漏らした。

ズブロッカを奢ってくれたのだ。今夜だけは中嶋桜をゆるそう。

ぼくはザ・クラッシュの『ストレイト・トゥ・ヘル』をハミングしながら洗い物をはじめた。

中嶋桜は俯き、カウンターの一点をじっと見つめている。ときおりズブロッカを啜る以外は彫像のように動かなかった。

いつもなら相手のことなどおかまいなしに好き勝手なことを喋りまくるのだが、今夜はなにかが違っていた。

触らぬ神に祟り無し——そんな言葉が頭に浮かんだ。

ぼくは鼻歌をやめた。ズブロッカを啜り、煙草を吸う。ときおり、腕時計に視線を落とした。時間は遅々として進まない。

グラスの中のズブロッカがほとんどなくなったころ、中嶋桜が顔を上げた。

「ねえ、こっちに来ない？」

「はあ？」

「ひとりで飲んでてもつまらないから、こっちに来なさいよ」

中嶋桜のグラスには、ズブロッカがまだたっぷりと残っていた。

「それはちょっと……」

「もう一杯飲んでいいから」

中嶋桜はぼくの弱点を心得ていた。ぼくはグラスにズブロッカを注ぎ足し、彼女の隣に座った。

「坂本君、ここのバイトどれぐらいになる？」

中嶋桜が煙草をくわえた。それが当然というように、煙草の穂先をぼくに向けた。ぼくはまた舌打ちをこらえ、ライターで火を点けてやる。

「二年半だよ」

「もうそんなになるんだ。最初は田舎小僧丸出しだったけど、大人になったね」

中嶋桜が煙を吐き出した。フィルターについた赤い口紅が毒々しい。

ぼくはズブロッカを啜った。中嶋桜は煙草を吸うだけで酒に口をつけようとはしなかった。マスカラだかなんだかわからないが、化粧で彩られた目の縁が濡れているような気がした。

俯きながら泣いていたのかもしれない。

居心地が悪い。ぼくも煙草をくわえ、ズブロッカを呷った。

「ねえ、しよう」

「え？」

中嶋桜の手がぼくの太股の上に置かれた。

「しようよ。ここで。今すぐ」

彼女の手を払いのけようとしたが、それより先に抱きつかれた。

「ちょっと待って。なに言ってんだよ」

「したいのよ」

濡れた舌がぼくの耳を舐めた。

「ちょっと待てって」ぼくは彼女を邪険に押しやった。「金はいらないからもう帰れよ」

「タダでできるチャンスふいにするつもり？」

中嶋桜の顔が歪んだ。

「いつも女とやることばかり考えてるんでしょ？　やらしてあげるって言ってんのよ、こっちは」

「ふざけんな」ぼくは怒鳴った。「おれにだって選ぶ権利はある。おまえみたいな女、頼まれたってやるかよ」

むかっ腹が立っていた。こんな女にやりたいだけの男と見下されていたのだ。

「帰れよ。とっとと帰れ。二度とその面見せるな」

「来るかよ。こんな店、こっちから願い下げよ」

「ぶん殴られる前に早く失せろ」

「ぶん殴る？　女には優しくしろって顕さんに言われてるんじゃないの？」

「おまえなんか女じゃねえよ」

ぼくがそう言った次の瞬間、中嶋桜は両手で顔を覆った。

「……酷い」

「酷いのはそっちだ。早く帰れ」

ぼくは中嶋桜の肩を乱暴に押した。ドアを開け、無理矢理外に出した。中に戻り、カウンターに置かれたままだったハンドバッグをドアの外に放り投げた。叩きつけるようにしてドアを閉めた。

「ふざけやがって」

無人の店内で怒鳴った。

「人を馬鹿にしやがって。どいつもこいつもふざけやがって。こんな街、大嫌いだ」

＊　＊　＊

「ぐでんぐでんじゃないの、坂本」

覚束ない足取りで店の中に入ると、リリーが心配そうにぼくを見つめた。

「だいじょうぶだよ」

そうは言ったが、かなり酩酊している自覚はある。中嶋桜を追い出した後、ひとりでズブロッカを飲み続けてボトルを空にしてしまっていた。

「なにかあったの？　また顕ちゃん？」

ぼくはスツールに腰かけると、カウンターに両手をついた。そうしなければ、崩れ落ちてしまいそうだった。

「なんでもいいから飲ませて」

リリーに言った。ぼくが座ったのは入口のすぐそば、カウンターの左端、ピンクの公衆電話の前だ。カウンターには他に、三人の客がいた。どの顔にも見覚えはない。

「ちょっと待ってなさい」

リリーが三人の客の前に移動した。ぼくは頰杖をつき、目を閉じた。

「これ、飲みなさい」

リリーの声で我に返った。どうやら船を漕いでいたらしい。目の前に置かれたのは大振りのマグカップで、コーヒーが注がれていた。

「なに、これ？」

「コーヒーよ。あんたのために淹れたんだから、黙って飲みなさい。それを飲み終わった後でも酒が欲しいなら、いくらでもくれてやるから」

ぼくはマグカップを両手で包んだ。呂律がうまく回らないし、反論する気力もない。火傷しそうに熱くて苦いコーヒーを啜り、煙草に火を点けた。

「ねえ、リリー。リリーはいつまでここで商売続けるつもりなんだよ？」

煮物に火を通しているリリーに声をかけた。

「やぶからぼうになによ？」

「ここから……ゴールデン街から出ていきたいと思ったことない？　たとえば、銀座とか六本木に店出してさ」

「金があれば今すぐにでもそうしたいわよ」

「金か……」

「そう。なにをするにも金がいるのよ。それが現実ってもんでしょ。わたしだってここに店を出したときは、がっつり稼いで、あんたが言ったみたいに銀座や六本木にもっと広くて立派な店出すんだって張り切ってたわよ。だけど、安い飲み屋で稼げる金なんてたかが知れてるの。どれだけ出ていきたいって思ったって無理なのよ……あんた、ゴールデン街が嫌になった？」

　ぼくは煙草を吸った。

「ここは嫌いだ。苛々するし、腹が立つ」

「酔っぱらいの街なんて、どこも似たようなもんよ」

「かもしれない。おれはゴールデン街で働いてて、ゴールデン街のことしか知らない。おれはきっと、ゴールデン街が大嫌いだ」

「でも、わたしのことは好きでしょう？〈まつだ〉のおっかさんのことも。他にもこの街じゃなきゃ出会えなくて、出会ってよかったって人も大勢いるでしょうに」

「そりゃそうだけど……」

「いいことも悪いこともいっしょくたなんだよ。いいことばかりの人生なんてつまんないじゃない」

ぼくは唸った。なんと応えるべきか、酔った頭では考えつかなかった。

「毎日うだるように暑いし、腹が立つことが続くし、だから、この街が嫌になる。でも、明日、なにか楽しいことが起こったら、嫌だったことも忘れちゃう。そうやって人生は続いてくんだよ——ほら、お食べ。空きっ腹で馬鹿みたいに飲むからそんなに酔っ払っちゃうのよ。ちゃんとタンパク質摂らないと」

リリーが出してくれたのは冷や奴だ。包丁を入れた一丁の豆腐の上に、これでもかというぐらいの青ネギとおろし生姜が載せてあった。

「いただきます」

ぼくは両手を合わせた。空きっ腹という言葉を聞いた途端、耐えがたい空腹感に襲われた。

醤油をかけ、箸でつまんだ豆腐を口に放り込んだ。

旨い。豆腐の冷たく柔らかい食感と、大豆の甘みが口の中に広がっていく。

「コーヒーとは合わないかしら」

リリーがそう言って笑った。

「うん。これは合わないな。でも、美味しい」

ぼくも笑った。

リリーの言うとおりだ。どんなに辛いことや腹立たしいことが続いても、たった一口の豆腐で人は幸せな気分になれる。

「なにか飲む？」

リリーの言葉にぼくはうなずいた。

「たまには焼酎飲まない？　生のグレープフルーツがあるのよ。それを絞って入れたら、少しは明日の二日酔いがましになるわよ」

「それ、飲む」

ぼくは豆腐を頬張りながら答えた。冷や奴を食べ終えると、焼酎のグレープフルーツ割りが出てきた。

「だいぶ顔色よくなったわね」

「冷や奴食べたら、気分がよくなった」

「でもさ、あんたはこの街にだらだらいちゃだめよ」

リリーの顔つきが変わった。

「なんで？」

「田丸もそうだけど、あんたたちは真面目すぎるのよ。だから、酔っ払った顕ちゃんのやることなすことにいちいち傷ついて」

「でも、安く飲ませてくれる店があるのはゴールデン街だけだよ」

「そんなことないわよ。安く飲める店なんてどこにでもある」

リリーがなにを言いたいのかわからなくて、ぼくは戸惑った。なにかを言う代わりに焼酎を啜り、煙草をくわえた。

「いつまでもこの街にしがみついてると、あんたたち、なにもしないうちに負け犬になっちゃうわよ。わかってるでしょ？」

ぼくはうなずいた。

負け犬なら、この街で大勢見てきた。その度に、ああいう人間には絶対にならないぞと自分に言い聞かせているが、彼らだって最初から負け犬だったわけではないだろう。若い頃にこの街にやってきて、成功を夢見ながら足掻き、しかし、この街から抜け出すこともできず、気がつけば、身も心もすり減らしてしまうのだ。

「出ていくよ」

「そうしなさい」

「〈マーロウ〉のバイトを辞めたら、出ていく。たまにリリーの顔を見には来るけど、ゴールデン街では飲まない」

「それが一番よ」

「〈マーロウ〉を辞めた後でも、酔っ払った顕さんに付き合うのはごめんだ」

リリーがうなずいた。

「あんたたちも田丸も頑張ってるわよ。あんたたちの前にいたバイトの子たちなんて、みんな一年もたなかったんだから。ま、三、四年前の顕ちゃんの酔い方、今よりもっと酷かったけどさ。あんな酔っぱらいでも、少しは成長してるのかしらね」

ぼくは煙草を消した。

「まだなんか食べる？」

「お茶漬け」

ぼくは最後にもう一度甘えた。お茶漬けを食べたら、帰ろう。部屋に帰ったら、一滴も飲まずに眠ろう。

「チューイがあんたのこと恋しがってるわよ」

「チューイが？」

「そう。坂本って言うと、みゃあって鳴くの」

ぼくは笑った。

「チューイはぼくの名前なんて知らないよ。そんなの、ただの偶然じゃないか」

「そんなことないわよ。あの子、賢いんだから。あんたのこと、ちゃんと覚えてるのよ」

「リリー、それじゃ親馬鹿丸出しの飼い主だよ」

笑いが止まらなくなった。リリーに感謝しながら、ぼくは笑い続けた。

17

指に力をこめてキーボードを叩いた。原稿を書き終えたのだ。数行しか表示できないモニタを見ながら推敲（すいこう）するのは面倒なので、書き上げたばかりの原稿をプリントアウトした。

バイト代を貯めて買ったワードプロセッサーはキーボードの文字があちこち掠れている。最新のものだと二十字詰めの二十行でモニタに表示できるようになっているらしいが、買い換える余裕はない。

「新しいワープロ、欲しいよなあ」

呟きながら、プリントした原稿に目を通した。

『本の雑誌』の読書体験特集のための原稿だ。

病弱だった幼少期に本に触れ、小学校の図書室にあった江戸川乱歩の少年探偵団シリーズや、コナン・ドイルのシャーロック・ホームズものに耽溺し、やがて日本のSFに目覚めて星新一や筒井康隆の著作を貪るように読み、そこから平井和正に傾倒してその影響で海外のハードボイルドや冒険小説に巡り合う。そして、斉藤顕にファンレターを送ってゴールデン街の住人になるまでを、面白おかしく書いたものだ。

酔った顕さんや、ゴールデン街のろくでもない酔っぱらいたちのことはあえて書かなかった。

「おまえも嘘つきじゃねえか」

自分に毒づきながら文章に赤ペンを入れ、ワープロで訂正した。

面白いとは思うけれど、いい原稿なのかどうか、自分ではまったく判断がつかなかった。

『鷲』に書く原稿もそうだ。頭に浮かぶ文章をワープロに打ち込んでいく。ただそれだけのことで、自分の書くものがいい文章なのかそうじゃないのかはわからない。ただ、読んだ人が面白いと言ってくれるから、そういうものなんだろうと思うだけだ。

これが他人が書いたものなら面白いか面白くないかはすぐ判断がつく。もちろん、判断の基準はぼくの主観に過ぎないけれど、とにかく、好きか嫌いかはすぐにわかるのだ。なのに、自分の書いたものに関してはさっぱりだ。

「しょうがねえよな」

推敲した原稿をもう一度プリントアウトし、丁寧に折り畳んで封筒に入れた。封筒にはすでに宛先を書き、切手も貼ってある。

本の雑誌編集部　望月様

直接編集部に持っていく手もあるのだが、電車代がかかるし、なにより、目の前で原稿を読まれることを考えただけで尻の穴がこそばゆくなってくる。

セロハンテープで封をすると、ぼくは封筒片手に部屋を出た。

時刻は午後三時を回ったところだ。もう九月に入ったというのに、夏は立ち去る気配を一向に見せてくれない。

それにしても、暑い……。

原稿をポストに投函したら、その足で新宿へ出向き、映画でも観よう。映画館なら、冷房が効いていて快適なはずだ。

映画を観終わったら冷やし中華でも食べて、リリーの店へ行くつもりだった。

商店街にある郵便ポストに原稿を投函し、東中野駅で総武線に乗り込んだ。新宿で電車を降り、地下通路を通って歌舞伎町へ向かう。

慣れた道のりで、頭を使わなくても足が勝手に動く。

観る映画は香港映画の『大福星』にした。

ブルース・リーでカンフー映画に目覚めた世代としては、ジャッキー・チェンのコミカルなカンフー映画にはどうも馴染めない。だが、他に観たい映画もなかった。

案の定、映画は退屈だった。香港映画特有のわざとらしいギャグはまるでザ・ドリフターズのコントみたいだし、話の展開も無茶苦茶だ。

マンザイブームの真っ只中と高校時代が重なるぼくたちの世代は、笑いにはうるさい。

それも、初めのうちは面白かったが、B&Bやザ・ぼんちにはすぐに飽きた。今のお笑いに必要なのは、ツービートの毒と紳助・竜介のスマートさだ。香港のギャグ映画にはどちらもない。

ロビーで煙草を吸い、どこで冷やし中華を食べるかを考えていたら、甲高い声がぼくの名を呼んだ。

「坂本君」

振り返ると、佐々木が手を振りながらこっちに向かってくるところだった。

「さっちゃんも観てたんだ」

ぼくは短くなった煙草を灰皿に押しつけた。

「いやあ、面白かったですねえ」

佐々木は満面に笑みを浮かべていた。佐々木の映画の趣味はよくわからない。

「そう？」

ぼくは素っ気なく応じた。

「この後は〈マーロウ〉ですか？」

「いや。飯食って、そのあとはリリーの店に行こうかなって」

「ちょっと付き合いません？」

「付き合うって、どこに？」

「この後、ぼくが所属してる映画愛好会の飲み会があるんですよ。一緒にどうですか？」

ぼくは肩をすくめた。映画好きの若い連中が集まって、映画を語りながら酒を飲む。ぞっとした。

「遠慮しとくよ。小説のことならいくらでも話せるけど、映画は小説ほど詳しくないし

……」

「可愛い子がいるんですよ。坂本君なら気にいると思うんですけどねえ」

佐々木が煙草をくわえた。どこかの飲み屋でもらってきたマッチで火を点ける。

「なんでさっちゃんがおれに女の子を紹介しようなんて思うわけ？」

「田丸さんから聞いたんです。坂本君、女の人にフラれてすごく落ち込んでるって」

「田丸が？」

「はい。すごく心配してましたよ」

田丸にはなにも話してはいない。

「なんて言ってました、田丸？」

「坂本君があんなに荒れた酒の飲み方するの見たことないし、客に喧嘩を売るのも珍しいから、絶対、女にフラれたに違いないって」

ぼくは新しい煙草に火を点けた。のんびりしているようで、田丸も見るところは見ているらしい。

「どうです？　行きません？　退屈だったら、すぐに帰ってかまいませんから」

佐々木がこんなふうにぼくを誘うのも珍しかった。ぼくのことを彼なりに気遣っているのだ。

「わかった。行く」

ぼくは煙草の煙を佐々木の顔に吹きかけた。自分でも嫌な性格だと思う。だが、佐々木はそんなことは気にせず、微笑みながらうなずいた。

「よかった。その子、北野香さんって言うんです。坂本君よりひとつ年下ですよ」

「別にその子が目的じゃないから」

「わかりました。そういうことにしましょう。じゃ、行きましょうか」

佐々木は煙草を消すと、大股で歩き出した。ぼくも煙草を消して、その背中を追いかけた。

＊　＊　＊

宴会場は新宿三丁目の居酒屋だった。座敷に集まっているのは十五人ほどの若い男女。留年を繰り返している佐々木が一番の年長のようだ。

佐々木はみなにぼくを紹介すると、若い女の子の隣にぼくを座らせた。目の大きな愛くるしい顔立ちの子だ。彼女が北野香なのだろう。佐々木は彼女を挟んだ反対側に腰をおろした。

「はじめまして、北野です」

「坂本です。お邪魔しちゃってすみません」

ぼくは素っ気なく答え、他の参加者たちの顔を見渡した。すでに宴会ははじまっており、だれもが熱く映画を語っている。

話題の中心は先日公開された『パリ、テキサス』と『ペイルライダー』だった。前者はヴィム・ヴェンダース監督の作品で、去年のカンヌ映画祭で大賞を受賞している話題作だ。後者はクリント・イーストウッドが監督と主演を務める西部劇。

久しぶりの本格的な西部劇を、イーストウッドが監督するというのでこちらも話題になっている。ぼくが是非観たいと思っているのも『ペイルライダー』の方だった。

七面倒くさくてわかりにくい内容の映画は好きではない。カンヌで大賞を獲るなんて、ぼくが嫌いなタイプの映画に決まっている。

ぼくと佐々木が頼んだ生ビールのジョッキが運ばれてきた。ぼくは乾杯を待たずに飲みはじめた。

「相変わらずですね、坂本君は」

佐々木が苦笑して、ジョッキに口をつけた。ぼくは乾杯だとか挨拶だとかが嫌いだ。酒を待たされるのは我慢がならない。

「さっちゃん、田丸がいつ辞めるか、聞いてる？」

ぼくは北野香の頭越しに佐々木に話しかけた。北野香は小さかった。座っているからよくわからないが、身長は百五十センチあるかないかだろう。

「秋には辞めるって言ってましたよ。ぼくももう少ししたら見習いとして何回か店を手伝うことになってます」

「そうか……」

ぼくはビールに口をつけた。

田丸と話さなければとはずっと考えていた。だが、電話をかけても通じず、かといって、〈マーロウ〉に会いに行けば、顕さんとも顔を合わせることになる。

自分のバイトの日以外は、顕さんには会いたくないというのが本音だった。ただでさえ疲れるのに、わざわざ金を払って疲れに行く必要はない。

「さっちゃんはだいじょうぶかもな」

ぼくは呟いた。佐々木は見た目とは違って打たれ強いタイプだ。酔った顕さんの理不尽も、笑って受け流すことができるかもしれない。

「あの、坂本さんのことは、時々、佐々木さんから聞いてるんですけど」

北野香が口を開いた。

「悪口聞かされてる？」

「悪口なんて言いませんよ。後が怖いんだから」

佐々木が口を挟んだ。北野香が苦笑した。

「すごく本を読んでて、小説の善し悪しを判断する力が凄いんだって聞きました」

「そんなことないよ」

尻がむず痒くなって、ぼくは胡座をかいていた足を組み直した。

「坂本さんの一番好きな小説ってなんですか？」

「一番か……難しい質問だなあ」

ぼくは渋い顔を見せた。

「ごめんなさい。そうですよね。わたしも一番好きな映画はなにかって聞かれたら、たくさんありすぎて困ります」

昔なら迷うことなくレイモンド・チャンドラーの『長いお別れ』か、ジャック・ヒギンズの『死にゆく者への祈り』と答えたはずだ。どちらの作品も、何度も読み返すほど好きだった。

だが、今は違う。この二年でぼくの中のなにかが変わってしまったのだ。

「平井和正のウルフガイ・シリーズかな」

ぼくは答えた。

「え？」

「日本のSF作家なんだけど、狼男が主人公のシリーズがあるんだ」

「狼男ですか」

北野香が首を傾げた。狼男が主役の小説を上手(うま)くイメージできないのだろう。

「犬神明(いぬがみあきら)ってのが主人公の名前。ちょっとややこしいんだけど、シリーズはふたつあって、どっちにも犬神明が出てくるんだ。片方の犬神明は中年のトップ屋で、もう一方の犬神明は高校生」

「トップ屋ってなんですか？」

ぼくは苦笑した。ぼくだって、トップ屋という呼び方を学んだのは小説からだ。

「スキャンダルを追うジャーナリストのことを昔はトップ屋って呼んだんだよ。でね、トップ屋の犬神明の方のシリーズはちょっとコミカルタッチで、高校生の犬神明の方はかなりシリアスなんだ」

「坂本さんが好きなのはシリアスな方？」

ぼくは首を振った。

「それが、両方とも大好きなんだ。中学生のころに読んでさ、本気で狼男になりたいって思ったぐらい」

　北野香が笑った。

「狼男にはなれなくても、次は狼に生まれ変わりたいって思ったなあ」

「ぼくもです」佐々木が声を張り上げた。「ぼくも狼になりたかったです。犬神明、最高ですもんねえ」

　平井和正の描く狼男、犬神明は人間という種に対するアンチテーゼだ。人は悪徳にまみれた悪魔のごとき種であり、狼男は大自然と慈愛を体現する存在である。聖なる狼男が人間という邪悪な存在と対峙し、次第に追いつめられていく。各エピソードの終盤では反撃に転じ、満月の力を得て狼に変貌する犬神明は勝利を手にする。だが、それは小さな勝利に過ぎない。長い目で見れば、犬神明は少しずつ、確実に追いつめられていくのだ。

　大自然が人間の手で破壊されていくように。ひとにぎりの善意が、大多数の悪意によって踏みにじられるように。

「ああ、そうか。おれには犬神明がいたじゃん」

　ぼくは呟いた。チャンドラーもヒギンズも、今のぼくにはお呼びじゃない。だが、犬神明なら、いまだにぼくの魂を揺さぶってくれる。

「わたしも読んでみます、狼男」

北野香が言った。

「全巻、貸してあげますよ。坂本君、『SFアドベンチャー』は読んでます？」

佐々木が悲しそうな顔をぼくに向けた。ぼくは首を振った。

トップ屋犬神明の物語も、高校生犬神明の物語も途中で放り出されたままだったのだが、去年、SF小説誌の『SFアドベンチャー』で、高校生犬神明の新しい連載が開始されたのだ。

だが、かつて犬神明に夢中になっていた読者の反応は鈍かった。

あれはおれの知ってるウルフガイ・シリーズじゃない。

だれもが口を揃えた。

平井和正は変わってしまった、と。

単行本になるのを待って一気に貪り読もうと思っていたぼくの気持ちは、それで萎えた。

犬神明の物語を放り出した平井和正は、しばらくの間「幻魔大戦シリーズ」を書いていた。ぼくはそのシリーズの数巻を読んで、読み続けることを放棄した。

そう。犬神明の物語を書いていたときの平井和正と、「幻魔」以降の平井和正は別人なのだ。それぐらい、作品のテイストが違った。

平井和正を批判するつもりはない。小説観、世界観が変わったのだ。だから書くものも変化した。嫌なら読まなければいい。それだけのことだ。

ただ、あの狂おしいほどに切ない犬神明の物語が途中で放り出されたまま完結しないのかと思うとやるせなかった。

「また読みたくなってきた」

ぼくは言った。

「ぼくも読みたくなってきました。北野さん、本を貸すの、ぼくが読み終わってからでいいですか？」

佐々木が言った。北野香が朗らかな声で笑った。

「佐々木さんも坂本さんも子供みたい」

ぼくと佐々木もつられて笑った。本当に好きなものを語ると、人は子供に戻るのだと痛感した。

＊　＊　＊

二次会の会場は新宿区役所のすぐ横の雑居ビルの二階にある小さな飲み屋だった。ゴールデン街の飲み屋と同じように、十人で満席になるような狭さだ。

佐々木の先輩の行きつけで、佐々木もたまに飲みに来る店らしい。五十歳を過ぎた派手な化粧のママがひとりで切り盛りしている。壁には往年の名画のポスターが所狭しと貼られている。映画好きが集まる店なのだ。

二次会に参加したのは五名だった。ぼくと佐々木と北野香、それに、岩田と原という佐々木の大学の後輩がふたり。ふたりとも、北野香に気があるようだった。

「坂本さんは、普段はなにをされてるんですか？」

北野香が、その日五度目の質問をぼくにぶつけてきた。見た目に変化はないが、かなり酔っている。

「だから、小説読んで、映画観て、酒を飲んでるってば」

ぼくは乱暴に答えた。ぼくたちが座っているのは四人掛けのボックス席だ。そこに五人が座っているからぎゅうぎゅう詰めだ。ぼくと北野香は接着剤でくっつけたみたいに体を寄せ合って座っていた。おかげで小柄な割に胸が大きいことがよくわかった。

「それ、初耳ですよ」

北野香は歌うように言って、ウイスキーの水割りを啜った。居酒屋では焼酎を、ここでは水割りを絶え間なく飲み続けている。

ウワバミというやつだ。

佐々木は後輩のふたりと映画談義に耽っていた。岩田と原は北野香と話したいのだが、先輩をむげにもできず、ぼくにしなだれかかってくる北野香に視線を向けては唇を嚙んでいた。

「北野さん、調布に住んでるんだっけ？　そろそろ帰らないと、終電逃すよ」

ぼくは言った。彼女とべったりくっついて飲むのは悪い気分ではなかったが、酔い方が鼻についてきた。

「始発で帰るから平気です。まだまだ飲みますよ」

北野香はグラスに残っていた水割りを飲み干した。

「さっちゃん、おれ、そろそろおいとまするよ。部外者だし」

ぼくは佐々木に五千円札を押しつけた。

「こんなにいただいていいんですか？」

「うん。もし多かったら、後で返してもらえると助かるけどさ」

「じゃあ、そうさせていただきます」

「坂本さん、もう帰っちゃうんですか？」

「うん。行かなきゃならないところがあるからね」

北野香の表情が曇る。少し胸が痛んだ。嘘をついたせいだろう。行かなければならないところなんてない。

「香ちゃん、坂本君に連れていってもらえばいいじゃないですか」

佐々木が余計な気をまわした。ぼくだけではなく、岩田と原も佐々木を睨んでいた。

「いいんですか？」

北野香が微笑んだ。周りの空気にはまったく無頓着（むとんちゃく）だ。

「いや、おれはちょっと――」

「連れてってあげてくださいよ」

佐々木の目尻が下がっている。酔っ払っているのだ。

「行きます。連れてってください」

北野香はバッグを引き寄せ、腰を上げた。少女のように顔を輝かせている彼女を拒絶することはできなかった。

「じゃあ、行こうか」

ぼくは力のない声を出して席を離れた。岩田と原の恨みがましい視線が背中に痛かった。

＊　＊　＊

〈リリー〉や〈まつだ〉に北野香を連れていく気にはなれなかった。しばらく迷った挙げ句、佐々木がよく行くゴールデン街の外れの飲み屋に行くことにした。

あそこなら、佐々木のボトルがある。北野香を押しつけられた腹いせに、佐々木の酒を飲んでやろう。

店内は常連で賑わっていたが、ぼくの顔を覚えていたママがカウンターの端っこに席を用意してくれた。

佐々木のボトルを出すように頼み、ついでに炭酸も注文した。ここもゴールデン街の他の店と同じで、ボトルがあるかぎり、何杯飲んでも何時間粘っても、会計はひとり千円ぽっきりだ。

佐々木のボトルはまだ三分の二が残っていた。

自分と北野香のソーダ割りを作り、グラスを合わせて乾杯した。

「ここ、佐々木さんに何度か連れてきてもらったことがあります。坂本さんもよくいらっしゃるんですか？」

酒に口をつけながら北野香が言った。

「ぼくは二度目」

「なんだ。行きつけの店じゃないんですね。そういうところに連れていって欲しかったのに」

「そういう店には親しいやつとしか行かないんだ」

ぼくは露骨に言ってみた。予期したとおり、北野香の表情が沈む。

「坂本さんの女性の好み、訊いてもいいですか？」

北野香は自分を奮い立たせようとしているかのように首を振り、話題を変えた。

「背が高くて脚の綺麗な女性」

ぼくは即答した。

顕さんがハードボイルドや冒険小説の書評を書いていたのは『ＰＬＡＹＢＯＹ』という雑誌だ。高校生だったぼくは書店のおやじの目を気にしながら毎月購入し、顕さんの書評に目を通した後は、必ず、プレイメイトのヌードグラビアに見入っていた。

すらりと伸びた脚と均整の取れた身体つきは、以来、女性に対する判断基準になってしまっている。

プレイメイトのようなプロポーションの日本女性はそういない。それでも、夢を見てしまうのがぼくたち若者の特権ではないか。

「そうなんですか……」

北野香の表情がさらに沈んだ。彼女は愛くるしいし胸も大きい。だが、背は低い方だし、お世辞にも脚が綺麗だとは言えなかった。

「あくまでも好みのタイプだからね。実際に、そんな女の子と付き合ったことはないから」

彼女があまりに落ち込むので、ぼくは言わなくてもいいことまで口にした。

「そうですよね。好みは好み。実際に恋愛するときは好みとは全然逆のタイプってこともありますもんね」

北野香の顔に明るさが戻った。暗くなったり明るくなったり、飲めば飲むほどに感情が顔に出るタイプらしい。

「今夜は〈マーロウ〉に行くのかなって思ってたんですけど……一度、行ってみたいんですよね。佐々木さんにも何度かお願いしてるんですけど、なかなか連れていってもらえなくて」

ぼくはそれに応える代わりに酒に口をつけた。

恋人であろうがなかろうが、ぼくたちが女の子を伴って店に行くと顕さんの嫉妬心を刺激する。酔った顕さんの理不尽な怒りをぶつけられて泣き出した女の子を何人も見てきた。二度と顔を出さなくなった若い小説好きも同じ数だけいる。

ぼくたちのあいだでは、〈マーロウ〉に女性を連れていくのはタブーなのだ。

「なんか、〈マーロウ〉に連れていってもらえない理由があるんですかね」

「そのうちわかるよ」

ぼくはまた酒を飲んだ。いつも〈マーロウ〉で飲むバーボンや〈リリー〉で飲ませてもらう国産のウイスキーに比べて、佐々木の安物の国産ウイスキーは苦く、刺々しく、飲み下すのに時間がかかる。

酔っぱらえるなら、味なんてどうでもいい――自分にそう言い聞かせてもう一口、ソーダ割りを飲んだ。

「坂本さん、付き合ってる人いるんですか？」

唐突に訊かれて、口の中のウイスキーを噴き出しそうになった。頭の奥に葉月の顔が浮かんで消えた。胸の辺りがまた、しくしくと痛みはじめた。

「いないよ。北野さん、おれと付き合う？」

胸の痛みから逃れたかった。葉月のことを忘れたかった。

「わたしが？　いいんですか？」

「いいよ。今から付き合おう。じゃ、行こうか」

ぼくは北野香の手を取った。

「行くって、まだこの店に来たばかりですよ」

「付き合ってるんだから、やろうよ。おれの部屋に行こう」

「ちょ、ちょっと、なに言ってるんですか？」

「やらせろって言ってるんだよ」

乱暴に言ってやった。北野香がぼくの手を振り払った。そのまま両手で顔を押さえ、声をあげて泣きはじめた。

空気が凍りつき、店内すべての視線がぼくたちに集まった。

まったく、なにをしてるんだ、おれは。これじゃ、顕さんと一緒じゃないか。

「すみません」

泣きじゃくる北野香の肩に手を置き、ぼくはママに頭を下げた。

「いいのよ。若いうちはいろいろあるんだから」

ママの一言で、店内の空気が和らいだ。常連たちがそれぞれの話題に戻っていく。

「ごめんよ、北野さん。おれ、こういう男なんだ。君にはもっと優しい男が似合うよ」

ぼくは北野香にそう言って、酒を呷った。

つくづく、自分が嫌になる。

18

「そんなわけだからさ、ごめんよ、坂本」

田丸は煙草の煙を吐き出した。

「まあ、しょうがないよな」

ぼくは床を掃きながら応えた。やっと田丸と連絡が取れ、開店前に話を聞くことになったのだ。

就職活動のためにバイトを辞めるというのはやはり口実で、顕さんや酔っぱらいたちの相手をするのにほとほと疲れ果ててしまったという。その気持ちはよくわかる。

「これまでどおり、会報の編集は手伝うし、坂本が風邪引いたりしたら、代わりに店に入るよ。だけど、継続してやるのはもう……」

「もういいよ。わかったから。おれも、来年には辞めるつもりだし」

ぼくはカウンターの中に移動した。シンク周りを拭き、グラスを乾いた布で磨いていく。

「本当は坂本も一緒に辞められたらいいんだろうけど、ふたりが一気に抜けるっていうのはさすがになあ」

田丸は煙草を灰皿に押しつけた。飲んでいるのは缶コーラだ。ぼくはビールを勧めたのだが、このあと用事があるとかで自分で買ってきた。

ぼくは田丸とバトンタッチするように煙草をくわえた。次の瞬間、ドアが凄まじい音を立てて開いた。

「坂本君！」

顔を真っ赤にした佐々木が入ってきた。ドアは開けっぱなしだ。エアコンで冷えていた店内に湿った熱気が入り込んでくる。

「なんだよ、さっちゃん……」

「香ちゃんになにをしたんですか？」

佐々木は握り拳でカウンターをどすんと叩いた。

「な、なにもしてないけど」

佐々木の気迫に押されて声が上ずった。一昨日の夜の記憶がありありとよみがえる。

「じゃあ、なんで彼女、坂本君の話をすると泣き出すんですか」

「おれと付き合いたいみたいな感じだったから、だったらやらせろって言っただけだよ」

「最低ですね」

佐々木が怒鳴るように言った。

「おまえなあ……」

田丸が呆れたという顔をした。

「酔っ払ってたからしょうがないだろう。虫の居所も悪かったし」

「だからって、年下の女の子にそんなこと言いませんよ、普通。せっかく、傷心の坂本さんにいい子を紹介してあげようと思ったのに」

「余計なお世話だ」

ぼくは呟いた。

「なんですって？」

佐々木が目を剝いた。耳の良さは顕さん並だ。

「なんでもないよ。悪かったとは思ってるんだ。だから、始発まで付き合って、電車に乗るの、見送ってやったよ」

「それぐらい、当然じゃないですか。彼女、傷ついてるんですよ」

「じゃあ、もう一度、ちゃんと謝るよ」

「彼女の連絡先も知らないくせに、どうやって謝るって言うんですか」

「北野香さんの連絡先、教えてください」

ぼくはわざとらしく頭を下げた。

「ほんとにもう、ちゃんと謝ってくださいよ」

佐々木は電話の横のメモパッドに手を伸ばした。ボールペンで電話番号を殴り書きしていく。

「いくら虫の居所が悪かったからって、女の子にそんなこと言うなんて坂本らしくないじゃん」

田丸が言った。

「なんかさ、困らせてやりたくなったんだ」

「なにか気に食わないことでも言われた？」

ぼくは首を振った。

「特に理由もないんじゃ、顕さんと一緒じゃないか」

ぼくは唇を噛んだ。田丸の言葉が胸に突き刺さった。顕さんのような飲み方は絶対にしない——胸にいつもそう刻み込んでいたのに、顕さんと同じように理不尽な怒りを北野香にぶつけてしまった。

「朱に交われば赤くなるって言うだろう？　おれ、ここで働いてるとさ、どんどん自分が顕さんや他の酔っぱらいのようになっていくみたいで、それが嫌なんだ。だから、辞めることにしたんだ」

田丸が新しい煙草に火を点けた。ぼくの煙草は手に持ったままだ。佐々木の勢いに驚いて火を点けるのを忘れていた。田丸のライターを借りて、その煙草に火を点けた。

「はい、これ」

佐々木が北野香の電話番号を記したメモをぼくの手に押しつけた。

「ちゃんと謝るんですよ」

「うん」

「ああ。久しぶりに怒ったら喉が渇きました。ビールください」

「まだ営業時間前だけど」

「細かいことはいいじゃないですか」

ぼくは肩をすくめ、グラスと栓を抜いたビールを佐々木の前に置いた。

「あれ？　田丸さんは飲んでないんですか？」

佐々木が言った。

「そうだな。おれも飲んじゃおうかな。なんだか、コーラの気分じゃなくなってきたよ」

「じゃあ、おれも一杯だけもらおう」

ぼくはグラスをさらに二つ出した。田丸が三つのグラスにビールを注いだ。

「なんだかわかんないけど、とりあえず、乾杯」

グラスを掲げ、ビールに口をつける。

「そう言えば、噂を耳にしたんですけど、坂本君、『本の雑誌』に原稿を書くって本当ですか？」

ビールが喉に詰まりそうになる。

「どこで耳にしたんだよ、そんな噂」

「出入りしてる映画のサークルに、『本の雑誌』でバイトしてるやつがいるんですよ」

「本当なのかよ、坂本？」

田丸も身を乗り出してくる。

「うん。前に北上次郎さんに書いてみないかって言われて、こないだ、原稿を送ったばかりだよ。掲載されるかどうかは原稿のでき次第だと思うけど……」

「おめでとうございます」

佐々木がまたグラスを掲げた。

「だから、掲載されるかどうかはまだわかんないし――」

「坂本ならだいじょうぶだよ。だれよりも文才あるし」

田丸もグラスを掲げた。しょうがないので、ぼくもグラスを掲げた。

「坂本君の『本の雑誌』デビューを祝って、乾杯」

佐々木が声をあげた。店に怒鳴り込んできたときの怒りはどこかに消え失せてしまったようだ。

「坂本君は筆一本で食べていく人だと思ってましたよ」

「原稿書くのはワープロだけどね」

「もう一本、ビール開けてください。ぼくの奢りです」

飲めば飲むほどに佐々木は上機嫌になっていく。田丸も笑顔だ。

ありがたいものだなと思いながら、ぼくはグラスに残っていたビールを飲み干し、新しいビールの栓を開けた。

「顕さんにはもう話した？」

田丸の言葉に、佐々木のグラスにビールを注ごうとしていた手が止まった。

「まだなにも言ってないよ」

「なんで？」

「だって、掲載されるかどうかも決まってないし」

「他人から聞かされる前に、坂本が自分の口から言っておいた方がいいよ」

ぼくはうなずいた。

「顕さん、喜びますね。坂本君の文章が北上次郎さんに認められたんですもんね」

佐々木は上機嫌なままだった。ぼくと田丸の顔が曇りはじめたことに気づいていない。

「喜んでくれるかなあ」

ぼくは言った。

「素面（しらふ）のときなら喜ぶと思うけど、酔うとどうかな」

田丸が言った。

佐々木の顔から笑みが消えた。

「酔うと嫉妬だよな。どんなことにでも嫉妬する人だからな」

「そんな、考えすぎですよ」

佐々木が取りなすような声を出した。

「さっちゃんはまだ知らないからな」田丸が首を振った。「おれの代わりにバイトはじめたら、嫌でもわかるようになるけど」

明るい空気の中ではじまった酒宴は、あっという間に重苦しい雰囲気に取って代わられた。

「なるようになるさ」

ぼくはやけくそ気味に言って、ビールを乱暴に呷った。

＊　＊　＊

顕さんが姿を現したのは例によって午後九時を少し回った頃だった。

田丸と佐々木はあれからずっと居座っていた。ぼくが顕さんが来るまでいてくれと頼み込んだからだ。田丸はわざわざ予定をキャンセルしてくれた。

他には常連がふたりいるだけで、静かな夜だった。

顕さんはいつもの席に座ると、早速煙草に火を点けた。ぼくはお湯を沸かし、日本茶のティーバッグを用意する。アルコールを入れる前にお茶を飲むのが顕さんの日課だ。

「田丸にさっちゃんか。それに松本と伊藤」

顕さんはふたりの常連の名を口にした。

「代わり映えのしねえ面ばっかりだなあ」

「たまにはこういう夜もいいじゃないですか」

田丸が言った。顔が赤い。ビールからはじまって、バーボンのソーダ割りを水のようにがぶ飲みし、今はジンのオン・ザ・ロックをちびちび啜っている。佐々木はバーボンのソーダ割りのままだ。

顕さんはおもむろに今読んでいる小説の話をしはじめた。出版社からゲラの形で送られてきたアメリカのハードボイルド小説だ。

発売前に読んで、書評を書いてもらいたいと考える編集者たちが、顕さんにゲラを送ってくる。顕さんのショルダーバッグには、そんなゲラが詰め込まれているのが常だった。

お茶を顕さんの前に置くと、ぼくは常連ふたりとの会話を再開した。顕さんは田丸と佐々木に任せておけばいい。

顕さんの話が一段落したのは午後十時になる直前だった。もう、お茶は飲み干している。ぼくはマグカップを片づけ、代わりにバーボンのソーダ割りを入れたグラスを出した。

「お、もう飲む時間か？　坂本も飲んでいいぞ」

「いただきます」

ぼくは礼を言って自分の酒を作りはじめた。

田丸がぼくに目配せしていた。『本の雑誌』の件を話せと促している。

ぼくは酒を飲んで喉を湿らせた。

「顕さん、実は、先日、顕さんが留守のときに北上次郎さんがいらっしゃって」

「北上さん、元気だったか？」

「はい。それで、ぼくに『本の雑誌』で原稿を書いてみないかって」

「北上さんがおまえに？」

「はい。『鷲』に毎回目を通してくれてるらしくて、おまえの文章、面白いから書いてみないかって」

「当然だ」顕さんは我がことのように胸を張った。「坂本の書くもんは面白いって、おれがいつも言ってるだろう」

「じゃあ、書いてみてもいいですか？」

「書け、書け。いいことだ。おまえだけじゃないぞ。文才あるやついっぱいいるからな。とっくに原稿を書き上げ、編集部に送ったことはおくびにも出さなかった。みんなどんどん世に出て行けばいいんだ」

「ありがとうございます」

ぼくは頭を下げた。

「佐々木、田丸、おまえたちもうかうかしてられないな」

「ぼくは文章書くより映画の方を……」

佐々木が頭を掻いた。

「ぼくはとりあえず、就職活動に専念しますよ」

田丸は酒を飲んだ。

「そうだったな。坂本、田丸は十月いっぱいでバイトを辞めるんだ。就職活動が忙しくなるからな。代わりに佐々木が入ってくれる」

「聞いてます」

「佐々木が慣れるまではおまえに負担かかると思うけど、よろしく頼むぞ」

「任せておいてください」

ぼくは調子よく応じた。想像以上に顕さんの反応が良かったことにほっとしていた。田丸と目が合った。田丸は小さくうなずいた。ぼくと同じ気持ちだったのだろう。

「よし、今日は飲むぞ、おまえら。坂本の祝いだ」

顕さんが言った。

ぼくはまた田丸と目を合わせた。田丸の目に怯(おび)えの色が宿っていた。ぼくの目も同じだろう。顕さんがリミッターを外して飲むということは、ぼくたちにとって、確実に厄災がやって来るということなのだ。

「はい、今夜はとことん飲みましょう」

佐々木がグラスを掲げた。ぼくと田丸が覚えた恐怖を、佐々木はこれっぽっちも感じていなかった。

＊　＊　＊

「思ったほど酷くはならなかったな」

田丸がビールを飲みながら言った。

「客が少なかったから、ずっと上機嫌だったもんな」

ぼくは焼酎を飲んだ。

〈リリー〉のカウンターだ。客が少なかったこともあって顕さんは三時前に帰っていった。すぐに〈マーロウ〉を閉めて、田丸とふたり、こっちへ移動してきたのだ。佐々木は終電に乗ると言って、十二時過ぎに帰っていった。

リリーは常連客との会話で盛りあがっている。

「おまえが『本の雑誌』に原稿書くことになったの、嬉しいんだよ」

「素面んときはな。今夜だって、目が据わってきたらどうしようってずっと冷や冷やしてたんだぜ」

「おれも」

田丸は苦笑した。

「次の山場は、雑誌が出たときだな」ぼくは言った。「今日みたいに、素面だと喜んでくれるし、褒めてくれると思うんだ。でも、その後のことは神のみぞ知るだよ。ああ、おれも田丸と一緒に辞めたい」

「それは言わない約束だろう」

田丸が唇を尖らせた。田丸なりに罪悪感に責められている。

「愚痴が出ちゃうんだよ。周りの連中はお気楽に大学生活送ってるのに、なんでおれらだけこうなんだろうな」

「周りの連中って、酔っぱらいしかいないくせに。でも、普通の学生じゃ経験できないこともいっぱい経験してるじゃないか、おれたち」

「そりゃそうだけどさ……」

ぼくは焼酎の水割りを飲み干した。自分でグラスに氷を足し、新しい焼酎を注ぐ。これも、他の客が流してしまったボトルだ。もう何ヶ月も〈リリー〉で金を払った記憶がない。

今日もツケで頼むね――早く払ってよ。

リリーとぼくや田丸にとっては、挨拶のようなものだ。

「そう言えばさ、ナベさんを殺した犯人、まだ捕まらないのかな?」

田丸が言った。

「うん。捜査は暗礁に乗り上げてるみたいだよ。しょうがないから、おれ、自分で捜してみたんだ」

「捜すって、だれを?」

「最近は少なくなったけどさ、店の外に出しておく空き瓶、あれを勝手に持ってって酒屋に売って小遣い稼ぎする浮浪者がいただろう?」

「うん。確かに最近は減ったな」

「もしかして、そういう浮浪者が現場を目撃してるんじゃないかと思って、ここら辺の浮浪者のたまり場をまわって歩いたんだよ」

「それで、いたの？」

田丸がぼくの方に身を乗り出してきた。

「今でも昼間、ゴールデン街をうろついて空き瓶で小遣い稼ぎしてる浮浪者がいるらしいんだ。で、ひとり怪しいのいるんだよね」

「怪しい？」

「ナベさんが死んだ頃から、ねぐらに戻ってないんだ。もしかして、なにかを目撃して怖くなって逃げたのかも」

田丸が鼻をうごめかせた。

「なんか匂わない？」

ガスコンロから煙が立ちのぼっていた。

「リリー、焦げてるよ」

ぼくは叫んだ。焼き網の上にあるのは薩摩揚げかなにかだろう。焼けすぎて真っ黒になって煙を上げている。

「やだ、わたしったら。ごめんなさい」

リリーが慌てて火を消した。

「珍しいな、リリーがぼんやりするなんて。今のおれたちの話も上の空だったろう」

リリーと話し込んでいた常連のひとりが心配している。

「ごめんね。ここんとこ、うちの猫の具合がよくなくてさ」

リリーは黒焦げになった練り物をゴミ箱に捨て、網の代わりにフライパンをコンロにかけた。

「薩摩揚げの代わりに、厚揚げのステーキでもいい？」

常連客の了解を取ると、厚揚げを焼きはじめる。

ぼくと田丸は酒を口に含んだ。

「でも、その浮浪者、逃げちゃったんなら見つからないじゃん」

「そうなんだけど、もし、戻ってきたら、連絡してもらうことになってるんだ。ほら、浮浪者にだって縄張りみたいなものはあるって話じゃないか。自分の縄張りはそう簡単には捨てられないと思うんだ。ほとぼりが冷めたと思ったら戻ってくるんじゃないかな」

「坂本、私立探偵みたいじゃん」

「茶化すなよ。おれは本気なんだから。絶対に、ナベさんを殺したやつをゆるさない」

「それは同感。絶対に罪を償わせたいよな」

「ああ、当然だ」

ぼくは焼酎を呷った。ナベさんが生きていたら、今のぼくにどんな言葉をかけてくれるだろう。

葉月にフラれたこと。『本の雑誌』に原稿を書かせてもらえること。顕さんに対する嫌悪感が日増しに強くなっていってしまうこと。

話したかった。あの優しい微笑みを浮かべて聞いていてくれるだけでいいのだ。

「ナベさんに会いたいなあ」

ぼくは言った。

「おれも会いたいよ。聞いてもらいたいことがいろいろあるんだ」

田丸にも、ぼくの知らない悩みがたくさんあるのだろう。

そう思い、ぼくは煙草をくわえた。

19

目覚めたのは昼過ぎだ。頭が痛み、喉がからからに渇いている。

よろめきながら近所のコンビニに行き、微炭酸の清涼飲料水と煙草を買った。歩きながらジュースを飲み、煙草を吸う。

途端に気持ち悪くなって煙草を投げ捨てた。

なんて馬鹿なんだ、煙草ぐらい我慢しろよ――自分に毒づきながらジュースを飲み干す。

部屋のドアを開けようとしたら、中で電話が鳴っているのが聞こえた。

「なんだよ、こんなときに……」

吐き気をこらえながら、転げるように部屋にあがり、受話器を手に取った。

「もしもし、坂本ですが」

『本の雑誌』の望月ですが」

「どうも、おはようございます」

望月の声が耳に流れ込んできた途端、吐き気も頭痛も消えた。

「原稿、届いたよ。ありがとうございます。ぼくと目黒で目を通した」

「どうでしたか？」

おそるおそる訊いた。

「面白かったよ。目黒も喜んでたから」

「本当ですか？」

「うん、細かいところで直しは必要だけど、大筋はＯＫ。掲載させてもらうから」

「ありがとうございます」

ぼくは飛び上がりたい気持ちを抑えて言った。

「で、ゲラなんだけど、原稿を送ってくれた封筒に書いてあった住所に送ればいいかな？」

「はい。それでだいじょうぶです」

「じゃあ、ゲラが組み上がってきたら郵送します。たまには、編集部にも寄ってよ」

「はい。そうさせてください。ありがとうございます」

ぼくは電話を切った。

ぼくの書いたものが商業誌に載るのだ。高校生の頃には夢にも思わなかった道が、ぼくの前に開けている。

だれかに伝えたかった。喜びを分かち合いたかった。

田丸はまだ寝ているだろう。ぼくとふたりで朝の七時過ぎまで飲んでいたのだ。佐々木は映画館だろうか。他に頭に浮かぶ常連客たちはみんな仕事をしている時間だった。

「ちぇっ。おまえってやつは、こういうときに電話をかける相手もいないのかよ」

コンビニで受け取った釣りの小銭を財布に移そうと、ジーンズのポケットに手を入れた。千円札を一枚握りしめて買い物に行ったのだ。小銭と一緒に紙のようなものが指先に触れた。

「なんだろう?」

引っ張りだしたのは、くしゃくしゃになったメモ用紙だった。佐々木の文字で、電話番号が記されている。

「ああ、彼女の電話番号か……」

メモを渡されたことさえ、すっかり忘れていた。

「謝れって言われてもなあ」

呟きながら、受話器を持ち上げた。ダイヤルに指をかけ、メモに記された番号を廻(まわ)していく。

だれかに伝えたい。相手がだれであってもかまわない。

気分が昂揚していた。

呼び出し音が鳴りはじめてすぐに回線が繫がった。

「はい、北野ですが？」

中年女性の声だった。予期せぬ相手に、ぼくは慌てた。

「あ、あの、坂本と申しますが、香さんはいらっしゃいますでしょうか」

舌を嚙みそうになった。

「どちらの坂本様でしょう？」

「ええと、映画サークルの坂本です」

「あら」

女性の声から緊張が消えた。多分、北野香の母親なのだろう。

「少々お待ちください」

女性の声が遠ざかり、代わりにオルゴールのようなメロディが流れてきた。

「びっくりした」

ぼくは額の汗を拭った。北野香はひとり暮らしだと思い込んでいたのだ。

「もしもし？」

メロディが途切れ、北野香の声が聞こえた。

「北野さん？　坂本だけど。覚えてる？」

「……覚えてます」

北野香の声は硬かった。

「あの、電話番号はさっちゃんが教えてくれたんだ。北野さんにちゃんと謝れって言われて」

「そうなんですか……」

「この前は本当にごめん。酔いすぎてた。酔ってたなんて言い訳にならないけど」

「わたしこそ、あんなとこで泣き出しちゃったりしてすみません」

「あんな仕打ちされたら、泣くよ。本当にすみませんでした」

「本当に気にしないでください。わたし、もう、平気ですから」

「でも、さっちゃんが、ぼくの話をすると、必ず泣き出すって……」

「あれは、次の日だったからです。本当に平気です」

「そう。だったらいいんだけど」

ぼくは煙草をくわえ、火を点けた。すぐに吐き気がぶり返してきたが、そのまま吸い続けた。

「『本の雑誌』って、知ってる？」

「毎月読んでます」

「実はさ、原稿書いてみないかって言われて、書いたんだ。それで、今度掲載されるんだ」

「凄いじゃないですか」

北野香の声音が明るくなった。ぼくが期待していた通りの反応だった。

「うん。凄く嬉しくてさ。なんか、子供みたいにはしゃいじゃってるんだ」

「当然ですよ。だって、『本の雑誌』ですよ。椎名誠と同じ雑誌に文章が載るんですよ」

「そういうことになるね」

「なんだか、わたしも嬉しい。わたしは関係ないのに……」

「喜んでくれて、ぼくも嬉しい。せっかく掲載されることが決まったのに、報告する人がいなくてさ。みんな働いてるか、寝てるかだから」

「あの……」

北野香の声が低くなった。

「うん？」

「わたしが初めてですか？　その……坂本さんの文章が『本の雑誌』に載るって知ったの？」

「そういうことになるかな。向こうから掲載するって連絡が来たのが五分ぐらい前なんだ」

ぼくは煙草を消した。

「どうしてわたしに？」

「謝らなきゃと思ってたし、北野さんなら喜んでくれるかなと思って」

「なんか、嬉しい」

「ありがとう。じゃあ、切るね」

「あ、待ってください。坂本さんの電話番号、教えてください。坂本さんがわたしの番号知ってるのに、不公平です」

「普段家にいないし、いても酔っ払って寝てるから電話にはあんまり出ないよ」

「いいから教えてください」

北野香の剣幕に押されて、ぼくは自分の番号を口にした。

「もし、電話をかけるとしたら、一番都合のいい時間はいつ頃ですか？」

「今ぐらい」

ぼくは答えた。

「わかりました。じゃあ、また」

いきなり電話が切れた。

「なんだよ、もう」

受話器を置き、煙草をくわえる。火を点けた途端、胸のむかつきが酷くなった。

「だから、煙草、少しは我慢しろよ、馬鹿」

自分を罵って、ぼくはバスルームに向かった。この調子じゃ、本を読んでも頭に入ってこない。外に出て汗をかこう。そうすれば、まだ残っているアルコールも体外に排出されるはずだ。

＊　＊　＊

鈴木は自分のねぐらの中で団扇を使っていた。

「鈴木さん、ぼくのこと覚えてます？」

饐えた匂いのねぐらに顔を突っ込み、声をかけた。

「覚えていますよ。キタさんを捜していた方ですね」

鈴木が億劫そうに外に出てきた。ぼくは近くの自販機で買っておいたコーラを鈴木に渡した。

「ありがとうございます。もう九月だというのに、一向に涼しくなりませんね」

鈴木は顔をしかめながらコーラの栓を開け、喉を鳴らして飲みはじめた。

「キタさんはまだ戻ってきませんか？」

「ええ。戻ってくるとしたら、もう少し涼しくなってからじゃないかなあ」

「キタさん以外でも、ゴールデン街でなにか見たっていう人は？」

鈴木は首を振った。

「夜ならともかく……夏はみんな、昼間には動きたがらないですから」

ぼくは溜息を漏らし、煙草をくわえた。とにかく、キタさんという浮浪者が見つからないことにはなにもはじまらない。

「一本、いただけませんか？」

鈴木が申し訳なさそうに言った。ぼくは煙草の箱ごと鈴木に渡した。

「もうあまり入ってませんけど、吸っちゃってください」

「よろしいんですか？」

「後で新しいの買いますから、どうぞ」

鈴木が煙草をくわえるのを待って、ライターで火を点けてやった。鈴木は煙を深々と吸い、旨そうに吐き出した。

「いつもはシケモクばかりなんで、美味しいですね」

「食後の一服は美味しいと思うけど、それ以外は惰性で吸ってるんで」

ぼくは言った。

「そうですよね。わたしも勤め人のときは、煙草が旨いなんて思いもしませんでした。ただの習慣で吸ってるだけでね。でも、住所不定になって、人の捨てた煙草を拾って吸ってると、しみじみと煙草は旨い。食事も旨い。屋根のある家はありがたいと実感します」

「サラリーマンだったんですか？」

鈴木は眼を細めて煙の行方を追っていた。

「ええ。こう見えても、銀行マンだったんですよ」

鈴木の喋り方に知性が感じられる理由がわかって、ぼくはうなずいた。

「それがどうして……」

ぼくは語尾を濁し、公園にたむろしている浮浪者たちに目をやった。

「ギャンブルにはまってしまいましてね。競馬なんですが、負けが込んで、顧客の金に手をつけてしまったんです。それがばれて、業務上横領で五年ほど臭い飯を食べました。出所したものの、妻は子供たちを連れて出ていったままで、仕事も見つからず、今、ここでこうしているわけです」

「そうなんですか……」

「あなたは若いからわからないでしょうが、人生はあちこちに落とし穴があって通る人間を待ち構えています。常に足もとに気をつけていた方がいい。若いときは落とし穴に落ちても自力で這い上がれるかもしれませんが、ある程度年を取ると、穴の底でじたばたするほかなくなるんです」

鈴木の言葉に耳を傾けながら、数十年後、ここにいる自分を想像してみた。輪郭がぼやけて、出来損ないの漫画のキャラクターみたいな浮浪者の姿が頭に浮かんだだけだった。

ぼくは短くなった煙草を投げ捨て、靴底で踏んだ。

「まだ吸えるのに、もったいない」

鈴木がぼくの足もとを凝視した。

「あ、すみません。いつもの癖で」

慌てて足をどけたが、煙草は無残な姿で土にめり込んでいた。

「しょうがないですね」

鈴木は悲しそうに首を振った。

「ところで、あなたはいつも本を小脇に抱えていますね」

紀伊國屋で買った文庫を二冊、ぼくは左の脇に挟んでいた。

「ええ。本を読むのが好きなんです」

「それはいいことです。読書は冒険と一緒ですからね。わたしもこうなる前は読書家だったんですよ。今は、人がゴミ箱に捨てていった雑誌ぐらいしか読めませんが」

鈴木は短くなった煙草のフィルターを親指と人差し指でつまんだ。ぎりぎりまで吸うつもりなのだろう。

「どんなジャンルの本を読んでいたんですか？」

「ミステリが好きでしたね。アガサ・クリスティとか、エラリー・クイーンとか」

「ぼくが好きなのは同じミステリでもハードボイルドの方ですね。ダシール・ハメットとかレイモンド・チャンドラーとか。ご存じですか？」

「もちろん。読んだことがありますよ」

ぼくは微笑んだ。場所や相手に関係なく、小説のことになると話が弾む。

「そうだ。ぼく、謎解きミステリはあんまり得意じゃないんですよ。家にある謎解きミステリの本、今度、持ってきましょうか？」

「いいんですか？」

「本って、溜まる一方で……かといって、売る気にもなれないんですよね。読んでくれる人がいるなら、その人に差し上げた方が心も安まります」

「わたしは浮浪者ですよ。読み終わった後に、その本を売ってしまうかもしれない」

「浮浪者である前に、同じ本好きです。それに、差し上げるものなんだから、それを鈴木さんがどうしようとぼくはかまいません」

「ありがとうございます。もし、持ってきてもらえるなら、本当に嬉しいです」

鈴木が頭を下げた。

「必ず持ってきます」

ぼくは言葉に力をこめた。

＊　＊　＊

部屋に戻ると、あちこちに積み上げられた本の山をひっくり返した。観たい映画もなく、どこかに飲みに行く気にもなれず、部屋で酒をちびちびやりながら読書に没頭しようと思ったのだ。

駅からアパートに戻る道すがら、立ち寄った酒屋でウォッカのボトルを買っているときに、ふいに、平井和正の小説が読みたいという衝動に駆られた。

それで、本の山を崩しているというわけだ。

鈴木にやると約束した本が数冊、見つかった。それを脇にどけてさらに山を崩していく。

見つけた。ヤングウルフガイ・シリーズの文庫本だ。

実家の本棚にノベルズ版がある。それがわかっていても、読みたくていてもたってもいられなくなって文庫版を買ってしまった。

「あった、あった」

カバーについた埃をはたき落とし、ぼくは文庫をベッドの枕元に置いた。キッチンでウォッカのオン・ザ・ロックを作った。ウォッカを啜りながら床に腰をおろし、ベッドを背もたれにして文庫を手に取った。

最初の一行を読んだだけで中学生の頃の記憶がありありとよみがえった。

ぼくが生まれ育った北海道の日高は、サラブレッドの生産が一番の産業で、他は農業と漁業があるだけ。

顕さんはよく「坂本は人より馬の数の方が多い田舎で育ったんだ」と言ってからかうが、あながち的外れではない。

とにかく、本屋も町全体で一軒しかない、そんな田舎だ。

嫌で嫌でたまらなかった。早くこんな田舎を出て都会に行きたい。

気がついたときには強くそう思うようになっていた。

憧れていたのは神田神保町や早稲田といった古書店街だ。古本屋が建ち並ぶ一画に部屋を借りて住んだらどれだけ素晴らしいだろう。

そんな気持ちを分かち合える友達は地元にはいなかった。同級生たちの興味は音楽とファッションだった。もちろん、ぼくだって興味はあったが、なにより好きなのは本だった。本を読むことだった。

中には小説を読むのが好きな同級生もいたが、古書店街に住みたいと渇望するまで熱中する者はいなかった。

高校の修学旅行は奈良と京都の三泊四日だった。ただ、行き帰りはブルートレインで一泊ずつするので実質は五泊六日。最終日は途中の東京で、四時間ほどの自由行動時間がもうけられていた。同級生たちは原宿や渋谷に繰り出した。『ポパイ』という雑誌に取り上げられていたブランドの服を買うためだ。不良がかった連中は、原宿の〈クリームソーダ〉という店に押し寄せた。

自由行動時間とはいっても、班ごとのグループで行動する決まりだったが、ぼくは班のメンバーに頼み込んで、ひとりで行動させてもらった。集合場所の上野駅に行く前に、どこかで合流すればいいだけの話じゃないか。

ひとりになったぼくは御茶ノ水へ向かった。ひとりで乗った東京の電車の中では不安が勝っていたが、神保町の街に出ると気分が浮き立った。

三省堂や書泉グランデといった新刊書を扱う書店を皮切りに、大通りや裏通り沿いに並ぶ古本屋を片っ端から覗いていった。

古本屋の匂いが好きだった。

あの鄙びた、かすかに黴臭い匂い。あの匂いを嗅ぐだけで恍惚とした気分になった。

東京の人間が羨ましかった。彼らはいつでも好きなときにこの匂いを嗅ぎに行くことができるのだ。色褪せた本を手に取って、それをかつて読んだ人間に思いを馳せることができるのだ。

東京の大学に進学する。なにがなんでも東京に出る。

早川書房から出ていたアリステア・マクリーンの単行本を手に取りながら決意したのが、昨日のことのようだ。

高校の進路指導の教師は北大を受験することを強く勧めてきた。ぼくの成績なら、あと少し努力すれば必ず合格すると請け合って。

でも、ぼくは首を横に振った。

ぼくにとって、生まれ育った田舎も札幌も大差なかった。札幌には古書店街がないじゃないか。

首都圏の大学に行くのでなければ意味がない。

北大でいいじゃないかと渋る両親を説得し、横浜市立大学を受験することに決めた。

私立大学に行かせてくれとはさすがに言えなかったし、ぼくの成績で合格できそうな首都圏の国公立大学はそこしかなかったからだ。

横浜――いいじゃないか。異国情緒漂う港町。たびたび、和製ハードボイルド小説の舞台にもなっている。横浜に住み、横浜の大学に通い、ときに東京へ出て古本屋めぐりをして、最後に新宿へ出て本好きの集まる〈マーロウ〉に立ち寄って酒を飲む。最高の大学生活に思えた。

一抹の不安は、入試だった。ぼくは理数系の科目が絶望的に不得手だった。国語や英語、世界史などは満点に近い成績をいつも取っていたが、数学や物理はその半分にも及ばない。

共通一次試験では苦手な科目も受験しなければならないのだ。

ぼくは運がいい――そう強く感じたのは共通一次の試験当日だった。数学の試験が例年より簡単だったからだ。家に帰って自己採点をしたら、自分でも驚くべき点数が取れていた。

おかげで、横浜市立大学の二次試験を受験するのにも問題がなくなった。

二次試験の前日は、神保町近くにあるビジネスホテルに部屋を取った。まともな受験生なら、試験会場である大学の近くに宿を取るのだろうが、古書店街に行きたくてたまらなかったのだ。それに、東京に宿を取れば、〈マーロウ〉にだって行ける。顕さんに会うことができる。

なあに、東京から横浜なんて、電車に乗れば三十分で着くというじゃないか。平気、平気。共通一次を乗り越えたんだから、もう合格したも同然だ。

〈マーロウ〉へ行くと、顕さんと常連客がぼくを優しく迎えてくれた。北海道のど田舎でハードボイルドと冒険小説を熱愛する珍しい高校生ということで、〈マーロウ〉と日本冒険小説協会におけるぼくの知名度は高かったらしい。

しこたま飲んだ。あんなに飲んだのは人生で初めてだった。翌日、人生を決める受験があるというのに。

そのとき、顕さんが言ったのだ。

「坂本、おまえ、大学に合格したら、ここで働け」

「はい。働かせてください」

酔ったぼくは即答した。

翌朝、ぼくはドジを踏んだ。大学のある金沢八景(かなざわはっけい)駅へは京浜急行線に乗らなければならないのに、間違えて、国鉄の京浜東北線に乗ってしまったのだ。

隣に座った人の親切なアドバイスで、大船(おおふな)駅で降りてタクシーに乗った。運転手に事情を説明して飛ばしてもらい、大学に着いたのは試験開始から二十八分が経過したときだった。あと二分遅かったら受験資格を失っていたところだった。

最初の科目はぼくの一番得意な現代国語だった。それが幸いした。三十分近く遅刻したのに、制限時間の十分前にはすべての設問を解き終えていた。

次の英語は制限時間ぎりぎりまで四苦八苦したから、試験の順序が逆だったら、ぼくは間違いなく不合格だったろう。

運の良さでぼくは合格できた。そして、〈マーロウ〉で働くことになった。

運命がぼくをゴールデン街に引き寄せたのだ。

時々、そう思うことがある。

犬神明の物語は、ちっとも先に進まなかった。

20

「今日も暑いな……」

日陰で足を止めると、ぼくは額に滲んだ汗を拭った。右手の手提げ袋が重い。中には二十冊近い本が入っている。

袋をアスファルトの上に置き、ガードレールに尻を載せて煙草をくわえた。

気温は三十五度に近いのではないだろうか。湿度も高い。こんな残暑が幅を利かせている午後二時だ。辺りを行き交う人の姿もまばらだった。

短くなった煙草を指で弾き飛ばし、腰を上げた。重い手提げ袋を持ち上げて歩く。

鈴木がねぐらにしている公園まではあと五分というところだ。だが、日向を歩いていると永遠に辿り着けないいんじゃないかと思えてくる。

公園の手前の十字路にある自販機でコーラを二本、買った。一本は自分の、もう一本は鈴木の分だ。鈴木のためには、煙草も一箱買ってある。

相手が本好きだと知ると、無性に嬉しくなるのはどうしてだろう。

そんなことを思いながら歩いていると公園に辿り着いた。脇目もふらず、鈴木のところへ向かった。

「鈴木さん、約束の本、持ってきましたよ」

声をかけると、段ボールの屋根とビニールシートで作った壁の奥から鈴木が顔を出した。

「本当に本を持ってきてくれたんですか？」

「約束ですから。本の他に、煙草とコーラも」

ぼくは手提げ袋とコーラを鈴木に渡した。軽くなった右手でコーラの栓を開け、喉に流し込んだ。

「ありがとう。本当にありがとう」

鈴木が手提げ袋の中を覗きこみながら言った。心のこもった言葉だった。

「コーラ、ぬるくなる前に飲んじゃってください」

ぼくは言った。

「本当に持ってきてくれるなんて、夢にも思っていませんでした」

鈴木はコーラを首筋に当てていた。着ているシャツは汗で濡れている。日陰だとはいっても、ねぐらの中はサウナみたいになっているのだろう。

「だから、約束したじゃないですか」

「普通の社会でも約束なんてあてにならない時代ですよ。わたしらみたいな連中には、そりゃあもう」

「他の約束だったら、ぼくも守ろうとはしなかったかもしれませんけど、本は別です」

ようやく鈴木の顔に笑みが浮かんだ。

「読書好きで良かったなんて、こういう暮らしになってから初めて思いましたよ」

「差し上げた本ですから、読み終わったあとはご自由にしてください。それじゃ、ぼくはこれで」

ぼくは鈴木に背を向けた。これ以上、太陽の下にいるのは限界だ。エアコンの効いたところに逃げ込んで、ビールでも飲みながら昨日買った新刊に目を通そう。

「ああ、そういえば――」

鈴木の声に振り返った。

「知り合いが、渋谷でキタさんを見かけたそうです」

「本当ですか？」

「ええ。宮下公園の近くでたまたま出くわしたそうで。もうこっちには戻らないのかと聞いたら、渋谷はやりにくいから、近々戻って来るつもりだと言っていたそうです」

「渋谷か……」

渋谷は不案内だ。キタさんを捜しに行こうにも、滅多に足を運ばないから地理にも疎い。

「戻ってきたら、必ず連絡しますよ」

「よろしくお願いします」

ぼくは鈴木に頭を下げた。

「そんなことしないでください。この本のお礼です」

「全部読み終わったら言ってください。また別の本、持ってきますから」

「キタさんが戻ったらお礼を言わなきゃ。あの人のおかげで、あなたと知り合いになれたんですからね」

鈴木はそう言うと汗まみれの顔で微笑んだ。

＊　＊　＊

「坊や、久しぶりじゃねえか」

区役所の裏の通りを歩いていると、ヒデさんとばったり出くわした。ぼくはすぐ近くの喫茶店に駆け込もうとしているところだった。

「汗まみれじゃねえか。ビールでも飲むか。奢(おご)るぜ」

「飲みます」

ぼくはヒデさんと肩を並べて喫茶店に入った。店内は冷房が効いていて、汗で濡れた体があっという間に冷えていった。

空いている席に腰をおろすと、ヒデさんは右手を挙げ「生ビールふたつ」と声を張り上げた。ぼくはヒデさんの向かいに座った。

「元気にしてたか、坊や」

「お盆は店も休みでしたけど、それ以外はいつもと同じように働いてましたよ」

「そうか？　それにしては顔、見なかったな」

「暑いあいだは、ヒデさん、暗くなってからしか客引きしないからじゃないですか」

「そうかもしれねえなあ」

ヒデさんは煙草をくわえ、火を点けた。実に美味しそうに煙を吐き出す。ぼくも吸いたくなって煙草に手を伸ばした。

ビールがすぐに運ばれてきて、ぼくとヒデさんは乾杯した。

「それでどうよ、あの事件以来ゴールデン街の方は？」

口の周りを泡だらけにしたままヒデさんが訊いてきた。

「変わりありませんよ。酔っぱらいは酔っぱらいですから」

「だよな」

ヒデさんは嬉しそうに笑った。

「あの事件以来、地上げに関して動きはないみたいなんですけど、ヒデさん、なにか耳に挟んでます？」

「さすがにしばらくは息を潜めてるしかねえだろう。ゴールデン街に金を注ぎ込んじまってる連中は歯ぎしりしてるらしいぜ。早く犯人に捕まってもらいてえだろうなあ。まったく、警察はなにをやってるんだか……」

「ナベさん……殺された人のあだ名ですけど、ナベさんを殺したのは地上げ屋の息のかかった人間なんじゃないんですかね」

「それはねえだろう」

ヒデさんはビールに口をつけた。

「人が死ねば警察がしゃしゃり出てくる。放火ぐらいならやらせるかもしれねえが、殺しは別だ」

「でも、犯人は殺すつもりじゃなかったのかもしれないし」

「考えたって無駄だよ。本当んところは殺ったやつにしかわからねえんだ」

ぼくはうなずき、ビールに口をつけた。

「それはそうなんですけど、どうしてもナベさんを殺したやつを見つけたくって」

「知り合いか？」

「可愛がってもらってたんです」

「そりゃあ、切ねえなあ。なんなら、少し訊いてまわろうか？」

「いいんですか？」

「同じ歌舞伎町の住人だからなあ。困ったときはお互い様ってやつだろう」

「ありがとうございます。このビール、ぼくに奢らせてください」

「ごちそうさん」

ヒデさんは茶目っ気たっぷりの笑顔でジョッキを掲げた。

「それにしても、早く涼しくならねえかなあ。こうも毎日暑いんじゃやってられねえよ」

「冬には早く暖かくなれ、毎日寒くてやってられねえって言ってましたよ」

「坊やは北海道で生まれ育ってるから、寒いのには強いよな」

「その分、暑さにはヒデさんより弱いですよ。ほんと、勘弁して欲しい」

「飯、ちゃんと食ってんのか？　げっそりして見えるぞ」

「毎日牛丼食ってるからだいじょうぶです」

「あんなもん、二日も食えば飽きるだろうが」

ぼくたちは煙草を消し、ビールを飲んだ。他愛もない会話を交わした他愛もない時間だが、ヒデさんに会う前よりはずっとましな気分になっていた。

21

郵便受けに茶封筒が押し込まれていた。差出人は『本の雑誌編集部』になっていた。

すぐに部屋の中に戻り、封を開けた。中に入っていたのはゲラだった。

ぼくの書いた原稿が雑誌のレイアウト通りに印刷され、校正者の赤ペンがところどころに入っている。

　ゲラを手にしているだけで気分が昂ぶってきた。このゲラを返して二週間もすれば、ぼくの原稿が載った雑誌が書店に並ぶのだ。

　冷蔵庫から缶ビールを取りだして、ひとりで祝杯をあげた。扇風機の前に陣取って、ゲラを丹念に読んだ。

　赤ペンの他に黒鉛筆の書き込みもある。望月が書いたもので、この文章はこう変えた方がいいのではないかと示唆するものが多かった。

　望月の示唆に従うべきなのかどうか、しばらく迷った。だが、これはぼくの文章なのだ。名前入りで掲載される。ならば、ぼくが自分で責任を持つべきだろう。

　納得がいく示唆には従い、そうでないものは無視した。

　校正し終えたゲラを茶封筒に戻す。これを送り返すための茶封筒をコンビニか文房具屋で買ってこなければ——そう思うのと同時に電話が鳴りはじめた。

「もしもし？」

「坂本さんですか？　北野ですけど」

　北野香の声が耳に流れ込んできた。

「ああ、久しぶり。どうした？」

「別に用があるわけじゃないんですけど、坂本さんの声が聞きたくなって」

「あんな酷い仕打ちをした男に、まだそんなこと言うのかよ」

「だって、本当のことだし……」

「まあいいよ。女の子から声が聞きたかったなんて言われて嬉しくない男はいないし」

「犬神明、読みました。佐々木さんに借りて」

少し切なげな声を聞いただけで、北野香が話しているのが少年の犬神明の方だとわかった。トップ屋の犬神明の物語なら、こんな声音にはならない。

「どうだった？」

ぼくは受話器を握り直した。

「素敵。犬神明に恋しちゃいました」

「だろう。本当に胸が切なくて苦しくなる物語なんだ」

「坂本さんと犬神明の話したいなあ」

その言葉を聞いた途端、北野香にゲラを見せたいという衝動が襲いかかってきた。顕さんはもちろん、〈マーロウ〉絡みの友人や知人に見せるのは気恥ずかしい。だが、北野香ならそんな感情は湧かないし、彼女が素直に喜び、感心してくれるならぼくの自尊心もくすぐられるだろう。

「今夜、暇？」

ぼくは訊いた。

「はい。だいじょうぶです」

「じゃあ、飲みに行こうか」

「はい。何時にどこに行けばいいですか？」

「八時に、紀伊國屋の一階のエスカレーターの前辺りでどう?」

「八時ですか?」

北野香の声が跳ね上がった。彼女の常識で言えば、飲みに行くというのは食事も兼ねるということなのだろう。だが、ぼくたちのような飲兵衛(のんべえ)学生は、飲むと言ったら飲むだけなのだ。酒に食事が加わると使う金が数倍に跳ね上がる。飲む前に安い飯で腹を膨らませ、財布に入っている金は酒だけに使いたい。

年下の女の子と飲みに行くのなら、彼女の支払いもこちらが持つことになるのだからなおさらだった。

「遅い?」

「ううん。だいじょうぶ」

「じゃあ、八時にね」

ぼくは電話を切った。ビールを飲み、ゲラをもう一度封筒から取りだして目を通した。

気分は昂ぶったままだ。

ビールを飲み干し、ザ・クラッシュの『ロンドン・コーリング』をハミングしながらバスルームに向かった。

* * *

「本当にこれの続きはないんですか？」

北野香はウイスキーの水割りが入ったグラスを傾けた。

「続きは雑誌で連載がはじまったんだけど、読んだ人の話じゃ、まるで別物だってさ」

ぼくも水割りを飲んだ。時々、ママが心配そうな視線をこちらに向けてくる。前回は北野香が泣きじゃくったのだから、それも当然だった。

「どうしてそうなっちゃうんですか？」

「作者の小説観や世界観が変わっちゃったんだ。しょうがないよ」

ぼくは腕時計に目を落とした。飲みはじめてから一時間ほどが経っている。ずっと犬神明の話をしていた。そろそろ、北野香にゲラを見せてもいい頃合いだった。

「ちょっとすみません」

北野香はそう言って、ハンドバッグの中に手を入れた。煙草のパッケージと百円ライターを取りだし、煙草をくわえた。

「煙草、吸うんだ？」

「坂本さんや佐々木さんが吸ってるから、どんな感じかなと思って、一週間前から吸いはじめたんです」

煙草を挟む指の仕種がぎごちなかった。ぼくは、自分のジッポーのライターで火を点けてやった。

「煙草吸う女、嫌いですか？」

「好きも嫌いもないよ」

ぼくも煙草に火を点けた。北野香は時々噎せながら煙草を吸っている。

「でも、君には似合わないかな」

ぼくはぽつりと言った。

「そうですか？」

「煙草の味が好きなら、似合おうと似合うまいと吸えばいいんだけどさ、好きでもないのに人が吸ってるからって理由で吸うのはどうかな」

北野香は点けたばかりの煙草を灰皿で消した。

「見破られちゃいましたね。どうしてこんなもの吸うんだろうって思います。坂本さんはいつ頃から吸ってるんですか」

「中学生」

北野香が目を丸くした。

「ませた子供だったんだ。小説や映画の中の登場人物が恰好良く吸ってるのに憧れてさ。今じゃやめられない。美味しいと思うときより、まずいって感じるときの方が多いんだけどね」

ぼくは北野香の煙草のパッケージを手に取った。

「これ、もらうよ。もったいないから、ぼくが吸う」

「そうしてください」

北野香はアイスペールに手を伸ばした。空になりつつあったぼくの水割りを作りはじめる。その仕種もぎごちなくて、ぼくは思わず笑った。

「なにかおかしいですか？」

「別に。水割りは自分で作るからいいよ。それより、これ読んでみて」

ぼくは足もとに置いておいたバッグからゲラを取りだした。

「なんですか、これ？」

「『本の雑誌』に書いた原稿のゲラ。今日、届いたんだ」

「凄い。わたしが見てもいいんですか？」

北野香からアイストングを受け取り、空いた手にゲラを押しつけた。

「そのつもりで持ってきたんだ。読んで、感想を聞かせてよ」

ぼくは自分のグラスに氷を放り込んだ。我ながら自意識過剰だとは思うが、昂ぶったままの気持ちは変わらない。

だれかに褒めてもらいたい。感心してもらいたい。尊敬してもらいたい。羨んでもらいたい。

濃いめの水割りを作った。それを啜りながら、ゲラに目を通す北野香を観察した。

大きな目が熱心に活字を追っている。前に会ったときは素顔だったが、今日は薄化粧を施していることに初めて気づいた。服もブラウスにスカートだ。ぼくに会うために、精一杯のお洒落をしてきたのだろう。

後ろめたさに気が引けた。

まだ、葉月のことが忘れられない。

「凄いです。面白いです」

北野香がゲラから顔を上げた。

「本当？」

「前に、佐々木さんが冒険小説協会の機関誌、読ませてくれたことがあるんです」

『鷲』のことだ。ぼくはうなずきながら酒を飲んだ。

「それに坂本さんの書評が載ってて、こんなふうに小説を読めて、それを文章にできるのってどんな人なんだろうって思ったんですよ。それから、ずっと、佐々木さんに坂本って人に会ってみたいって言い続けてたんですから」

北野香の言葉は、ぼくの肥大した自意識を完全に満足させてくれた。

「そう言ってくれて、ありがとう」

「このゲラ、今日届いたって言いましたよね」

「うん」

「ってことは、坂本さん以外にこれを見るの、わたしが初めてですか？」

「印刷所の人と編集者と校正者を除けばね」

「素直にわたしが初めてだって言ってください」

北野香が頰を膨らませた。

「君が初めてだよ」

「嬉しい」頰の膨らみが消えた。「どうしてわたしに最初に見せてくれたんですか？」

「ゲラが届いたときに、一番最初に電話がかかってきた相手が君だったから」

「なんだ。つまんないの」

北野香は今度は唇を尖らせた。まるで百面相だ。表情の変化を見ているだけでも飽きることがない。

「なんて言って欲しかったんだよ？」

北野香の頰が赤く染まっていった。

「別に、言って欲しかった言葉なんてないですけど」

北野香はグラスに残っていた水割りを一気に飲み干した。

「話は変わるけどさ、ひょんなことから読書好きの浮浪者と知り合ったんだ」

これ以上微妙な空気になるのも気恥ずかしいので、ぼくは話題を変えた。鈴木と知り合った経緯を手短に話して聞かせる。

「へえ。元々は銀行マンなんですか」

「うん。二十冊ぐらい、本を持っていってやったら凄く喜んでくれてさ。こっちも、本を読むのが好きだったら、それがどんな人だろうがなんだろうが気になっちゃうんだよな。そういうこと、ない？」

「あります、あります。わたしは本より映画のことの方が多いけど、近所に嫌われ者のおじさんがいるんですよ。いつも不機嫌な顔してて、いろんなことに口うるさくて。わたしの同級生たちも、そのおじさんを遠くから見かけると、わざわざ回り道して学校に行くみたいな」

ぼくはうなずいた。

「で、ある時、高田馬場の名画座でフランス映画観てたら、隣に座ってたのがそのおじさんだったんです。もうお互いに驚いちゃって。映画終わったら、そのまま帰るのもなんだからお茶でも飲もうかって誘ってくれて、名画座の近所の喫茶店で三時間も映画の話で盛りあがっちゃったんですよ。それ以来、そのおじさんとは映画友達です。映画好きって知らなかったら、きっと、永遠に口利いてなかったな」

「そういうもんだよな」

「うちの映画サークルの男子たちも、他の女の子たちには気持ち悪いって言われてるんですよ。暗くて恰好悪くて閉鎖的だって。でも、わたしは平気なんです。同じ映画好きですから」

「おれもさっちゃんに誘われたんじゃなかったら、あの宴会参加してないよ。気持ち悪くて」

ぼくは笑った。

「酷い」

北野香も笑った。

「映画は好きだけど、本の方がもっと好きだからかな。本好きの連中なら、気持ち悪いとは思わないかも」

「だったら、わたしも映画より本好きになろうかな……」

北野香は頬杖をついてぼくを見た。急に大人びた雰囲気をまとった姿に狼狽し、ぼくはそれを隠すために新しい煙草に火を点けた。

「人のことなんか気にしないで、好きなことを好きなままでいればいいんだよ」

「そうですよね」

北野香は笑った。途端に大人びた雰囲気が消えて、ぼくはほっとした。

「坂本さん、この後、〈マーロウ〉に連れていってもらえませんか?」

「〈マーロウ〉に?」

ぼくはおうむ返しに答えた。頭の中を泥酔して目が据わった顕さんの横顔が通り過ぎていく。

「佐々木さん、今日、バイトの研修で〈マーロウ〉にいるって言ってたんですよね」

ぼくは腕時計に視線を走らせた。もうすぐ午後十時になる。顕さんはもう飲みはじめているだろうか。

「お願いします。一度でいいから行ってみたいんです。坂本さんと佐々木さんが一緒にいるときなら安心だし……」

泥酔した顕さんに絡まれるリスクと、財布の中身を天秤にかけてみる。もし、このままふたりで朝まで飲むことになったらぼくは破産だ。だが、〈マーロウ〉ならツケで飲むこともできる。

「ママ、ちょっと電話を借ります」

ママに断りを入れて、カウンターの端に置いてある電話に手を伸ばした。〈マーロウ〉の電話番号をダイヤルする。

「はい、〈マーロウ〉です」

すぐに田丸が電話に出た。そんなに混んではいないようだ。

「坂本だけど、顕さんの機嫌どう?」

「談志師匠が来てるから、ご機嫌」

田丸が声をひそめた。落語の立川談志師匠は年に数度、「顕ちゃん、いるかい」と言って〈マーロウ〉の扉を開ける。少なくとも師匠がいる間は顕さんの機嫌が悪化することはない。

「顕さんがいると問題でもあるのかよ?」

田丸が言った。

「今一緒に飲んでる女の子が行きたいって言うんだよ」

「今夜はだいじょうぶじゃないかな。もしかすると、師匠と一緒に飲みに行っちゃうかもしれないし」

「わかった。後で顔見せるかも」

ぼくは電話を切り、電話機の横に十円玉を置いた。

「もうちょっとしたら行ってみよう」

北野香に声をかけ、グラスに口をつけた。

談志師匠、今夜はなるべく長居してください——水割りを飲みながら、頭の中の談志師匠に懇願した。

＊　＊　＊

そっとドアを開け、中の様子をうかがった。いつもの席に顕さんが座り、その右横で、談志師匠が気分よさそうに煙草をふかしている。師匠の隣にいるのはお弟子さんだろう。他には三人連れの客が一組いるだけだった。カウンターの内側に田丸と佐々木が並んで立っている。

「こんばんは」

覚悟を決めて中に入った。師匠の話に耳を傾けている顕さんに目で挨拶(あいさつ)をし、北野香を促してカウンターの端っこに腰をおろした。

「香ちゃんじゃないですか。坂本君とデートだなんて聞いてませんよ」

佐々木が声を張り上げた。酒が入っているせいで顔が赤い。

「デートなんかじゃありません」

北野香が恥ずかしそうにうつむいた。

そういう態度を取ると余計勘繰られるじゃないか——喉元まで出かかった言葉を飲みこんで、ぼくはボトル棚から自分のボトルを取りだした。思わず溜息を漏らす。中身は三分の一ほどしか残っていない。北野香とふたりで飲むなら、新しいボトルを入れることになるだろう。

「この子、さっちゃんも知ってるの？」

好奇心を剝き出しにして田丸が近寄ってきた。

「ぼくが参加してる映画サークルの後輩なんです。ほら、この前、坂本君が泣かせちゃったっていう……」

「佐々木さん、そんなことみんなに言いふらしてるんですか？」

北野香が佐々木を睨んだ。

「言いふらしてるわけじゃありませんよ」

佐々木は逃げるように移動して、氷を割りはじめた。

「おお、青年。元気でやってるか」

ぼくに気づいた談志師匠が声をかけてきた。

「お久しぶりです、師匠。元気でやってます」

「いいことだ、いいことだ。青年たち、顕ちゃんをよろしく頼むぞ」

談志師匠は二、三度、嬉しそうにうなずくと、また顕さんとの会話に戻っていく。談志師匠はぼくたちのことを顕さんの弟子だと思い込んでいるのだ。

「田丸です」

「北野香です」

「ソーダ割りでいい？　坂本はいつもそれなんで」

「はい。わたしも同じものをお願いします」

「了解。坂本、耳貸して」

田丸に言われ、顔を近づけた。

「おまえ、新しいボトル入れる金あんの？」

金欠はお互い様だから、ぼくたちは相手の気持ちがよくわかる。

「悪いけど、ツケで頼むよ」

ぼくは囁（ささや）き返した。

「流そうと思ってたボトルがあるからさ、それ飲めよ。バーボンじゃないけど、いいだろう？」

「恩に着る」

「あの、わたし、自分の分はちゃんと払いますよ」

北野香が言った。

「いいんだ。勘定は全部ぼくが持つ」

「そんなの悪いですよ。彼女でもないのに」

「自分が連れて来た女の子にはびた一文使わせない。それがここのルールなんだよ。従って」

「ごめんなさい。わたし、そんなこと全然知らなくて」

「知らなくてもいいことだから教えなかったんだよ。気にしなくていいから」

「坂本君の言うとおりですよ」

佐々木がアイスペールと炭酸水のボトルをぼくたちの前に置いた。田丸がグラスを持ってくる。ふたりの息はぴったり合っていた。

これなら、田丸が辞めても問題はないだろう。一抹の寂しさを感じながら、ぼくはふたりのやりとりを眺めた。

「じゃあ顕ちゃん、おれはそろそろ行くわ。楽しかったよ」

談志師匠が腰を上げた。

「まだいいじゃないですか、師匠」

顕さんが談志師匠を引き留める。

師匠、早すぎますよ――ぼくも頭の中で談志師匠を引き留めた。

「明日、早いんだよ。また顔出すから。おい、勘定すませろ」

談志師匠はお弟子さんに声をかけた。ぼくは溜息を押し殺した。談志師匠は帰り、ぼくたちは取り残される。

「またな」

帰る間際に、談志師匠はぼくたちに向かって笑顔を見せた。本当に魅力的な人だ。

「坂本、こっちに来いよ。彼女も一緒に」

顕さんが言った。談志師匠が座っていた席に移動しろと言っているのだ。

「行こう」

「え？　顕さんの隣にですか？」

「そう」

ぼくは田丸と佐々木に目配せした。いざという時には援護射撃を頼むという合図だ。

北野香を顕さんの隣に座らせた。

「おまえの彼女か？」

顕さんが北野香の横顔を見つめながら訊いてきた。

「違います。さっちゃんの映画サークルの後輩なんですよ。今日はちょっとした用があって、そうしたらここで飲んでみたいって言うから連れて来たんです」

「あの、佐々木さんからよく〈マーロウ〉の話を聞いてて、一度でいいから来てみたいって思ってたんです。佐々木さんには何度も連れていってくださいってお願いしたんですけど……。調子のいい返事はしてくれるのに、全然話が進まなくて」

「そのうち連れて来ようとは思ってたんですよ」

佐々木が顔を真っ赤にして首を振った。自分にとばっちりが来ないか気にしている。

「斉藤顕です。〈マーロウ〉にようこそ」

顕さんは北野香に右手を差し出した。

「き、北野香です。よろしくお願いします」

北野香がその手を握り返す。

「佐々木の映画サークルってことは、映画が好きなんだ？」

「はい」

「一番好きな映画はなんだい？」

顕さんがにこやかに話題を進めていくのを見ながら、ぼくは田丸や佐々木に目配せした。

談志師匠のおかげか、今日の顕さんはやたらと機嫌がいい。この調子なら、嫉妬心をあらわにしてぼくたちに絡んでくることもないだろう。

北野香は目を輝かせて顕さんとのやりとりに没入している。どうやら、酔った顕さんのことは聞いていないようだ。

ぼくは安堵の溜息を吐き出し、田丸と佐々木に向き直って酒を飲んだ。

田丸が腰を屈め、カウンターの下の方からなにかを持ち上げた。

ウイスキーのボトルだ。

ぼくは田丸に向かってうなずいた。お代わりするときは、ぼくのではなく、田丸が手にしているボトルの中身を顕さんの目を盗んで注いでもらうことになる。

「今夜はとことん飲もうかな」

気が大きくなって、ぼくはグラスの中身を一気に飲み干した。

＊　＊　＊

顕さんが店を出て行ったのは午前四時少し前だった。

「早く店仕舞いしておまえたちも帰れ」

顕さんは帰り際にそう言い残していったが、ぼくと北野香の他に、客が二組残っていた。常連だから、帰れとは言いにくい。

「じゃあ、おれたち、悪いけど、これで帰るよ。彼女を駅まで送っていかなくちゃ」

四時半をまわったところでぼくは腰を上げた。今から駅に向かえば、北野香は始発電車に間に合うだろう。

ぼくは歩いて帰る。お盆休みが入ったせいで、〈マーロウ〉のバイト代が丸一週間分少なかったのが大きなダメージになっている。タクシー代どころか、電車代だって浮かせたいぐらいの懐事情だった。

北野香はカウンターに頬杖をついて船を漕いでいた。顕さんとの会話に夢中になり、ついでに酒もかなり進んでしまったのだ。彼女のグラスには顕さんのボトルの酒が注がれたのでぼくとしてはラッキーだった。

「帰るよ」

ぼくは北野香の肩をそっと揺すった。

「あ、はい。フィルム・ノワールはわたしも大好きです」

北野香は慌てた様子でさっきまで顕さんがいた方向に顔を向けた。

思わず笑ってしまった。

「顕さんはもう帰ったよ。始発の電車が動き出す時間だから、ぼくらもそろそろ帰ろう」

「あ、はい。お勘定は……わたしは気にしなくていいんでしたね」

「そういうこと」

「佐々木さん、田丸さん、お先に失礼します。ご馳走様でした」

北野香はふたりに丁寧に頭を下げた。

「またおいでよ、坂本と一緒に」

田丸が言った。

「香ちゃん、気をつけてね」

佐々木が手を振った。

ぼくは先に外に出た。明け方だというのに、嫌になるぐらい蒸し暑い。

「ご馳走様でした」

続いて外に出てきた北野香がぼくに頭を下げた。

「君が飲んだのは顕さんの酒だから、ぼくじゃなくて顕さんの奢りだよ」

「そうだったんですか。わたし、どうしよう。それなのに寝ちゃったりして、顕さんに挨拶もしてない」

「そんなこと、気にしなくていいよ。顕さんだって、ほとんど覚えちゃいないんだから。さ、行こう」

「はい」

ぼくはゴールデン街の路地を西に向かって歩きはじめた。見上げる空はぼんやりと青い。ドアの隙間から明かりが漏れている店からは、まだ飲み足りない酔っぱらいたちの声が聞こえてくる。

「ゴールデン街って賑やかですね」

「昔はもっと凄かったらしいよ。昔から飲み歩いてる人は、最近は朝まで飲むやつが減ったってぼやいてる」

「じゃあ、坂本さんたちは頼もしい後継者ですね」

北野香がぼくと肩を並べた。足もとはしっかりしている。眠いだけで、前後不覚になるほど酔ったというわけではない。

「どうかな」

ぼくは曖昧に首を振った。

「どういう意味ですか？」

「ぼくもあと一年ぐらいしたら〈マーロウ〉を辞めるつもりなんだ。そうしたら、あんまりここには来なくなると思う。一軒だけ、凄くお世話になってて好きな店があるから、そこに顔を出すぐらいかな」

「ゴールデン街が好きなんじゃないんですか？」

「好きだけど、嫌いだ」

「意味わかんないですよ」

「自分でもよくわかってないからいいんだよ、それで」

区役所通りに出たところで左に曲がる。通りはタクシーとタクシーを掴まえようとする酔っぱらいたちで混み合っている。もうすぐ始発電車が動くというのに、金を持った酔っぱらいたちは、その時間まで辛抱することができないのだ。

ぼくもそうだ。今日は歩いて部屋に帰るつもりだが、仕送りやバイト代が入った直後なら、歩くのが面倒でついタクシーに乗ってしまう。

行き先を聞いた運転手は、たいてい、金を稼げない近さに舌打ちする。その態度に腹が立って喧嘩になることだってある。それがわかっていても、歩くのが億劫なのだ。

そんなに飲まなければいい。いつもそう思うのだが、飲みはじめるとたがが外れてしまう。

北野香がよろめいた。

「どうした？」

「人がぶつかってきて……」

北野香は振り返り、頬を膨らませた。

「一言謝ってくれたらいいのに」

「酔っぱらいにそんなこと期待したって無駄さ。おいで」

ぼくは左手を伸ばして北野香の右手を握った。冷房に長い時間さらされていたせいか、彼女の手はひんやりしていて気持ちよかった。

「あ、ありがとうございます」

「おれさ、大好きだった人にフラれたばっかなんだ」

ぼくは前を見つめたまま言った。

「え？」

「勝手にその人も自分に気があるって思い込んじゃってさ、ただの勘違いで馬鹿みたいに舞い上がって、フラれて、落ち込んでる。今でも、その人のこと考えると胸が痛む」

「綺麗な人だったんですか？」

「今、そういうこと訊くか、普通？」

「すみません。気になっちゃったから」

おかしくなって、ぼくは笑った。

「綺麗だったよ」

笑いの発作がおさまると、ぼくは言葉を続けた。

「おれより年上で、綺麗で、気が利いて、本当に好きだった」

北野香は一言も発せず、ただ、ぼくに手を引かれるままに歩いていた。

「今日はありがとう。だれかにゲラを見せたくてたまらなかったんだ。自意識強すぎるとは思うんだけど、生まれて初めて商業誌に載る原稿だからさ。でも、田丸やさっちゃんに見せるのは自慢してるみたいだし、なんだか気恥ずかしいし、どうしようと思ってたら君から電話がかかってきた。神様が願いを聞いてくれたのかと思ったよ。普段は神様なんて信じてもいないくせに」

交差点の歩行者用信号は赤だった。ぼくたちは足を止めた。

「電話くれて嬉しかった。おれの文章読んで、凄いって言ってくれて、本当に嬉しかった。ありがとう」

北野香は返事をしなかった。ぼくたちは靖国通りを渡り、新宿駅西口を目指して歩き続けた。途中で手を離そうかとも思ったが、北野香が強い力でぼくの手を握り続けていた。

好きな人がいた、まだその人のことが忘れられないというぼくの告白が応えているのだろう。

ぼくも口を閉じ、手を繋いだまま歩き続けた。

北野香が口を開いたのは、京王線の改札口まで来たときだった。

「今日は誘ってもらって、本当に嬉しかったんです。もう、気づいてると思うけど、わたし、坂本さんのことが好きです。佐々木さんに話を聞いてなんとなく憧れてて、実際に会ったら、思ってた以上に素敵で、情熱的で……」

北野香はぼくの顔を真っ直ぐ見上げて言った。

「おれが情熱的？」

「本の話をしてるときの坂本さん、情熱的です。本当に小説が好きなんだなあって伝わってきます」

「ああ、小説に関してはそうだな……」

「忘れられない人がいるって聞いて、ちょっとショックです。前に飲んだときもショックだったけど、今日の方がショック大きい。だって、誘ってもらったし、デートだと思って来たから。あのときは坂本さん酔ってたみたいだし、もし、今日も同じようにやらせろって言われたら、それでもいいって思って――」

「ちょっと待ってよ。あのときのことは本当に反省してるんだってば。いくら酔ってたからって、ゆるされることじゃないよ。ごめん」

「いいんです」

ぼくたちのそばを、始発に乗ろうと急ぐ人たちが足早に通り過ぎていく。ぼくと北野香以外の人たちの時間がとてつもなく早く流れているように感じた。

「また、飲みに連れていってくれますか？　坂本さんと映画や本の話してると凄く楽しいんです」

北野香の瞳(ひとみ)の中に、ぼくの顔が映り込んでいることに気づいた。狼狽(うろた)えて目を逸(そ)らしてしまいそうになるのを、ぼくはこらえた。

彼女は真剣に話しているのだ。真剣に耳を傾けなければならない。

「また、誘うよ」

「ありがとうございます。もう、行かなくちゃ。今日は本当に楽しかったです。ありがとうございました」

北野香はちょこんと頭を下げて、改札を抜けていった。

ぼくは視界から消えるまで、彼女の小さな背中を見送った。

22

鈴木から電話があったのは九月も後半に入ろうかという日の昼過ぎだった。

「鈴木と申しますが、本好きの」

「ああ、どうも。もう全部読んじゃったでしょう。また新しい本を持っていきましょうか」

「キタさんが戻ってきました」

ぼくは絶句した。

「今朝、まるでなにごともなかったかのようにぶらりと戻ってきたんです」

「すぐに行きます」

「少し、お金を用意しておいた方がいいと思いますよ。タダじゃ重い口も、お金の前では軽くなりますから」

「わかりました」

電話を切り、財布の中身を確認した。札と小銭で一万円ちょっと。銀行口座に仕送りの残りがあるが、あの金には手をつけたくない。

田丸に電話をかけた――繋がらない。佐々木に電話をかけた。寝惚けた声が電話に出た。

「坂本だけど」

「おはようございます」

「さっちゃん、金貸してもらえない？」

「いきなりなんですか？」

「ナベさんが殺された日、もしかしたらなにかを見たかもしれない浮浪者がいるんだ」

「え？」

佐々木の口調がはっきりしてきた。

「その人が戻ってきたってさっき連絡があったんだ。金を握らせれば、あの日のこと話してくれるかもしれないって。だけど、おれ、一万円しかないんだ。それで話してくれればいいけど、足りなかったら――」

「ちょっと待ってください。電話替わります」

「替わるって、だれに？」

「もしもし？　田丸だけど」

佐々木に替わって田丸の声が耳に流れてきた。

「さっちゃんの家でなにやってんの？」

「泊めてもらったんだよ。昨日、酔い過ぎちゃってさ。それより、本当にその浮浪者、なにか知ってるのかな？」

「それはわからないけどさ、訊くだけ訊いてみたいんだ。金、貸してくれよ。来週には返すから」

「おれもその浮浪者のところに一緒に行くよ」

田丸が言った。

「田丸も？」

「ナベさんのことじゃないか。おれも一緒に行く。金も持っていくよ。二万ぐらいしかないけど」

「わかった」

田丸と待ち合わせ場所を決め、電話を切った。

＊　＊　＊

キタさんは背の低い中年男だった。染みだらけのランニングに短パン、ゴム草履といういでたちで、不安そうにぼくと田丸を見つめていた。

「キタさん、若いけどいい人たちだから、あの日見たことを教えてやってよ」

鈴木がキタさんに声をかけた。

「話してもいいけどよ、タダでっていうのはなあ」

キタさんの言葉にはかすかな東北訛りがあった。

「少ないですけど、これ……」

田丸がティッシュで包んだ一万円札を差し出した。いくらなんでも剝き出しで渡すのは失礼だろうと、待ち合わせ場所で丁寧に包んだのだ。

「いくら入ってるの？」

キタさんは金を受け取りながら訊いてきた。

「一万円です」

田丸の言葉に、キタさんは舌打ちした。

「キタさん、失礼じゃないか」

鈴木が気色ばんだ。

「もうちょっとなんとかなんねえかな、学生さん」

ぼくは財布から五千円札を抜き取り、キタさんの手に押しつけた。

「ま、こんなもんか……それで、なにを訊きたいって？」

「八月に、ゴールデン街で人が死んだの覚えてますか？」

キタさんがたじろぐようにうなずいた。

「鈴木さんが、もしかしたらキタさんはあの日、ゴールデン街で空き瓶探ししてたんじゃないかって」

「やってたよ」

「なにか見ませんでしたか？」

ぼくは訊いた。なにかに急き立てられるような気分だった。

「なにかって言われてもなあ……」

「だれかを見かけたとか」

「派手なシャツを着たやつなら見かけたけどよ」

「どこで？」

口を開いたのは田丸だった。

「だから、ゴールデン街でさ」

「ゴールデン街のどこですか？　何番街？」

「五番街だったかな」

ぼくは田丸と顔を見合わせた。キタさんが見かけた男が犯人かもしれない。

「どんなやつでした？」

ぼくは訊いた。

「よく覚えてないよ。前に、店先に出してあるビール瓶持っていこうとして、店から出てきた人間にすごく叱られたことがあるんだ。だから、人を見かけたらすぐに立ち去るようにしてるんだよ」

「年恰好ぐらい思い出せませんか？」

今度は田丸が訊いた。

「おれと同じぐらいだったかな。少し太ってたような気がする。なんだかきょろきょろしてたな。そいつがいるからあの日の瓶集めは無理だなと思ってさ、ちょっと腹が立った。それで、花園神社に向かって歩いてたら、もうひとり、男が来て、五番街の方に行ったよ。あれが死んだ人じゃないかな」

生きているナベさんを最後に見たのが、ぼくたちの目の前にいる男だ。そう思うと、体が震えはじめた。

「その人が五番街に入っていったあと、なにか聞こえませんでしたか？」

「言っただろう、急いで立ち去ったんだよ」

「派手なシャツを着た男の顔、思い出せませんか？」

ぼくはキタさんに詰め寄った。

「見つかっちゃいけないと思ってすぐにその場を離れたんだ。顔なんか、これっぽっちも見てないよ」

「シャツの色は？」

田丸が訊いた。

「どうだったかな……青とか緑とか、そんな色だった」

「よく思い出してくださいよ」

「もうだいぶ前のことだからなあ。今年の夏は暑くて、ぼうっとしてることが多かったから、忘れちまったよ」

「そこをなんとか」

田丸が食い下がる。だが、キタさんは首を振るだけだった。

「シャツはどんな感じのやつでした？」

ぼくはキタさんの顔を覗きこみながら訊いた。

「どんなって、開襟シャツだよ」

「開襟シャツ？」

「アロハだ。アロハシャツのことですよね？　派手な色の開襟シャツって」

田丸が言った。

「ああ、それだ、それ。アロハシャツだよ」

「青か緑のアロハシャツか……坂本、なんか思い当たることある？」

「ないよ、そんなの」

青や緑のアロハシャツなどどこにでもある。

「だよな……」

田丸も肩を落とした。

「なんでもいいんです、他になにか覚えてることはありませんか？」

ぼくは縋るような視線をキタさんに向けた。

「それ以上はなにも覚えていないよ。本当に、すぐその場を離れたんだからよ」

「そうですか……」

「キタさん、それだけしか見てないのに、一万円じゃ足りないなんて言ったのかい」

鈴木が憤慨したように言った。

「おれたち、金が要るだろうよ」

キタさんはどこ吹く風だ。

「お金のことはいいんです。キタさん、ありがとうございました。もし、なにか思い出したら、鈴木さんに言ってくれますか？」

「思い出すことはもうなにもないよ」

キタさんは行けと言うように手を振った。ぼくは田丸を促し、キタさんに背を向けた。

「本当にすみません。あれだけのことしか知らないのに、図々しくお金を要求したりして」

鈴木が恐縮しながらぼくたちの後をついてきた。

「いいんです。今までわからなかったことが少しはわかりましたから。連絡をくれて、本当に助かりました。ありがとうございます」

ぼくは田丸と一緒に鈴木に頭を下げた。

「青か緑のアロハシャツを着た小太りの中年男か……」

公園を出ると、田丸が呟いた。

「そんなやつ、腐るほどいるよな」

ぼくは空を見上げた。暑さは十日前に比べるといくぶん和らいでいる。それでも、ぎらぎらと照りつけてくる太陽は夏の余韻を十分に残していた。ぼくも田丸も汗まみれだ。

「どっかでビールでも飲む？」

田丸がぼくに顔を向けた。ぼくはうなずき、青か緑のアロハシャツに思いを馳せた。

＊　＊　＊

用事があるという田丸と別れ、ぼくは区役所の裏の通りに足を向けた。

ヒデさんはいつもの場所に立っていた。

「おはようございます」

ぼくが声をかけるとヒデさんは破顔した。

「元気でやってるか、坊や？」

「ヒデさん、こないだの話なんですけど、訊いてくれました？」

「ん？　ああ、ゴールデン街の殺しの話か。訊いてまわったけど、たいした話は出てこなかったぞ」

「なんでもいいから聞かせてください」

ぼくはヒデさんに頭を下げた。

「じゃあ、ちょっと茶でも飲みながら話すか」

いつもの喫茶店へ向かい、ビールを頼む。伝票はぼくが受け取った。

「あの件じゃ、地上げ屋どもも頭を抱えてるらしい。警察に痛くもない腹を探られるわ、人死にが出た直後じゃ人聞きが悪いって、それまでは店の権利を売るのに乗り気だった連中が知らんぷりを決め込むわ……地上げは暗礁に乗り上げてるって感じだな」

「じゃあ、犯人の見当もついてないですよね……」

「前にも言ったが、地上げ屋どもが殺しをやらせるわけもないしなあ」

ビールが運ばれてきた。ぼくとヒデさんは申し合わせたように煙草をくわえた。ぼくは自分のライターでヒデさんの煙草に火を点けてやった。

「こっちから頼んだわけでもないのに、せっせと店主たちを説得してまわってたやつらも、あの事件以来、甲羅に首を引っ込めた亀みたいになっちまったって言ってたぜ」

ヒデさんは煙を吐き出し、ジョッキの中身を半分ほど一気に飲んだ。

「そんなのがいたんですか？」

「まとまった金が今すぐにでも欲しいってやつはどこにでもいるだろうが。ま、ゴールデン街みたいな街じゃよ、自分ひとりだけ金を手にして逃げてくってのは肩身が狭いみてえだから、ひとりでも仲間を増やしたいって考えたやつらがいるんじゃねえのか」

ぼくもビールを口に含んだ。田丸と三杯ずつビールを飲んだ後だったので、胃がたぷたぷだ。

「表じゃゴールデン街の再開発なんてとんでもねえって顔して、裏じゃ地上げ屋に媚売るのよ。ほら、放火の話があっただろう？　火点けてまわってたのもそういう連中の中のひとりかもしれねえぞ。火を点けようとしてるところ見られちまって、それで殺しちまったとかよ」

ぼくは煙草を乱暴に灰皿に押しつけた。ナベさんが殺された経緯はそんなところだろう。ただ、自ら進んで地上げに手を貸そうとする人間が思いのほか多いという事実が不快だった。

ゴールデン街という飲み屋街は大所帯の家族のようなものだとぼくは思っていた。ときには親子喧嘩や夫婦喧嘩、兄弟喧嘩も起こる。気に入らない親戚がいたりもする。けれど、なにか事が起これば家族全員で一致団結して対処する。

だが、それはぼくの勝手な思い込みに過ぎなかった。お金を前にしたら、地域の絆など あって無きに等しいのだ。

「寂しそうだな、坊や」

「地上げ屋に協力する人間がそんなに大勢いるなんて、そりゃ、寂しいですよ」

「ただ金が欲しいだけか、それともやむにやまれぬ事情があるのか、ま、人それぞれってもんよ、坊や。いっしょくたにしちゃだめだぞ」

「そうですよね」

ぼくはうなずき、ビールに口をつけた。ヒデさんの言葉がぎすぎすしていたぼくの心に温かい風を送ってくれたような気がした。

そう、世の中は善と悪だけではは かれない。ぼくがゴールデン街で学んだのはそういうことだったはずだ。曖昧なグレーゾーンがどこまでも続いているのだ。

「ヒデさん、ありがとうございます」

「ちっとも役に立てなくてすまねえな」

「いいえ。ヒデさんに会えてよかった」

ぼくはヒデさんに一礼し、ビールを飲み干した。

＊　＊　＊

「あら、早いわね」

リリーはぼくにちらっと顔を向けただけで、すぐに鍋に視線を落とした。明日のためのお通しを作っているのだろう。鍋の中身は大根とコンニャクと竹輪のようだった。客はいなかった。

「うん。今日は客の入りが悪くて、顕さんも帰っちゃったから早めに閉めてきたんだ」

ぼくはいつものとおり、カウンターの左端に座った。

「ウイスキーあるわよ」

「じゃあ、それをいただきます」

「あいよ」

リリーは鍋の前を離れ、ボトル棚からまだ半分以上中身の入ったウイスキーのボトルを取りだした。キープ期限の切れたボトルだ。

あれだけあれば、今夜は好きなだけ飲むことができる——浅ましいことを考えながら、ぼくはリリーが水割りのセットを用意するのを見守った。

「お腹は？」

「ぺっこぺこ」

「インスタントラーメンでよかったらすぐに作ってあげるわよ」

「それで十分です」

ぼくは氷の入ったグラスとピッチャーを受け取った。目の前に置かれたボトルからウイスキーを注ぎ、ピッチャーの水で割る。

「いただきます」

ボトルに向かって頭を下げた。

「田丸、本当に辞めちゃうのね」

リリーが言った。

「うん。でも、しょっちゅう飲みに来るって言ってるから、これまでとそう変わらないと思うよ」

「顕ちゃんの店辞めて、お金はだいじょうぶなのかしら？」

「家庭教師のバイトの口、もう見つけてあるってさ」

「だけど、夜の仕事とはもらえるお金が全然違うでしょうに」

「そこは自分でなんとかするんじゃないの」

リリーは雪平鍋に水を張ってコンロにかけ、フライパンで野菜を炒めはじめた。それだけのことなのに、うっとりするほど手際がいい。

「田丸、最近来てないの？」

「ここんとこ、佐々木と一緒じゃない。だから、店を閉めたあとは、別のところに飲みに行ってるみたいよ」

「さっちゃんの行きつけの店かな……田丸はおれと違って、リリーに奢ってもらうの、凄く気にするから」

「田丸は気を遣いすぎだけど、あんたは遣わなすぎなのよ」

リリーはそう言って、楽しそうに笑った。ぼくは一杯目の水割りを飲み干し、お代わりを作った。

「はい、醤油ラーメンの野菜炒め載せ、召し上がれ」

丼が目の前に置かれた。醤油味のインスタントラーメンに、たっぷりの炒め野菜とハムが二枚、それにゆで卵がひとつ入っている。

「いただきます」

今度はリリーに頭を下げて、ラーメンに箸をつけた。自分で作るのと変わらないはずなのに、他人が作ってくれたものだととても美味しく感じてしまうのはなぜだろう。店の中は冷房が効いてひんやりしているが、ラーメンのスープを啜っていると額に汗が滲んできた。

「田丸、時々チューィの面倒見てくれないかしらね」

リリーが言った。

「チューイ、元気？」

「もう、元気すぎて、家の中めちゃくちゃなのよ。手当たり次第爪立てたり、研いだりして。もう、店閉めて家に帰るのが憂鬱よ」

「やんちゃだからな、チューイは……」

ぼくは言葉を途中で飲みこんだ。チューイが入っていた籠の中に敷いてあったアロハのことを突然、思い出したのだ。

淡い水色に花柄のアロハだった。袖に茶色い染みが付いていた。

突然、ラーメンが喉を通らなくなった。キタさんは青か緑のアロハだと言った。水色じゃない。

故郷の親父が倒れてね、いろいろ入り用なの——リリーの言葉が脳裏によみがえった。あれはリリーが借金取りと会ったあとに聞いた言葉だ。

リリーはナベさんが亡くなったあと、しばらく店を休んだ。

リリーは化粧をしなければ、小太りの中年男だ。

「そんなはずないじゃないか……」

ぼくは呟いた。

「なにか言った？」

「ううん。なんでもない」

ぼくを見つめるリリーに慌てて首を振った。

「急に顔色悪くなったわよ」

「客が少ないからって、調子に乗って飲みすぎたかも。なんだか胃が重くなってきた。せっかく作ってくれたのに、ラーメン、もう食えない」

「いいのよ。残しなさい」

「これ飲んだら、帰るよ」

リリーの顔を直視できず、ぼくは残っていた水割りを飲み干し、逃げるように店を出た。

＊　＊　＊

視界も頭の中もぐるぐる回っていた。自分がどこを歩いているのかさえも定かじゃない。

まとまった金が今すぐにでも欲しいってやつはどこにでもいるだろうが——ヒデさんの声が頭の奥でこだまする。

故郷の親父が倒れてね、いろいろ入り用なの——リリーの声がヒデさんの声をかき消していく。

キタさんの言ったアロハシャツを着た小太りの中年男の姿が脳裏に浮かぶ。男が正面を向く——すっぴんのリリー。水色に花柄のアロハの袖が血まみれだ。

ナベさんは犯人に投げ飛ばされ、コンクリートの地面に頭を打って死んだと警官が言っていた。

リリーは大学の柔道部だった。

「やめろ、やめろ、やめろ」

ぼくは自分の頭を殴った。おかしくなりそうだった。目に留まった自販機に左手をつき、背中を丸めた。吐き気がする。典型的な飲み過ぎの症状だが、そんなに飲んだわけじゃない。

自販機で炭酸飲料を買い、一気に飲み干した。ほんの少しだけ気分がよくなり、辺りを見回す余裕ができた。

ぼくがいるのは歌舞伎町と大久保の間のラブホテル街だった。無意識のうちに、キタさんがねぐらにしている公園に足が向いていたのだ。

「キタさんに会ってどうするつもりだ？」

　ぼくは自問した。

「アロハの色と柄を確かめるつもりかよ？　リリーが人殺しなわけないだろう？」

　ぼくは空になった缶を首の後ろに押しつけた。そのまま空を見上げる。月も星も見えなかった。ぼくが生まれ育った北海道のど田舎では、いつも数えきれないぐらいの星が煌めいていた。新月の夜は悲しいほどに暗く、満月の夜はとても明るかった。

　東京はいつも明るい。星もそんなには見えず、月が出ているかどうかなんて気にかけることもない。上京してこの方、ぼくはネオンの明かりにかまけてばかりで、月や星を見上げようと思ったことすらなかった。

　故郷の星空が恋しかった。ネオンで煌々とした街並みが疎ましかった。

「行くぞ」

　ぼくは自分に言い聞かせた。ここまで来たんだ。キタさんに話を聞かなければ。頭に浮かんだ疑念をきっぱりと否定してもらわなければ。

　覚束ない足取りでラブホテル街を突っ切り、公園に向かった。

　公園は静かだったが、数人の浮浪者がねぐらから出て、地面に座り込んでいた。蒸し暑くて眠れないのだろう。団扇で扇ぎながら顔をしかめている。

　ぼくは鈴木のねぐらに真っ直ぐ向かった。

「鈴木さん、ぼくです」

ねぐらの奥に声をかけた。最初は無反応だったが、二度、三度と声をかけるうちに、鈴木が起きる気配を感じた。

「どうしたんですか、こんな時間に？」

鈴木がねぐらから出てきた。

「すみません。キタさんにどうしても確かめたいことがあって……キタさんのねぐらはどれですか？」

「よっぽど大事なことなんですね」

鈴木はぼくの顔を見て瞬き（まばた）きをした。

「はい。どうしても、今すぐ訊きたくて」

「こっちです」

鈴木は公園の奥の方に足を向けた。さほど背の高くない木の脇に段ボールや廃材を積み重ね、ブルーシートを屋根にしているねぐらがあった。

「キタさん、起きてるかい？」

鈴木がそのねぐらの中に声をかけた。

「起きてるよ。こう蒸し暑くちゃ、なかなか眠れない」

「昼間の学生さんが、どうしても訊きたいことがあるんだそうだ」

「またかよ……」

「すみません、キタさん。ひとつだけ教えてください」

キタさんがねぐらから顔だけを出した。

「なんだよ？」

「キタさんが見た男が着てたアロハって、実は水色じゃなかったですか？　水色の地に赤や黄色の花柄の……」

「ああ、そういやそうだ。ちょっと着古した感じの水色に派手な花柄。いい年こいた男が着るもんじゃねえだろうって思ったの、思い出したよ。こいつ、オカマじゃねえかって思ったんだ」

ぼくは口の中に溜まった生唾（なまつば）を飲みこんだ。

「犯人の目星がついたんですか？」

鈴木が言った。ぼくは首を横に振った。喉が強張（こわば）って声が出ない。吐き気がぶり返してきた。ふたりに背を向けた。公園の隅に駆けていき、胃の中のものを吐いた。

リリーが作ってくれたラーメンと野菜が地面にグロテスクな模様を描いた。

23

チャイムが鳴る音で目が覚めた。ぼくは唸（うな）りながら体を起こした。この部屋に住むようになって、新聞の勧誘員か郵便配達員以外にチャイムを鳴らした者はいない。

新聞ならいらない——玄関に向かって叫ぼうとして、ぼくは口を閉じた。

朝、北野香から電話がかかってきたのだ。佐々木からぼくが熱を出してバイトを休んでいると聞いて心配になったと言って。

浮浪者たちがねぐらにしている公園を立ち去ったあと、ぼくは〈黄昏〉に行ってしこたま飲んだ。どうやって支払いを済ませて家まで帰って来たのかまったく記憶にない。とにかく、目覚めるとベッドに横たわっていて、酷い悪寒に襲われていた。

三十八度を超える高熱が三日続いて、昨日の夜、やっと体温が下がりはじめたところだった。

「ちょっと待ってて」

ぼくは力のない声を出してベッドから降りた。よろめきながら玄関へ向かい、鍵(かぎ)を外してドアを開けた。スーパーの買い物袋を手に提げた北野香が立っていた。

「酷い顔色ですよ。だいじょうぶですか?」

「熱は少し下がった」

ぼくはベッドに戻り、布団に潜りこんだ。確かに熱は下がったが、体の怠(だる)さは残ったままだ。

「病院へは行ったんですか?」

「行ってない」

「まったくもう……薬も買ってきましたから、ご飯食べたら飲んでくださいよ」

「食欲ないよ」

「食べなきゃだめです」

北野香の声のトーンがあがった。

「よく迷わずに来られたね」

ぼくは言った。見舞いに来て食事を作ると言って聞かない北野香に根負けする形で、駅からの道順を電話で伝えただけなのだ。

「凄く迷いました。公衆電話見つけて電話しようと思ったんだけど、どこにもなくて」

「凄い部屋だろう？　驚かないの？」

「佐々木さんとか、映画サークルの先輩たちの部屋も似たようなもんですから……でも、台所のガスコンロの上も本だらけっていうのは初めてです。自炊しないんですか？」

「この部屋に越してきたばかりの頃はインスタントラーメンとか作ってたけど、だんだん本の置き場がなくなっちゃってさ」

「食事を作る前に、台所の片付けからはじめなくちゃ……しばらく寝ていてください。ちょっと時間かかります」

ぼくは返事をする代わりに目を閉じた。十分すぎるほど寝たはずなのに、眠気はぼくに取り憑いたまま立ち去る気配を見せなかった。

「ご飯の支度、できましたよ」

北野香に起こされたのは午後五時近くだった。彼女が来たのは二時過ぎだったはずだ。

「台所の片付け、大変だった？」

「料理の方が……実は、普段は母親任せであんまりしないんで。坂本さんが眠っててくれて助かりました。食卓になるようなものが見当たらないんで、勝手に机の上も片付けちゃいましたけど……」

これまたうずたかく本が積み上げられて一年以上使っていなかったライティングデスクの上に、プラスチックの丼が置いてある。

「ありがとう」

ぼくはベッドから降りた。ふいに、パジャマ代わりに着ているスエットの匂いが気になった。ずっと着たきりだし、シャワーも浴びていない。

「匂うだろう」

「坂本さんの匂いなら平気です」

北野香は生真面目な顔で答えた。

「そういうこと言うと、襲いかかっちゃうぞ」

「熱が下がったら、いくらでも襲ってください。玉子のお粥(かゆ)です。わたしが風邪を引いたら、母がいつも作ってくれるの」

「いただくよ」

「食欲は？」

「少し寝たら、腹が減ってきた」

ぼくは椅子に腰掛け、プラスチックの丼に手を伸ばした。スプーンもプラスチックだ。

「散財させちゃったな」

「気にしないでください。坂本さんが来る必要はないって言ってるのに、無理矢理押しかけてきたんですから」

「いただきます」

ぼくはお粥に口をつけた。塩味が全然足りなかった。それでも、北野香の作ったお粥は、ぼくにはとても美味しく感じられた。

「味、どうですか？」

「凄く美味しい」

ぼくはお粥を食べ続けた。自分で思っている以上に空腹だったらしい。

「よかった……。薬、用意しておきますから食べ終わったら飲んでくださいね。わたし、後片付け済ませたら帰りますから」

北野香は台所で洗い物をはじめた。ガスコンロや調理台の上に積み上げられていた本はすべて、床におろしてあった。

空腹を感じたはずなのに、お粥を半分ほど平らげたところで食欲がなくなった。

リリーのことが頭に浮かんだからだ。

ぼくはスプーンを置き、煙草をくわえて火を点けた。煙を吸い込んだ途端、激しく咳(せ)き込んだ。

「坂本さん、煙草なんか吸っちゃだめじゃないですか」

北野香が台所から飛んできた。

「吸いたいんだ」

ぼくは咳き込みながら煙草を吸い続けた。北野香はまだなにか言いたげだったが、半分残したままのお粥を見て悲しそうに首を振った。

「お粥、美味しくなかったですよね。ごめんなさい」

「そんなことないよ。お世辞抜きで美味しかった」

ぼくはお世辞を口にした。北野香には悲しい思いはさせたくなかった。いつも屈託無く笑っていて欲しかった。

「なんだか、今日の坂本さん、変です」

「だって、病人だから」

「そうじゃなくて……うまく説明できないんですけど」

ぼくは煙草を消した。

ナベさんを投げ飛ばすリリーの姿が頭から離れない。熱を出して寝込んでいる間は考えずにいられたのに、熱が下がってくるとそれしか考えられなくなる。胸が苦しく、押し潰されそうだ。

「なにかあったんですか？」

ぼくは北野香を抱き寄せた。

「さ、坂本さん……？」

彼女の胸に顔を埋めめる。温かく柔らかい感触に涙がこぼれてきた。

「帰らないで一緒にいてくれ。添い寝してくれるだけでいいから」

ぼくは言った。

＊　＊　＊

添い寝してくれるだけでいい。

顕さんお得意の口説き文句だ。

顕さんは決して露骨な言葉は口にしない。白魚のような指が素敵だとか、君の美しい心根に惹かれるとか、髪の毛の香りがかぐわしいとか、様々な褒め言葉を口にして女性を喜ばせる。

そして、最後の決め台詞を口にするのだ。

今夜は君と一緒にいたいな。添い寝してくれるだけでいいから。

すべての女性がそれで落ちるわけじゃない。でも、ぼくも田丸も、その言葉に目を輝かせた女性が何人もいることを知っている。

添い寝で終わるわけがない。それがわかっていてもなお、進んで騙されてしまうのだ。

顕さんがぼくたちに口癖のように言う言葉がある。

やればいいってもんじゃねえ。

やりたいだけのセックスは下品で無様だ。男は、本当に愛おしい女だけを抱くべきだ。その言葉と顕さんの女性に対する言動は大いに矛盾している。だが、きっと顕さんの頭の中では整合性が取れているのだろう。だって、愛おしいと思った女性だけを口説いているのだから。

くだらないし、馬鹿馬鹿しい。

ぼくが顕さんの言うこと、やることを冷ややかな目で見るようになっていったのは、そういうことの積み重ねなのだと思う。

美しい言葉を口にしながら、実際には反対の行いをする。

ぼくはパンクロッカーだ。ザ・クラッシュのジョー・ストラマーの言葉を信じて青春時代を送ってきた。

そんな大人になるな――ジョーは歌った。

正しい言葉を口にして、正しい行いをしろ――ジョーは歌った。

だからぼくは顕さんのようにはなりたくない。添い寝でいいと言ったら、それは添い寝だけだ。

北野香を抱きたくなったら、素直にその気持ちを口にしよう。

率直な言葉で口説こう。

だが、今はただ添い寝して欲しいだけだった。

＊　＊　＊

北野香が寝返りを打った。彼女を起こさぬよう、そっと腕を抜いた。

熱はすっかり下がっている。だが、胸は重苦しいままだ。

トイレで用を足し、歯を磨いた。ベッドに戻ると、北野香が起きていた。ベッドの上で胡座(あぐら)をかいている。着ているのはぼくのTシャツだ。

「具合はどうですか？」

ぼくはベッドの端に腰をおろした。扇風機が生温かい風を送ってくる。ただでさえ暑いのに、狭いシングルベッドでくっついて寝ていたから、ふたりとも汗まみれだ。

「暗いからかな、坂本さん、なんだか悲しそう。時々悪夢にうなされてるみたいだったし」

「悲しいことがあったんだ」

ぼくは煙草をくわえた。北野香はなにも言わなかった。

「とてもとても悲しいことがあったんだ。でも、ぼくはどうすればいいのかわからなくて、苦しんでる。熱が出たのはそのせいかも」

北野香が腕を伸ばしてきた。指先がぼくの頰に触れた。

「坂本さん、可哀想」

「ぼくはどうでもいいんだ。可哀想な人たちは他にいる」

何度も考えたのだ。どうしてリリーがあんなことをしでかしたのか。やむにやまれぬ理由があったに違いない。過失とはいえ、ナベさんを死なせることになってだれよりも苦しんでいるはずだ。

ぼくの知るリリーはそういう人だった。

「悩みは解決しそうですか？」

「どうかな？　でも、解決しなきゃ」

「坂本さんが正しいと思うことをすればいいと思います」

ぼくは思わず微笑んだ。

「そうするよ」

「坂本さんが苦しんでるのにこういうのどうかと思うんですけど、わたし、嬉しいんです」

「嬉しい？」

「坂本さんとこうしていられること。それから、坂本さんが約束を守る人だってことがわかったから」

嘘をついて平然としている大人にはなりたくない。だから、ぼくは約束を守りたい。

葉月のことを忘れることができたら、リリーのことにケリをつけることができたら、その時はじめて――

また眠気が襲ってきた。この数日、嫌になるほど寝ていたはずなのに、どれだけ眠れば気が済むのだろう。

「もうちょっと寝ていよう」

煙草を消し、横たわった。北野香がぼくの左腕を枕にした。ぼくは彼女をそっと抱き寄せ、目を閉じた。

＊　＊　＊

目覚めると、北野香の姿はなかった。ライティングデスクの上にメモが残されていた。

『男の人の家に泊まったってバレたら大変なことになるので、映画サークルの仲間と飲んでたってことにして、始発で帰ります。無理しないでくださいね。それから、女の子を呼ぶときは、もうちょっと部屋を片付けておいた方がいいと思います。

香』

「呼んだわけじゃないぞ。そっちが勝手に押しかけてきたんだろう」

ぼくはメモに向かって呟きながら煙草を吸った。

体調はすっかり元に戻っていた。

24

雑誌売場の隅に、今日発売の『本の雑誌』が置かれていた。

見本誌は昨日、ぼくのアパートに届いていた。だが、こうやって書店で売られているのを見るのは感慨が深かった。

雑誌を手に取って、ぱらぱらとめくった。ぼくの書いた文章が掲載されているページを開き、目を通す。そんな必要はないのに、そうせずにはいられない。

ここのところずっと塞いでいた気分が、少しだけ晴れやかになったような気がした。

中年のサラリーマン風の客が、『本の雑誌』を手に取った。内容を確かめるでもなく別の売場へ移動していく。毎月買っている愛読者なのだろう。

ぼくは遠ざかっていくその背中に会釈した——ぼくの文章が載っている雑誌を買っていただいて、ありがとうございます。

自意識過剰もいいところだ。そのまま雑誌売場にとどまっていたら、自分がなにをしでかすかわからなかったので、ぼくは新刊売場に移動した。

結局、翻訳物の文庫を数冊と、『本の雑誌』を一冊、買った。

故郷の母に送ってやるつもりだった。

晩飯を済ませてから〈マーロウ〉に向かった。熱を出しているあいだ、田丸や佐々木には迷惑をかけたので、今週は月曜から金曜まで、ぼくが出ずっぱりだ。今日は木曜で、そろそろ顕さんや酔っぱらいたちの相手をするのにもうんざりしはじめていた。

ドアの隙間から明かりが漏れていた。だれかが中にいる。顕さんかと思い、そっとドアを開けた。

「おはよう」

田丸の声が響いた。

「おはよう。なにやってんだよ。今週は飲みには来ないって言ってたじゃないか」

ぼくは鞄と本の入った袋をボトル棚の上のいつもの場所に置いた。

「これ買おうと思ってさ」

田丸はカウンターの上の『本の雑誌』を指差した。ぼくの文章が掲載されているページが開いてある。田丸は缶ジュースを飲みながら煙草をふかしていた。

「ついでだから、坂本の顔見ようと思って」

「おれの顔なんかいつもと変わらないだろう」

「そんなことないよ。凄く嬉しそうだぜ」

「まあ、嬉しくないって言ったら嘘になるけど」

「氷はもう冷凍庫に移しておいたから」

田丸が言った。

「サンキュー」

ぼくは田丸の隣のスツールに腰掛け、煙草をくわえた。掃除や洗い物は今朝、店を出る前に済ませてあった。あとは、おつまみ用の乾き物を買ってくれば、すぐにでも営業をはじめられる。

「凄いよな。『本の雑誌』だぜ。おれたちの作ってる『鷲』とは訳が違うんだ」

田丸は勢いよく煙を吐き出した。

「文章の内容は『鷲』とそんなに変わらないよ」

「そう謙遜するなって。おれ、本当に嬉しいんだ。友達の坂本が、プロの物書きの仲入りをしたんだぜ」

「大袈裟だって」

ぼくも煙を吐き出した。狭い店内にあっという間に煙が充満する。ぼくはカウンターから身を乗り出して、換気扇のスイッチを入れた。

「今日はさっちゃんもあとで来るし、小西さんたちも来るって言ってたぜ。祝杯あげようって」

「ありがたいことだな」

ぼくは素っ気ない口調で応じたが、心の中は感謝の気持ちで一杯だった。

「顕さんももう読んだかな？」

田丸が言った。

「おれのところには、昨日、見本誌が届いたから、顕さんのところにも届いてるんじゃないかな」

「昨日、その話出なかったのかよ？」

「うん」

　ぼくは首を振った。自分から言いだすのは気が引けるし、顕さんもなにも言わなかった。書籍や雑誌は大量に送られてくるはずだし、『本の雑誌』もその中に埋もれて気づいていないのかもしれない。

「顕さんの反応だけがちょっと不気味だよな」

「それが怖くて読んだかどうか訊(き)けなかったんだよ」

　ぼくは煙草を消した。田丸は新しい煙草に火を点(つ)けていた。

「そういえばさ、一昨日(おととい)、リリーんとこにちょこっと顔出してきたんだ――」

　一瞬、息が止まりそうになった。

「最近、坂本が顔見せないって心配してたぜ。高熱出して一週間近く寝込んでたけど、今はもうだいじょうぶって話しておいた」

「まだ体調が完璧(かんぺき)じゃないからさ、店、閉めたらどこにも寄らずに帰るようにしてるんだよ」

　ぼくはあらかじめ用意しておいた嘘を口にした。いつか、田丸とこんな会話を交わすこともあるだろうと予想していたからだ。

「病み上がりならなおさら顔出さなきゃだめじゃないかって言ってたよ、リリー。精のつくもの食べさせてあげるのにって」

　そういうときのリリーの顔は容易に思い浮かべることができる。本物の家族のように、親身になって話すのだ。

「そのうち顔を出すよ」

「そうしてやれよ。リリーはおれたちの『ゴールデン街の母』なんだからさ」

「うん」

　田丸はジュースを啜り、雑誌に視線を移した。

「それにしても面白いよ、坂本の文章。よくこんなふうに書けるよな」

「田丸、悪い。おれ、買い出しに行ってくるわ」

　相変わらず自分の文章を褒められるのが照れくさくて、ぼくは腰を上げた。

「坂本、悪いけど、ついでに煙草買ってきてくれる？　これで最後なんだ」

　田丸は吸いかけの煙草をかざした。

「じゃあ、これ吸ってろよ」

　ぼくは自分の煙草をパッケージごと田丸に渡した。ぼくも田丸も吸う銘柄はセブンスターだ。

　店を出てスーパー〈エニイ〉に足を向けた。

　リリーにうっかり出くわさないよう、周囲に気を配る。リリーになにを言えばいいのか、まだ結論が出ていないのだ。

買い出しを済ませ、ゴールデン街の入口にある煙草屋で煙草を買って〈マーロウ〉に戻った。佐々木が田丸の隣に座っていた。

「さっちゃんまで来たのか……」

「こんなめでたい日に来ないわけがないじゃないですか」

佐々木は鞄の中から『本の雑誌』を取りだした。

「坂本君、サイン書いてください」

「冗談言うなよ」

「いいじゃないか。記念なんだし」

田丸までが佐々木と一緒になってサインをせがんできた。

「勘弁してくれよ」

ぼくはふたりを無視してカウンターの内側に移動した。時刻は午後六時四十五分だ。七時を回ったら常連たちが次から次へとやってくるだろう。開店の準備をしておかなければならない。

「他の客が来ないうちに早くサイン」

田丸が言った。

「早くお願いします」

佐々木が雑誌をぼくの目の前に突き出した。

ぼくは冷凍庫から出した氷をアイスピックで砕きはじめた。

「坂本、頼むよ」

田丸の懇願するような口調に手が止まってしまった。

「わかったよ。書けばいいんだろう、書けば」

布巾で手を拭い、サインペンを手に取った。ぼくの文章が掲載されているページの端っこに名前を殴り書きした。

「なんだよ、このミミズがのたくったような字。サインっぽく書けよ」

田丸が唇を尖らせた。

「サインの練習なんてしたことがないんだからしょうがないだろう」

佐々木の雑誌を引ったくり、同じように名前を書き殴った。

「ああ、酷い」

ぼくのサインを見た佐々木の目尻が下がった。

「うるさい。書いてやっただけありがたいと思え」

ぼくはサインペンを元に戻し、また氷を割りはじめた。田丸と佐々木はぼくのサインをどういうデザインにすべきかと話しはじめた。

馬鹿馬鹿しい。作家でもあるまいし、サインなんかどうしようというのだろう。

午後七時になる直前、吉村がやってきた。それからは、ほぼ五分置きに、師角、小西、井上がドアを開けた。

「久々にオールスター勢揃いって感じだな」

田丸が言った。

みんな、日本冒険小説協会の初期からのメンバーで、呆れるぐらいの本好き、映画好きだ。

ぼくが〈マーロウ〉で働きはじめたころは、客の大半は吉村たちのような本好きで、毎日飽きることなく小説の話を肴に酒を飲み、盛りあがっていた。だが、顕さんの酒癖の悪さに辟易した客たちの足が遠ざかり、それと入れ替わるように小説の話をしたいのではなく、顕さん本人が目当ての客が増えた。

吉村たちも昔は週に三日は顔を出していたのに、最近じゃ金曜日に集まるぐらいが関の山だった。

「あ、さっちゃん、坂本のサインもらってる」

佐々木に耳打ちされた小西が声を張り上げた。

「ぼくももらいましたよ」

田丸がぼくのサインが記されたページを広げた。

「おれたちにもサインしてくれよ、坂本」

井上が言った。

師角は静かに微笑んでいる。

「書きますよ。書けばいいんでしょ」

ぼくは降参した。今宵の酒の肴はぼくなのだ。

「でも、後でミミズがのたくった字だのなんだの難癖つけるのはなし。わかった？」

ぼくの言葉に、全員がうなずいた。

ぼくはそれぞれが持ってきた雑誌に名前を書き殴った。

みんな、ぼくのために、ぼくを祝うために集まってくれたのだ。嬉しくて、ありがたい。

けれど、心の底から喜べないのは、リリーのことが引っかかっているからだ。

ぼくはどうすればいいのだろう。どうすべきなのだろう。

考えても考えても、正解は見つからない。

＊　＊　＊

本好きの常連客たちで埋まった店内に、顕さんは上機嫌だった。

店に到着するなり飲みはじめ、出版社から送られてきたゲラで気に入った翻訳小説のことで話を盛り上げ、『本の雑誌』に載ったぼくの文章も褒めちぎった。

「おれが前から言ってただろう？　坂本は文才があるって。『鶩』の原稿でもピカイチだからな。これからもこのレベルの文章書き続ければ、そのうちレギュラーも夢じゃないぞ」

「レギュラーって、連載ってことですか？　それはないですよ、顕さん」

ぼくは首を振った。

「謙遜するな。おまえは本を読む力もあるし、だいじょうぶだ」

「だといいんですけど……」

ぼくは曖昧(あいまい)に言葉を濁して煙草をくわえた。火を点けようとして、田丸と目が合った。

顕さんの上機嫌ぶりが逆に不安なのは田丸も同じなようだった。

このあとの反動が怖いことをぼくたちは知っている。

「終電で帰るなよ」

ぼくは小声で言った。

「わかってる」

田丸も小声で返してきた。

店内は賑(にぎ)わっているが、ほとんどの客は終電前に帰っていくだろう。そうなれば一気に寂しくなるし、そのあとにやってくるのは質(たち)の悪い酔っぱらいである可能性が高くなる。

「じゃあ、ぼくはそろそろ帰ります」

顕さんの話が一段落したところで、吉村が腰を上げた。吉村の家は埼玉にある。他のみんなより終電の時間が早い。

「じゃあ、おれも吉村と一緒に帰るわ」

井上が財布を取り出した。吉村は真っ直ぐ家に帰るだろうが、井上はもう一軒、どこかの店に寄るはずだ。

「気をつけて帰れよ」

顕さんの機嫌はまだ上々だった。

終電の時間が近づくにつれ、ひとり、またひとりと席を立っていく。遅い時間帯に顔を見せる常連が入れ替わるようにやってくる。

小説や『本の雑誌』の話題は遠ざかり、他愛のない馬鹿話で店内は盛りあがっていった。

午前二時を回った頃、ドアが勢いよく開いた。顔を上気させた佳子さんがダイビングでもするみたいに店内に飛び込んできた。

「息子、元気？」

「うん、元気だよ」

「そうでしょ、そうでしょ。わたしも元気だもの。息子も元気だ」

佳子さんはカウンター越しにぼくに抱きつき、頬にキスしてきた。相当に酔っ払っている。

「ご機嫌じゃないか、佳子姫」

顕さんが声をあげた。佳子さんがくると、店内の雰囲気が一気に華やぐ。今夜は大いに盛りあがってはいたけれど、女っ気はまったくなかったから、顕さんの機嫌がさらによくなるのは当然だ。

「こっちにおいでよ」

「顕ちゃん、わたし、今夜は息子に会いにきたの」

佳子さんは顕さんの誘いに首を振って、カウンターの端っこに腰をおろした。

「母さん、ここじゃなくて、あっちの席に座ろうよ」

ぼくは慌てて言った。これでは、顕さんが臍を曲げてしまう。

「わたしは息子のそばがいいの。水割りちょうだい。濃いやつ」

「しょうがねえなあ、佳子姫は」

顕さんが言った。笑顔だが、目は笑っていない。明らかに機嫌を損ねたのだ。

これだけ酔っ払った佳子さんにはなにを言っても通じない。ぼくは諦め、田丸が棚から出してくれた佳子さんのボトルで濃いめの水割りを作った。

「元気な息子に乾杯」

佳子さんは水割りを半分ほど一気に飲んで、歌いはじめた。

「酔いすぎだよ、母さん」

「踊ろう、息子。今日はなんだかとても幸せな気分なのよ」

「こんな狭いところじゃ踊れないよ」

「踊れるわよ」

母さんはハミングしながら踊りはじめた。ただでさえ狭いのに、足もとは覚束なく、上下左右に振る手が他の客にぶつかる。佳子さんは気にする風でもなく踊り続けた。顕さんが苦々しい表情を浮かべても知らん顔だ。

「坂本、佳子姫を止めろ。ここはダンスクラブじゃねえ」

堪忍袋の緒が切れたのか、顕さんが声を荒らげた。常日頃、女性のすることをすべて受け入れるのが本物の男だと公言しているから、自分で佳子さんを止めるのは憚られるのだろう。その代わり、ぼくたちに難癖をつける。

「でも顕さん、相手は佳子さんですし……」

「おれの言うことに逆らうのか、てめえ」

いきなり顕さんの目が据わった。

「ですが……」

「ですがじゃねえ。ちょっと文章が売れたからって調子に乗ってんじゃねえぞ」

佳子さんが踊るのをやめた。顕さんの剣幕に毒気を抜かれたようだった。

「顕ちゃん、怒らないで。わたしが悪いのよ」

「佳子姫は黙っててくれ」

顕さんは佳子さんを一瞥すると、またぼくを睨んだ。

「だれのおかげで『本の雑誌』に文章書けたと思ってるんだ？　おれがいるからだろう。おれのおかげでおまえはここにいて、それで声がかかったんだ。それを偉そうに――」

頭の奥でゴムが切れるような音が響いた。ぼくは自分のグラスに残っていたバーボンのソーダ割りを飲み干した。

「ああ、やってらんねえ」

顕さんに聞こえるように言ってやった。

「坂本――」

田丸が慌てて立ち上がる。

「なんだと？　今、なんて言った」

「やってらんねえ。馬鹿馬鹿しくて、これ以上付き合ってられるか」

「てめえ、だれに向かってそんな口きいてるんだ」

「あんただ、斉藤顕だ。質の悪い最低の酔っぱらいに言ってるんだよ」

「坂本、もういい。やめろよ」

田丸が叫んだ。ぼくはその声を無視してカウンターの外に出た。

「待て、坂本」

顕さんはぼくに飛びかかってこようとしたが、他の客たちに体を押さえられた。

「放せ、てめえら」

「顕ちゃん、落ち着いて」

佳子さんがおろおろしている。

ぼくはボトル棚の上の鞄を引っつかみ、店の外に出た。

「逃げるつもりか、坂本。待て、この野郎」

顕さんの怒鳴り声に背を向け、店を出た。力をこめてドアを叩(たた)きつける。

「死んじまえ、馬鹿野郎」

空に向かって叫んだ。体の内側が燃えるように熱い。

店のドアが開き、田丸が出てきた。

「坂本、戻れ。顕さんに謝るんだ。な?」

「謝らないよ。おれはなにも悪くない」

「そりゃそうだけど、こんなのおまえらしくないよ。あんなの、いつもの顕さんじゃないか」

「おれのことは放っておいてくれよ」

「坂本」

田丸がぼくの腕を摑んだ。

「おれらしくない?」ぼくは田丸を睨んだ。「なにも知らないくせに。なにもわかっちゃいないくせに」

「なんだよ? なにを知らないって?」

「いいからおれにかまうな。もう、顕さんにはうんざりなんだ」

ぼくは田丸の手を振り払い、花園神社の方に足を向けて歩き出した。ゴールデン街の他の店に行く気分じゃない。かといって、始発にはまだずいぶん時間がある。

花園神社の境内に入り、絵馬掛けの近くの階段に腰をおろした。煙草に火を点ける。吸い終わったころにはだいぶ落ち着いていた。

「おまえらしくない、か」

田丸の言葉を思い出して、ぼくは笑った。確かに、ぼくらしくない。リリーのことがあって、ずっとぼくの心は不安定だったのだろう。そんなときに顕さんにいちゃもんをつけられて、我慢の限界が突然やってきたのだ。

「息子」

佳子さんの声がした。

「母さん……」

ぼくは立ち上がった。

「田丸君が、息子はきっと花園神社にいるって教えてくれたのよ」

「ごめんなさい。母さん、機嫌よく酔っ払ってたのに、水を差して」

「いいのよ。わたしが調子に乗って、顕ちゃんの機嫌損ねたんだから」

「ちょっと酔っ払ってたけど、いつもの母さんだったよ。顕さんはおれのことが気に食わないんだ」

佳子さんが階段に腰をおろした。

「ドレスが汚れるよ」

「気にしない、気にしない。なんだか、酔いが醒めちゃった。あんな息子、はじめて見たんだもん」

「ごめん」

ぼくは頭を下げ、佳子さんの隣に腰をおろした。

「なにか悩みでもあるの？」

「ちょっとね」

「わたしには言えない悩み？」

リリーの顔が脳裏をよぎった。

「うん。言えない。ごめん」

「まあ、青春真っ只中なんだから、そんなもんよね。それより息子、ここは腹立ちをぐっとこらえて、顕ちゃんに謝らなきゃ」

「もう、いいんだ、顕さんのことは」

「よくないわよ。息子も知ってるでしょ。顕ちゃんは心根の優しい人なのよ」

「でも、酔うと人が変わる」

「しょうがないじゃない、病気なんだから」

「病気？」

ぼくは驚いて佳子さんの顔を見た。

「そう。人がよすぎて、昼間は自分を殺してるの。で、お酒飲むと、溜まってたものが爆発しちゃうのよ」

「でも、みんながみんなああなるわけじゃない」

「だから、病気なの。息子だって病気よ。わたしも」

「おれが?」

「そう。毎晩毎晩、明け方まで飲み歩いてる酔っぱらいはみんな病気。寂しい病。息子もそうでしょう?　家にひとりでいても寂しいから、用もないのに飲みに出かける。違う?」

飲みに行くのは酒が好きで、酔っ払うことが好きで、酒場の雰囲気が好きだからだ。でも、裏返せば、ひとりで夜を過ごすことを恐れていると言えるのかもしれない。

「病気じゃない人は、ちゃんと終電で家に帰るのよ」

佳子さんはぼくを見て微笑んだ。

「ね?　病人同士なんだから、角突き合わせてないで、思いやりを持って付き合わなきゃ。顕ちゃんはお酒を飲むと症状が出ちゃうの。でも、本当の顕ちゃんはお酒を飲んでないときの顕ちゃん。お人好しで、優しくて、いい恰好しいで」

「それはわかるけど……」

「ゆるしてあげなさい。息子もいつかだれかにゆるしてもらうときがくるんだから」

「ゆるす、か……」

「そう。人はゆるし、ゆるされて生きていくのよ」

他人をゆるすなんて考えたこともなかった。ゆるせないやつはゆるせないやつだ。だから、罵り、ときに殴り合いになったりもする。悪いのは向こうだ。正しくないこと、間違ったことをするからゆるせなくなる。ゆるせないやつは、目の前から消えてもらうしかない。

でも、ぼくは完全無欠な人間じゃない。どこかで間違いを犯すだろう。自分では正しいと思うことが、相手にとって正しいとも限らない。

そんなときに、ゆるされたいと思うなら、ぼくも相手をゆるすべきだ。

けれど……。

ぼくは頭を振った。酔っているせいか、考えがうまくまとまらない。

「今夜じゃなくてもいいのよ」

ぼくを見つめながら佳子さんが言った。

「いつか、ゆるせるようになったらゆるしてあげればいいの」

「いつかゆるすぐらいなら、今、ゆるす」

ぼくは腰を上げた。考えてばかりいても埒があかない。ゆるせなくてもゆるすべきなのだ、きっと。

「謝りに行ってくる」

「わたしは一緒じゃない方がいいわね。ひとりでだいじょうぶ？」

ぼくはうなずいた。

「ありがとう、母さん」

佳子さんに背を向けてゴールデン街に戻った。〈マーロウ〉のドアの前で立ち止まり、中の様子をうかがう。なにも聞こえない。ぞっとするほど静かだ。

深呼吸をして腹を括った。勢いよくドアを開ける。

「坂本、なんで戻ってきたんだよ？」

田丸がぼくの代わりにカウンターの中に入っていた。店にいるのは顕さんと佐々木だけだった。

「坂本――」

制止しようとする田丸を無視して、ぼくは店の奥へ進んだ。

「坂本君……」

心配げな佐々木の肩を叩いた。

顕さんの前で立ち止まる。

「まだおれに言いたいことがあるのか？」

顕さんが言った。まだ目は据わったままだが、さっきよりは落ち着いているように見えた。

「すみませんでした」

ぼくは深く頭を下げた。

「坂本、頭を上げろ」

言われるまま頭を上げた。顕さんの平手が飛んできて頬に激しい衝撃を受けた。思わずよろめいた。

「今日はもう帰れ」

　もう一度顕さんに頭を下げ、ぼくは踵（きびす）を返した。田丸と佐々木が不安そうにぼくたちを見つめている。ふたりに黙礼して店を出た。

「いってぇ」

　ドアを閉めるのと同時に撲（ぶ）たれた頬を押さえた。血の味がする。容赦のないビンタだったのだ。

「謝ったんだから、もうちょっと手加減してくれてもいいじゃねえかよ」

　恨み言を呟（つぶや）きながら、また、花園神社に足を向けた。佳子さんはさっきと同じ場所にいた。

「ちゃんとゆるしてきた？」

　ぼくは佳子さんの言葉にうなずいた。

「それで、ゆるしてもらった？」

「ビンタされた。強烈なやつ。口の中が切れた」

「それぐらいで済んでよかったじゃない。母さんと一緒に、口の中消毒しに行く？」

「ゴールデン街じゃないとこがいいな」

　ぼくは言った。

「じゃあ、六本木に行く？　久しぶりでしょ？」

「うん、行こう」

ぼくは佳子さんの手を取った。今夜はとことんまで酔っぱらいの母さんに付き合おう。それぐらい、佳子さんの存在はありがたかった。

25

史上最悪と言っていいぐらいの二日酔いに苦しみながら、一日中、ゆるすということに思いを巡らした。

ぼくにはゆるせないことが多すぎる。若いからか、それとも性格のせいなのかはわからない。とにかく、いろんなことがゆるせない。

田丸や佐々木はぼくより人の言動に対する許容度が広い気がする。つまり、ゆるせることがぼくより多いのだ。

だとしたら、やっぱり性格のせいだ。

ぼくは自分に甘く、他人に厳しい。だから、人のすることがゆるせない。

それは認めなければならない。ぼくは若く、傲慢（ごうまん）だ。

ナベさんなら、顕さんが酔ってどんな狼藉（ろうぜき）を働こうとゆるしただろう。佳子さんが言ったように、病気なのだからしょうがないのだ。暴言も侮辱も笑って受け流せばいい。

顕さんのような酔っぱらいだけではない。ナベさんはほとんどすべての人間をゆるしていたんだと思う。

だから、いつも穏やかに微笑んでいられたのだ。

ぼくもそんな大人になりたい。なれるだろうか。

「ナベさん――」

ぼくは頭痛に顔をしかめながら空の向こうにいるナベさんに語りかけた。

「ナベさんは、リリーのこともゆるすよね、きっと」

そう。ナベさんはゆるすはずだ。

だから、ぼくもリリーをゆるしてやらなければならない。リリーも、リリー自身をゆるすべきだ。

「気持ち悪い……」

ぼくは呻きながらベッドから起き上がった。

＊　＊　＊

リリーはパチンコ屋にいた。開店前に、たまにパチンコに興じることがあるのだ。夕方五時前のパチンコ屋は空いている。客の射幸心を煽ろうとする軍艦マーチが滑稽だ。

「おはよう」

ぼくはリリーの隣の台に腰かけた。

「あら、早いじゃない。餃子でも食べに行く？　もうちょっと待ってて。今日はツイてないから、今打ってる玉がなくなったら切り上げる」

「ゆっくりでいいよ」

ぼくは言った。台を離れ、店内にある自販機でスポーツドリンクを買った。二日酔いはまだ続いていた。

「酷い顔。相当飲んだの？」

台に戻るとリリーがぼくの顔を見た。

「うん。六本木の佳子さんと、朝の八時ぐらいまで飲んでた」

「田丸に聞いたわよ。顕ちゃんと怒鳴り合いの喧嘩(けんか)したんだって？」

「後で謝って、ビンタ喰(く)らった」

「あんたらしくないじゃない」

「そうだね。らしくない。まあ、それもあって、佳子さんに慰めてもらいながら飲んでた。ちょっと飲みすぎたよ」

「若いんだからって無茶しちゃだめよ。後でツケ払うことになるんだから」

「わかってるんだけど、酔っ払うと自分が止められなくなるんだよ。一種の病気だね」

ぼくと顕さんじゃ、酔い方が違う。つまり、症状が違うということだ。顕さんもぼくも、リリーも病気だということに変わりはない。

「はい。今日はこれで打ち止め。こんちくしょう」

リリーは台に悪態をついて腰を上げた。

「行きましょう。その感じじゃ、餃子は無理ね。わたしの店でコーヒーでも飲む？」

「ありがとう」

ぼくはスポーツドリンクをがぶ飲みして、リリーの後を追った。

「だいぶ涼しくなってきたわね」

「うん。今年の夏は長かったよ」

ぼくたちは肩を並べてゴールデン街の路地を歩いた。まだ、人の姿はほとんどない。忙しく立ち働いているのは酒屋や氷屋の配達人ぐらいだった。

「ちょっとむっとするわよ。うちのエアコン、オンボロだから」

「慣れてるよ。ゴールデン街の店はどこも同じだから」

ぼくはそう言って笑い、顔をしかめた。油断していると、頭痛が牙(きば)を剝(む)いてくる。

リリーが鍵(かぎ)を取りだして、店のドアを開けた。かすかに黴(かび)臭いむっとする空気がぼくたちを取り囲んだ。

明かりが灯(とも)り、リリーがカウンターの内側に移動した。リモコンでエアコンのスイッチを入れる。

「アイスコーヒー？」

「できればあったかいのがいいな」

ぼくは答えた。

「OK」

リリーは薬缶に水を張り、コンロにかけた。煙草をくわえ、マッチを擦って火を点ける。

それを見ていたら、ぼくも煙草が吸いたくなった。吸えば気持ちが悪くなるのがわかっているから、目覚めてからずっと我慢していたのだ。

「煙草なんて吸ってだいじょうぶ？　あんたのそんな酷い顔、見たことないわよ」

ぼくが煙草をくわえると、リリーが心配そうに声をかけてきた。

「一服だけ」

リリーに手渡されたマッチで煙草に火を点けた。煙を吸い込んだ瞬間、後悔に襲われた。火を点けたばかりの煙草を灰皿に押しつけ、吐き気を紛らわすためにスポーツドリンクを口に含んだ。

「ほら、言わんこっちゃない」

リリーが呆れたというように笑った。

「コーヒーが入るまでおとなしくしてなさい」

「そうする」

ぼくはまたスポーツドリンクに口をつけた。さっき買ったばかりなのに、ボトルはもうほとんど空だった。

リリーはドリッパーにペーパーフィルターをセットし、冷蔵庫から出してきたコーヒーの粉を入れた。

　それを待っていたというように薬缶が盛大に湯気を吐き出した。

「タイミングばっちりだね」

「当たり前じゃないの」

　リリーは煙草を消し、湯を注いだ。

　リリーが丁寧にコーヒーを淹れる姿を、ぼくは頬杖をついて見守った。漂ってくるコーヒーの香りを嗅ぐと、吐き気がいくぶんおさまった。

「はい、お待ちどおさま」

　マグカップが目の前に置かれた。ぼくは淹れたばかりのコーヒーを一口、啜った。

「美味しい」

「あんた、わたしのコーヒー美味しいって評判なのよ。下戸のくせに、わたしのコーヒー飲みたくて常連になった客だっているんだから」

「下手な喫茶店で飲むよりずっと美味しいよ」

　ぼくは立て続けにコーヒーを口に含んだ。

「それで、今日はなんなの？　あんたがこんな早い時間にパチンコ屋までわたしを捜しに来るんだから、なにかあるんでしょ？」

　ぼくはマグカップをカウンターに置いた。濃褐色の液体の表面に、ナベさんの顔が浮かんでいるように思えた。

「見つけちゃったんだ」

「見つけたって、なにを？」

「ナベさんが死んだ日、この辺で空き瓶集めをやってた浮浪者」

ぼくはゆっくり顔を上げた。リリーの表情が凍りついていた。

「その浮浪者があの日、不審な人間を見かけたって。薄い水色の地に花柄のアロハを着てたらしいんだ」

ぼくは言葉を切り、コーヒーを啜った。ほんの数秒前まではふくよかな旨味を宿していたものが、ただの苦い液体に変わっていた。

「チューイを預かったときにさ、籠に敷いてあったのもアロハだったよ。水色の地に花柄の。袖口に染みがついてて、最初は醬油をこぼしたのかなって思ってたんだ。でも、あれ、血だよね」

リリーは唇を嚙んで、宙の一点を見つめていた。

「処分するつもりだったの、つい忘れちゃった？」

リリーは答えなかった。

「警察が言ってた。ナベさんは犯人に投げ飛ばされたんだろうって。それで頭を強くコンクリートに打ちつけて亡くなったんだって。リリー、元柔道部だろう？」

リリーはうつむいた。

「理由を知りたいんだ、リリー」

「お金が欲しかったのよ」

リリーは口を開いた。

「去年、父が倒れて、母ひとりじゃ食い扶持稼ぐのもままならないっていうんで、仕送りしなきゃならなくなったのよ。だけど、こんなちゃちな店で稼げる金なんてたかが知れてるの。わたしだって食べていくだけでかつかつなんだから」

リリーの目は潤んでいた。

「だから、早く地上げ屋にこの店の権利を売りたかったのよ。なのに、みんなゴールデン街を守るだのなんだの勝手なこと言って、なかなか地上げが進まないから、こんな街、火を点けて燃やしてやれって思ったの」

ぼくは黙って苦いだけのコーヒーを啜った。

「そしたら、それをナベちゃんに見つかっちゃったってわけ。間抜けにもほどがあるわ。慌てて逃げようとしたら、ナベちゃんに腕を摑まれて……捕まるわけにはいかないって思った。わたしが刑務所入ったら、寝たきりの父ちゃん抱えて、母ちゃんが困るって」

父と母が、父ちゃんと母ちゃんに変わっていた。オカマのリリーが、本来の自分に戻ったかのようだった。

「それで、反射的にナベちゃんを投げちゃったの。殺すつもりじゃなかった。怪我をさせるつもりもなかった。ただ、逃げたい一心で……でも、ナベちゃん、ぐったりして、動かなくなって。学生時代ならもっと綺麗に投げられたのに、ぶくぶく太って体がなまってるから、あんなことになったのよ」

リリーは両手で顔を覆って泣きはじめた。

「頭から血を流してるナベちゃんを抱きかかえて、なんとか目覚めさせようとしたけど、だめだった。ナベちゃん、死んじゃってたの……。自首しようと思ったのよ。でも、そうなったら母ちゃんはどうなるんだ、チューイはどうなるんだって……ううん、違う。ただ怖かったのよ。自分が可愛かったの」

「もういいよ、リリー」

ぼくはカウンター越しにリリーの肩に手を置いた。

「理由が知りたかっただけだし、おれの想像してたとおりだったから」

「わたしがあんたの大好きだったナベちゃんを死なせちゃったのよ」

リリーは叫ぶように言った。

「ナベさんのこと、大好きだったけど、リリーのことも大好きだから」

「見逃してくれるの？」

ぼくは首を振った。

「どうすべきかはリリーが決めることだよ。リリーがどんな選択をしても、ナベさんはきっとゆるしてくれると思うんだ。だから、おれも、リリーのことをゆるす」

リリーが抱きついてきた。リリーはぼくを抱きすくめたまま、赤ん坊のように泣きじゃくりはじめた。

その泣き声を耳にした途端、胸が張り裂けそうになった。

ぼくもリリーを抱きしめ、一緒に声をあげて泣いた。

＊　＊　＊

ウイスキーのオン・ザ・ロックを飲み干すと、二日酔いがずいぶんましになった。海外旅行に行った客がお土産にと持ってきたローヤルサルートを、リリーが飲ませてくれたのだ。

「わたし、自首するわ」

リリーが空になったグラスにウイスキーを注いでくれた。散々泣いたせいか、リリーは憑きものがおちたような顔をしていた。

「寂しくなるな」

ぼくはウイスキーを舐めるように飲んだ。リリーとの別れの酒だ。

「しょうがないわよ。罪は償わなくちゃ。でも、坂本、ちょっと待って欲しいの。自首する前に、この店の権利は地上げ屋に売るわ。その金を母ちゃんに送る。それから、チューイの面倒をみてくれる人を探さなきゃ」

「信じてるから、リリーの好きにすればいいさ。チューイのことだけど、心当たりがあるから聞いてみるよ」

「あんたの知り合いで猫を飼えるところに住んでるやつがいるの？」

「実家に住んでるのがいるんだ」

「ああ、実家ね。それならだいじょうぶね。悪いけど、聞いてくれる？」

「もちろん」

「ありがとう。坂本のおかげで心が軽くなった」

リリーが掲げたグラスに、ぼくは自分のグラスをぶつけた。

「だいぶ顔色がよくなってきたわね。それを飲んだら、なにか食べにいこう。お腹減ったし、あんたに奢（おご）ってあげるのも、これが最後になるかもしれないし」

「店は？」

「今日は閉店。朝まで飲むの。付き合ってくれる？」

「もちろん」

「田丸は仕事かしら？」

「もうさっちゃんひとりでできると思うから、電話するよ。今日はサボれって」

ぼくは電話に手を伸ばした。もう、午後六時を回っている。田丸と佐々木は店にいるはずだ。

「はい、〈マーロウ〉です」

電話が繋（つな）がると、田丸の声が響いた。

「坂本だけど――」

「おまえ、昨日はなんだよ」

「ごめん。我慢できなくてさ」

「顕さんはなんだか静かになっちゃって不気味だし、リリーんとこに行ってもおまえいないしさ。今日だって何度も電話かけたんだぞ」

二日酔いで七転八倒しているときに何度も電話がかかってきていた。

「酷い二日酔いで電話に出るどころじゃなかったんだ。ごめん」

「頼むよ。おまえが顕さんにあんな態度取るなんて——」

「もう、さっちゃんひとりでも店、だいじょうぶだよな？」

ぼくは田丸の言葉を遮った。

「うん、だいじょうぶだとは思うけど……」

「今日は店、さっちゃんに任せてさ、おれと田丸とリリーでとことん飲もうって話になってるんだけど」

「話になってるって、リリー、そばにいるの？」

ぼくは受話器をリリーに向けた。

「おいでよ、田丸。たまには三人で心ゆくまで飲みましょう」

「どう？　行こうぜ」

再び耳に当てた受話器に向かって言った。

「ちょっと待って……」

田丸の声が遠ざかった。佐々木に話をしているのだろう。

「さっちゃんがかまわないって。でも、昨日の今日で、おれまで店休んだら、顕さん、機嫌悪くしないかな」

「顕さんのことなんかほっとけよ」ぼくは言った。「今日はリリーの大切な日なんだ」

「大切な日って、誕生日だったっけ？」

「いいから早く来いって。待ってるからな」

電話を切り、ローヤルサルートを口に含んだ。これまでの人生で飲んだ一番うまい酒だと思った。

リリーと目が合った。また、胸が張り裂けそうになった。

ぼくは目を逸らし、ローヤルサルートを一気に飲み干した。

二日酔いは遠い彼方に走り去っていった。煙草を吸う。吐き気を覚えることもない。

いつものぼくに戻ったのだ。

昨日もとことん飲んだけれど、今夜もリリーのためにとことん飲もう。

＊　＊　＊

「リリーの大切な日って電話で言ってただろう？　あれはどういう意味だよ？」

リリーがトイレに行くと言って席を立った後、田丸がぼくの耳元で囁いた。

歌舞伎町と大久保の間にある韓国料理屋は、真夜中近くになっても客がひっきりなしにやって来る。

　ぼくはキムチを口に放り込み、マッコリで胃に流し込んだ。

　トイレに入る前に、リリーが振り返ってぼくを見た。ぼくがうなずくと、リリーもうなずき返した。

　田丸ひとりを蚊帳の外に置いておくことはできない。そろそろ本当のことを話す必要がある。リリーもぼくの気持ちを悟ってくれたのだ。

「空き瓶集めしてた浮浪者の話、覚えてる？」

「ナベさんを殺したやつが派手なアロハ着てたってやつだろう。忘れるわけないじゃん」

「あの後、もう一回確かめにあの浮浪者のところに行ったんだ」

　ぼくはまたマッコリを口に含んだ。田丸は韓国産の焼酎をストレートで飲んでいる。

「あの日見た男が着てたのは青や緑じゃなくて、薄い水色のアロハじゃないかって。花の模様がついてるやつ。そしたら、記憶が鮮明になったらしくて、間違いない、そのアロハだって断言した」

「そのアロハに見覚えがあるのかよ？」

　田丸の表情がかすかに曇った。悪い予感を覚えたのだろうか。ぼくは田丸の目を真っ直ぐ見据えた。

「リリーのアロハだ。ぼくが見たときは、袖口に血の染みみたいのがついてた」

「まさか……」

田丸はトイレの方に顔を向けた。リリーが出てくる気配はない。

「事故だったらしい。リリーは金が必要で、地上げが早く進むよう、どこかの店に火を点けようとしてた」

「放火犯もリリーなのかよ」

ぼくはうなずいた。

「リリーは認めたのか？」

「自首するって」

「なんでリリーが……」

田丸は両手で顔を覆った。

「事故だったんだ」

ぼくは繰り返した。田丸のグラスが空になっていた。焼酎を注いでやり、自分のマッコリを飲む。

「自首するっていっても、リリーの実家、お父さんが倒れて大変なんだろう？」

田丸は焼酎を一口で飲み干した。また、焼酎を注いでやる。

「地上げ屋に店の権利売って、その金を故郷に送ってから自首するつもりみたいだ。おれは、リリーの好きにさせてやりたい」

「だけど、ナベさんは――」

「ナベさんも待ってやってくれると思わないか？」

田丸の肩から力が抜けた。

「そうだな。ナベさんなら、笑って待ってるよな」

田丸はぼくのグラスにマッコリを注ぎ、蟹（かに）の唐辛子漬けを食べた。

「さっきまではめっちゃ辛かったのに、今は全然辛くないぞ、これ」

田丸の顔は真っ赤で、目尻には涙が浮かんでいた。

「泣いていいぞ」

ぼくは言った。

「ふざけんな。だれが泣くか」

「おれは泣いた。リリーと抱き合って、わんわん泣いた」

「だから昨日はあんなことになったのか……」

田丸は溜息をついた。煙草をくわえ、火を点ける。

「なにも知らないくせにって言われたの、このことだったんだな」

「そういうこと」

ぼくも煙草をくわえた。田丸のライターを拝借して火を点けた。

「わかったときに相談してくれればよかったのに」

「おまえがおれだったらするか？」

ぼくは訊き返した。

「しないっていうか、できないかな、やっぱり」

「だろう？」

「ああ、リリーの店がなくなっちゃうのか。寂しいなあ」田丸は煙を盛大に吐き出した。

「顕さん絡みの愚痴聞いてくれる人間がいなくなっちゃう」

「田丸はもうすぐ辞めるんだから関係ないだろう」

「バイト辞めたからって縁が切れるわけじゃないし……」

「おれも来年の春になったら辞める」

　ぼくは言った。

「本気か？」

「もう、限界だと思う。『鷲』の編集の手伝いとかは続けるけど、酔っ払った顕さんのそばにいるのはもうごめんだ」

　ゆるすべきなのはわかっているけれど、ゆるせそうにない。ならば、距離を置くしかなかった。

「そうか、坂本も辞めるのか。だれか、代わりの人間探さないと」

「大野に声をかけてみようかと思ってるんだ」

　田丸がうなずいた。大野というのは佐々木の映画サークルの後輩だ。佐々木と同様、映画も小説も大好きで、月に一、二度、〈マーロウ〉に顔を出す。

「大野だったらだいじょうぶそうだな……でも、リリーがいなくなって、坂本も辞めるとなると、いろいろ変わっちゃうな」

「なに言ってるんだよ。先に逃げ出すのはそっちのくせに」

「おれさ――」田丸は煙草を消し、焼酎を呷った。「毎晩飲んだくれて、好きな小説や映画の話して、こういう楽しいことが一生続くんだって思ってた時期があるんだ」

「おれもあるよ」

ぼくもマッコリを飲んだ。

「でも、楽しい時間って、そう長くは続かないんだなって最近思う」

「おれも思う」

「真似するなよ」

「真似なんかしてないよ――痛っ」

いきなり頭頂部を小突かれて振り返った。顔を赤らめたリリーがぼくたちの真後ろに立っていた。

「わたしが戻ってきたのにも気づかないなんて、なんの話してたのよ?」

「リリー、便所長いなあ。ウンコでもしてんじゃないのかって」

「馬鹿ね。オカマはウンコなんてしないのよ」

リリーの言葉に、ぼくと田丸は笑った。

楽しい時間は長くは続かない。だから、今を目一杯楽しむべきなのだ。

「リリー、おれ、なんにも知らなくてごめんよ」

田丸がリリーの手を取った。目が潤んでいる。

「泣いちゃだめよ、田丸。わたしも泣きたくなってくるじゃない」

リリーの目にも涙が浮かんだ。ふたりは手を取り合って、おいおいと泣きはじめた。

26

「おはようございます」

店に入って来た顕さんに声をかけた。こんなときに限って店には閑古鳥が鳴いている。

「なんだ、今日は客がいないのか」

顕さんは呟くと、ショルダーバッグをいつもの場所に置き、いつもの席に腰かけた。

「今日は開店から一組来ただけです。ビール飲んだだけで帰っちゃいました」

「たまにはそんな日もあるよな。お茶をくれ」

「はい」

ぼくは湯を沸かし、マグカップにティーバッグを垂らして緑茶を淹れた。煙草を吸いはじめた顕さんの前にカップを置いた。

「サンキュ」

顕さんは茶を啜った。

「話があるんですけど」

ぼくはタイミングを計って顕さんに声をかけた。

「ここのバイト、来年の三月いっぱいで辞めたいと思って」

「なんだ？」

「この前のことが理由か？」

顕さんは上目遣いにぼくを見た。一昨日の夜のことは覚えているのだ。

「そうじゃないんです」ぼくは首を振った。「このままだと、出席日数足りなくて、四年で卒業するのきついんですよ。顕さんも知ってのとおり、うち、貧乏なのに、無理言って学費と生活費出してもらってるから、留年はできないんですよね」

顕さんはうなずきながら茶に口をつけた。

「まあ、学業の方が大切だからな。だけど、田丸も辞めるし、おまえまでいなくなると少し困るな」

「大野に声をかけてみようかと思ってるんです」

「佐々木の後輩か？」

「はい。あいつなら人当たりもいいし、割のいいバイトがあったらやりたいって話もしてたんで」

「代わりの人間が見つかるなら、いつ辞めてもいいぞ」

「我が儘言ってすみません」

「いいんだ。おまえら学生は勉強が本分だからな」

顕さんは煙を吐き出し、短くなった煙草を消した。

「昨日、また佳子姫が来てな」

唐突に話題が変わった。

「母さんが？」

「珍しく、ほとんど素面で、こんこんと説教された」

「母さんが、顕さんを？」

「酔っ払うのはおれの勝手だが、若いもんを傷つけてどうするんだってな」

顕さんの顔に、照れ笑いとも苦笑ともつかない表情が浮かんだ。

「この店をはじめた頃に入ったバイトはみんな半年もしないうちに辞めていったんだ」

ぼくはうなずいた。

「みんなに、顕さん、やりすぎだって言われて、これでも反省したんだぞ。それでいろんなことをこらえるようになった。そのせいかどうかわからんが、おまえも田丸も二年近く、頑張ってくれたな」

ぼくは曖昧に微笑んだ。あれで抑えているのだとしたら、ぼくが出会う以前の顕さんの理不尽ぶりは筆舌に尽くしがたいものだったに違いない。

「それでもだめだと言われたら、おれはこれ以上どうしたらいいのかわからねえ」

酒を飲むのをやめてください——喉元まで出かかった言葉を、ぼくは飲みこんだ。顕さんを正すのはぼくの役目ではない。たとえ、ぼくがなにかを言ったとしても、顕さんは耳を傾けようとはしないだろう。

「でも、佳子姫の言うとおりなんだろうな。おまえがおれに食ってかかってくるなんてな」

「一昨日は、ぼくも虫の居所が悪かったんです。すみません」

リリーの件は、田丸を除いてまだだれにも話していない。チューイの引き取り手が見つかって、リリーが自首するまで、自分たちの腹に収めておこうと田丸と決めていた。

「おれに怒鳴ったんだぞ、おまえ」

「すみません」

ぼくはもう一度頭を下げた。

「ぶち殺してやろうかと思った。だれよりも目をかけて可愛がってるおまえにそう思ったんだ。もう、おれにそんなことを考えさせるな」

結局はそういうことだ。自分の言動は棚に上げて、自分だって傷ついたと主張する。

病気なのよ——佳子さんの言葉が頭の奥でよみがえった。

「ぼくもぶち殺されるんだろうなって思ってましたよ」

肩をすくめたいのをこらえて、ぼくは微笑んだ。

顕さんはお茶を一気に飲み干すと、カップを勢いよくカウンターの上に置いた。

「こんな話してると気が滅入ってくるな。坂本、今日はどうせ客もいないんだし、店閉めろ。久々に、四谷に繰り出すか」

「行きましょうか」

ぼくは、スイッチを押して、看板の明かりを消した。

半年後には、ぼくがこのスイッチを押すこともなくなるのだ――そう思ったが、なんの感慨も湧かなかった。

＊　＊　＊

「ごめんなさい。わたし、やっぱり西部劇ってよくわからないです」

北野香はハンバーガーを頬張りながら言った。

「なんで？　めちゃくちゃカッコいいのに」

ぼくはコーラを飲み、煙草に火を点けた。北野香を呼び出し、一緒に『ペイルライダー』を観てきた。

「イーストウッドがカッコいいのは認めますけど、後は……」

盛りあがった気分に水を差され、ぼくは不機嫌に煙を吐き出した。

『ペイルライダー』は、西部劇の名作『シェーン』へのオマージュ作品だ。だが、筋立てが、同じくイーストウッドが監督、主演した『荒野のストレンジャー』と似通っている。

映画の中で説明されるわけではないのだが、二作とも主役のガンマンは亡霊でもあるかのように描写される。『ペイルライダー』の主役は悪徳保安官とその部下たちに殺された男。『荒野のストレンジャー』では殺された正義感の強い保安官。

本当のところがどうなのかはだれにもわからない。

どうしてイーストウッドはこんな西部劇を撮ったのだろう。

西部劇やイーストウッドに関する知識を共有するだれかと語り合いたかった。

だが、北野香では無理だ。そもそも西部劇が大好きだなんていう女性は少ないのだから。

「一緒に観る相手を間違えたな」

ぼくは呟いた。

「わたしは『パリ、テキサス』を観たいって言ったのに、坂本さんが無理矢理『ペイルライダー』にしたんじゃないですか」

北野香が唇を尖らせた。彼女の言うとおりだった。

「悪い、悪い。どうしても観たかったんだ。ごめんよ」

ぼくは謝った。

「つまらなかったわけじゃないから、別にかまわないですけど」

北野香はフライドポテトに手を伸ばした。

「もう一回観に行かなきゃ」

ぼくは言った。北野香と一緒でなければ、あのまま映画館に居つづけて、次の上映がはじまるのを待っただろう。

「また観るんですか？」

「観なおして確認したいことがたくさんあるんだ、この映画」

「そうなんですか？」

「イーストウッドが演じたガンマン、あれ、生身の人間じゃなくて亡霊かもしれない」

北野香が目を丸くした。

「だって、悪党たちを撃ち殺してましたよ。亡霊なら、わざわざ銃を使わなくてもいいんじゃないですか」

「そう示唆するような映像や台詞がいくつかあったんだ。だから、観なおしてチェックしたいんだよね」

細かいことを彼女に教えるつもりはなかった。教えたところで理解できないだろう。

「わたし、全然気づかなかったな」

北野香は口の中のポテトをコーラで胃に流し込むと、身を乗り出してきた。

「この後、どうします？　飲みに行っちゃいますか？」

先日の看病のお礼に、今日は映画も食事もぼくが奢ると言ってあった。もちろん、酒も含まれる。

「飲みに行くつもりなんだけど、その前に、ひとつ、訊きたいことがあるんだ」

ぼくは煙草を消した。

「なんですか？」

「君は実家暮らしだろ？　猫を飼うなんてできるかな？」

北野香が首を傾げた。

「猫ですか？　だいじょうぶだと思いますよ。わたしが子供の時、飼ってましたから。父も母も猫好きで。ただ、その猫が亡くなったのが辛かったみたいで、母はもう生き物は飼わないって言ってますけど……わたしと父が飼いたいって言ったらだいじょうぶかな」

「実はさ、知り合いが猫を引き取ってくれる人を探してるんだ」

「そうなんですか？」

「ペルシャ猫。チューイっていう牡で、まだ子供で凄く可愛いんだ」

「その人、猫を飼えなくなったんですか？」

「事情があって、遠くへ行かなきゃならなくなったんだよ。チューイのこと愛してるんだけど、どうしても一緒にはいられない」

北野香はコーラを啜った。

「どうしてわたしにその猫のこと頼もうって思ったんですか？」

「短い期間だけど、チューイを預かって一緒に暮らしたことがあるんだ。情が移ったっていうのかな？　だから、できることなら知ってる人、信頼できる人に飼ってもらいたいと思ってさ」

北野香の顔が輝いた。

「わたし　坂本さんにとって信頼できる相手なんですね。嬉しい」

「どうだろう。チューイのこと、頼めないかな？」

「もし、ウチでチューイを飼うことになったら、坂本さん、家まで会いに来ます？」

リリーはチューイの様子を知りたがるだろう。定期的にチューイの様子を見て、手紙かなにかで知らせてやりたいと思っていた。

「うん、行くよ」

「来たら、少なくともわたしの母に会うことになりますよ。すっごく好奇心旺盛な人だから、なんだかんだ訊かれます。それでもだいじょうぶ？」

ぼくはうなずいた。

「それぐらい、平気だよ」

「じゃあ、まず、父を説得します。父がその気になったら、二対一だから、母に勝ち目はないです。チューイ、ウチの猫になりますよ」

「ありがとう」

ぼくは北野香の手を取った。

「やめてください。人に見られるじゃないですか」

北野香はぼくの手を振り払ったが、満更でもなさそうな表情を浮かべていた。

＊　＊　＊

「いらっしゃい」

濃い化粧をしたリリーが笑顔を浮かべた。ここのところ、リリーは手を抜かずに濃い化粧と黒いドレスのオカマとして店に出ている。自首するまでの間、精一杯店を続けていこうと決めたらしい。

「あら、坂本が女の子を連れてくるなんて珍しい」

リリーが目を瞠った。

「はじめまして。北野香です」

北野香が頭を下げた。

「なによ、あんたの彼女？」

「そんなんじゃないよ」

ぼくは首を振り、いつもの席に腰を落ち着けた。北野香はぼくの右隣に座った。ふたり連れの客が一組いるだけだった。

「坂本が女連れてくるなんて、祝杯よ。今夜はわたしが奢るからどんどん飲みなさい」

リリーはいつもより甲高い声を発した。化粧をすると、声音まで変わってくるのだ。

「じゃあ、まず、ビール」

「かしこまりました」

「凄くお世話になってる人なんだ」

ぼくは北野香の耳元で囁いた。

「素敵な人ですね」

北野香が言った。ぼくはその言葉にいたく満足した。

「ビール、お待ちどおさま。じゃんじゃん飲んでいいのよ」

ビールを運んできたリリーが、北野香にウィンクした。

「いいんですか、本当に？」

「当たり前じゃないの。わたしの可愛い坂本の彼女なんだから」

「だからそういうんじゃないって」

ぼくはビール瓶を受け取り、北野香のグラスに注いだ。自分の分は手酌だ。

「あら、照れてるわ、この子。可愛い」

今夜のリリーは全力でオカマのリリーを演じていた。

「うるさいな。あっち行け」

ぼくはリリーを手で追い払うと、グラスを持ち上げた。

「乾杯」

北野香のグラスと合わせ、ビールに口をつけた。

「美味しい」

北野香が微笑んだ。

「お嬢ちゃん、魚の煮付けとかだいじょうぶ？」

「はい。大好きです」

「そう。じゃあ、待ってて。わたしの煮付け、すっごく美味しいのよ」

「リリー、チューイのことだけどさ」

ぼくはふたりの会話に割って入った。酔っ払う前に話しておきたかった。

「引き取ってくれる人、見つけてくれたの？」

一瞬、リリーの声がいつものものに戻った。

「彼女」

ぼくは北野香に目を向けた。

「実家暮らしなんだ。まだ確約はできないけど、多分、だいじょうぶ。彼女の家で引き取ってくれる」

「本当なの？」

「はい。ちょっと母が障害になりそうなんですけど、全力で説得します。だって、リリーさんの大切な家族ですもんね、猫ちゃんは」

北野香は胸を張った。リリーの表情が崩れた。あっという間に溢れてきた涙が、目の周りの化粧を押し流していく。

「リリー、泣くなよ」

「泣かないでください、リリーさん」

　ぼくと北野香は同時に声を発した。リリーが両手で顔を覆った。他の客たちが呆気にとられている。

「ほら、他にもお客さんがいるじゃないか。接客、接客。リリーはプロだろう」

「だって、あんたたちが優しいから」

「恩返しだよ。当たり前のことしてるだけだから、気にするなよ」

「だって、わたしはあんたの大好きだったナベちゃんを――」

　リリーは途中で口を閉じた。慌てて奥のふたり連れの顔色をうかがう。

「ナベさんはきっとゆるしてくれる。おれと田丸はそう思ってる」

　ぼくは囁くように言った。

「ありがとう。こんなわたしのために……ちょっとトイレ行ってくる」

　リリーはトイレに消えていった。

「なんの話ですか？」

　北野香がぼくの耳元で言った。

「今はまだ話せないんだ。話せるときがきたら話すよ。チューイの大切な里親だもん。知るべきことは教えるよ」

「なんだろう？」

「いいから」

ぼくは彼女のグラスにビールを注ぎ足した。

「これが終わったらなにを飲む？」

「なんにしようかな……」

北野香はボトルの棚に目をやった。

「坂本さんはこの店で普段、なにを飲んでるんですか？」

「リリーが勝手に出してくれる酒を飲んでる」

ぼくは小声で続けた。北野香は首を傾げた。

「流れたボトルをぼくたちに飲ませてくれるんだ」

「ああ、そういうことですか。じゃあ、わたしもそれでいいです」

「ＯＫ」

ぼくは煙草をくわえた。ビールを呷り、煙草に火を点ける。

リリーが戻ってきた。目の周りの化粧は滲(にじ)んだままだが、涙は止まっていた。

「お嬢ちゃん、なにを飲む？」

リリーは北野香に訊いた。

「坂本さんと同じのでいいです」

「そう。じゃあ、これね」

リリーはカウンターの下の方から焼酎のボトルを引っ張りだしてカウンターの上に置いた。これまで見たことのない、高級そうなラベルの貼られた焼酎だった。

特別な客にしか出さないのよ。今夜はわたしの奢りだから好きなだけ飲みなさい」

「でも、申し訳ないです」

「いいから飲みなさい。わたしも飲むから」

ぼくと北野香は氷入りの水割りで、リリーはお湯割りで乾杯した。

「いい、お嬢ちゃん？　坂本はね、威張りん坊なのよ」

リリーが言った。

「なんだよ、いきなり」

「猿山の牡猿みたいなの」リリーはぼくの抗議を無視した。「男でも女でもとにかく自分の下に置きたがるのよ。田丸だって佐々木だって、年上なのにタメ口だし、呼びつけにしたりするでしょ」

「それは田丸やさっちゃんが――」

リリーはぼくの口を手で塞いだ。

「そのくせね、寂しがり屋で甘えん坊なのよ。普段は偉ぶってるくせに、甘えたい時には甘えさせてもらえないとだめなの。面倒くさい男だけど、お嬢ちゃんならだいじょうぶよね？」

「どうかな？　ちょっと自信ないですけど」

「男なんてね、掌の上で転がしてればいいのよ」

ぼくはリリーの手を外した。

「変なこと吹き込むのやめろよ、リリー」

「あんたは黙ってなさい」

いつになく強い口調に、ぼくは口を閉じた。

「面倒くさいけど、律儀な男だから、信じてだいじょうぶだから。お嬢ちゃんのこと、絶対にしあわせにしてくれるから」

「はい」

北野香がうなずいた。

「坂本はね、わたしの弟なの。わかる？」

「はい」

「猫のチューィと坂本、お嬢ちゃんに託すから、よろしくね」

「頑張ります」

リリーがやっとぼくに目を向けた。

「いい子見つけたわね、坂本」

「だからそういうんじゃないってば」

「お黙り。あんたのことなんかお見通しなんだから。気に入ってるんじゃなかったら、ここには連れて来ないでしょ。たまには素直になりなさい」

「なんだよ、もう」

ぼくは舌打ちし、煙草を吸った。リリーのせいで、北野香の顔をまともに見ることができなくなっていた。

「お腹は減ってる？」

リリーが北野香に訊いた。

「ハンバーガー食べてきたから、だいじょうぶです」

「なによ、坂本。女の子とデートするのに、ハンバーガー？　馬鹿じゃないの？　もっとお洒落(しゃれ)でまともなものを食べさせてあげなさいよ」

「うるさいな。リリーには関係ないだろう」

ぼくは邪険に答えた。

「あら。リリーお兄さんが弟のことを心配してるんじゃないですか。もっと素直に言葉を受け止めないと」

北野香が言った。リリーとふたりでタッグを組んで、ぼくを責め立てることに決めたようだ。

「好きにしろよ、もう」

ぼくは焼酎をがぶ飲みした。視界の隅で、リリーと北野香が顔を見合わせ、微笑んでいた。

＊　＊　＊

「いい方ですね、リリーさんって」

北野香が言った。ぼくたちは新宿駅に向かって歩いていた。もうすぐ始発電車の時間だ。空はとっくに白み、残暑の気配を滲ませている。一晩中エアコンの効いたリリーの店にいて冷えた体が、もう汗ばんできている。

「うん」

ぼくは足もとに視線を落とした。北野香の家がチューイを受け入れてくれるなら、リリーに思い残すことはないはずだ。自首するのもそんなに遠い日ではないだろう。もうリリーの店でタダ酒にありつけることはなくなるのだ——そう思うと、胸にぽっかりと穴が開いたような気がした。ナベさんの笑顔を二度と見ることができないのだと思ったときと同じぐらい、寂しくてやるせなかった。

「坂本さん、だいじょうぶですか？」

気がつけば、北野香がぼくの顔を覗きこんでいた。

「うん」

ぼくは微笑んだ。

「もうすぐあの店でリリーと馬鹿話して酔っ払うこともできなくなるんだなって思ったら、ちょっと寂しくなってさ」

「心配いりませんよ。リリーさん、永遠にいなくなるわけじゃないんでしょう？　それに、坂本さんにはわたしがついてますから」

「香は優しいな」

ぼくは言った。

「え？　今、なんて言いました？」

北野香が足を止めた。

しょうがなく、ぼくも足を止める。

「優しいなって」

「違います。その前です」

「その前？」

「香って言いました。わたしのこと、香って。いつもは君とか、他人行儀な呼び方なのに」

「そうだっけ？」

「そうですよ。もう一度言ってみてください」

「北野香」

ぼくはわざと名字をつけて呼んだ。

「意地悪」

北野香は頬を膨らませた。

「いきなり面と向かって名前で呼べって言われたって、照れるじゃないか」

「もういいです」

北野香が早足で歩き出した。ぼくはその後を追い、彼女の手を握った。

「こんな時間まで飲んでたのに、そんなに速く歩いたら酔いが回って後で大変なことになるぞ」

「あ、はい。すみません」

北野香は手を引っ込めようとしたが、ぼくは離さなかった。彼女が歩く速度を落としたところで手を握り直した。彼女もぼくの手を握り返してきた。

いつも歩く路地を抜けると、スタジオアルタの脇に出た。道路を隔てた向かい側が新宿駅だ。

始発電車に乗ろうと、大勢の酔っぱらいたちが道路を渡っている。

ぼくは交差点の手前で足を止めた。

突然、初めてこの交差点を渡った日のことを思い出したのだ。

人の多さに圧倒され、『笑っていいとも!』の収録が行われるスタジオアルタを目にして心が躍った。タモリを筆頭とした大勢の有名人がここを行き来する。彼らと同じ空気を、ぼくも吸っている。

ぼくも東京の住人になったのだ。これから、毎日のようにこの交差点を渡り、田舎では見られなかった光景を目に焼きつけよう。

いくばくかの不安を孕んだ昂揚はぼくを虜にし、無限の力が湧き出てくるかのような錯覚さえ抱かせた。

なのに、たった二年半でぼくはすっかりくたびれてしまっている。まだ二十歳なのに気分はすっかり中年男だ。ぼくの嫌いな、日々を愚痴るばかりの酔っぱらいとほとんど変わらない。

このままじゃだめだ。絶対にだめだ。

〈マーロウ〉を辞め、新しい一歩を踏み出さなきゃ。

歩行者用の信号は赤だったが、大勢の人間がそれを無視して道路を渡っている。その中にナベさんの姿があったような気がして、ぼくは瞬きを繰り返した。

「坂本さん？」

北野香の声に、我に返った。

よれよれの背広を着た中年男が、交差点を渡りきったところで振り返った。ナベさんとは似ても似つかない背恰好だ。でも、ぼくにはその顔がナベさんに見えた。

ナベさんはいつものように微笑んでいた。その微笑みは、それでいいんだよとぼくに訴えかけてくる。

「坂本さん、どうしたんですか？　今日は変ですよ」

ぼくはナベさんから北野香に目を移した。

「香──」

名前を呼ぶと、北野香は頰を赤らめた。

「なんですか？」

「香はおれのタイプじゃない。背が低いし、脚も綺麗じゃない」

「いきなり、なんなんですか──」

「それでも、おれは香が好きみたいだ。香といると楽しい」

「あの、それって──」

「おれと付き合ってくれないかな」

北野香の目が潤んでいた。

「はい、わたしでよければ喜んで」

ぼくは北野香を抱き寄せ、キスをした。彼女の鼓動は速かった。

そして、ぼくの胸も、初めてこの交差点を渡ったときのように高鳴っていた。

エピローグ

「これがゴールデン街だって？」

わたしは思わず口走っていた。久しぶりに訪れたゴールデン街の様変わりぶりは、わたしの想像を遥かに超えていたのだ。

小綺麗な外観と、小洒落た看板が並んでいる。昔ながらの佇まいの店はもはや少数派でしかないようだった。

路地を行き交う人々が話しているのもほとんどが外国語だ。

「坂本先生、〈マーロウ〉はこっちじゃないですか」

柘植という若い編集者の声が背後から飛んできた。打ち合わせを兼ねた会食を済ませた後、彼がゴールデン街へ行ってみたいと言いだしたのだ。ゴールデン街の変貌ぶりが話題になっていることもあり、わたしもその気になった。

「それにしても変わりすぎだ」

わたしはまた呟いた。小便や嘔吐物の匂いが立ちこめていた狭い路地も綺麗に清掃されている。

リリーの店はとうに代替わりしてしまった。〈まつだ〉のおっかさんも亡くなった。喉頭癌に冒され、手術を受けたあとに、喉に発声器を当てながら頑張っていた姿を見たのはもう何年前になるだろう。

リリーは刑期を務めて出所した後、故郷に帰っていった。今では音信もない。

「どうです？　だいぶ変わったでしょう？」

わたしと同年配の編集者が傍らに立った。宍戸という男だ。

「ああ、驚きだ」

わたしはうなずいた。

ゴールデン街へ来るのは、おそらく二十年ぶりだ。〈マーロウ〉を辞めた後も、週に一度は顔を出すようにしていたが、それもいつしか足が遠のいた。

〈マーロウ〉の常連客の顔ぶれが変わったのだ。小説や映画が好きだった連中は少しずつ姿を消し、代わりに飲みにやって来るようになったのは拳銃オタクや軍事オタクだった。連中は多少は小説を読むのだが、深い話まではできなかった。代わりに、なになにという映画に出てきたなになにという拳銃はなになにだ、なになに軍が新しく採用したアサルトライフルの性能はどうのこうのだといった、わたしには退屈極まりない話が幅を利かせるようになった。

そして、顕さんの酔い方もどんどん酷くなっていった。

小説が三度の飯より好きだというわけでもなく、ただ顕さんに会いたくてやってくる若い客たちに自分を「神」と呼ばせるようになったのだ。

「おれはなんだ？」と酔った顕さんが言うと、若い連中が「神です」と声を揃える。

その光景はわたしにはおぞましかった。神の言葉は絶対なのだ。

顕さんは洒落だと言っていたが、そんな嘘はわたしや田丸には通じなかった。もともと肥大していたエゴが、さらに肥大しただけだ。

小説が好きな客たちは意見が違えば顕さんとも議論を戦わせた――顕さんが泥酔していないときに限ってではあるが。だが、新しい客たちは顕さんの言葉を鵜呑み(うの)にするだけだった。

茶番だった。くだらなかった。

わたしはゴールデン街で飲む代わりに、区役所通り沿いにある小さな酒場で飲むようになった。店をやっているのは映画とジャズが好きな小粋なママで、井上や小西、吉村、師角といった小説好きの面々と、週末にはこの店に集って小説や映画の話に興じた。

結局のところ、わたしは最後まで顕さんをゆるせなかったのだと思う。

田丸はゆるした。佐々木もゆるしていただろう。

わたしは狭量な若者だった。

今のわたしなら笑ってゆるすだろう。だが、あの頃のわたしには無理だった。

顕さんが疎ましく、そして、ナベさんもリリーもいないゴールデン街はわたしには色(いろ)褪(あ)せて見えた。

大学を卒業すると、わたしは小さな出版社に勤めた。世の中はバブル景気で狂乱の時代を迎えていたが、弱小出版社で雀の涙ほどの給料をもらうだけの身に、空前の好景気は遠い世界のできごとだった。

出版社に三年勤めたあと、独立してフリーのライターになった。『本の雑誌』など、いくつかの雑誌で書評のレギュラーページを持たせてもらったが、それだけでは食えず、ゲームの攻略雑誌の記事などを書いて生計を立てていた。

そして、三十歳を迎える直前、このままではだめだと自分に鞭打って小説を書いた。以前からの知り合いだった宍戸にその原稿を読んでもらうと、とんとん拍子にデビューが決まった。そして、発売されたわたしの処女作は驚いたことにベストセラーになったのだ。

売れただけではない。評価もされた。その年の吉川英治文学新人賞という由緒ある賞と、顕さんの主催する日本冒険小説協会大賞を獲得したのだ。

わたしの書いた小説は、顕さんが好きだった男の友情とか誇りといったものを完全に否定するような内容のクライムノベルだった。

顕さんとゴールデン街での日々が、わたしにこの作品を書かせたのだ。

顕さんにもそれは伝わっていただろう。だから、純粋に作品の中身を評価してくれたのだと思う。

冒険小説協会大賞の授賞式に赴くと、顕さんはわたしを見て「やったな」と言った。

わたしがなんと返事をしたのかは覚えていない。

熱海の温泉旅館で開かれた表彰式兼宴会に出て、浴びるように酒を飲み、眠り、目覚めると、顕さんに挨拶もせず旅館を後にした。

坂本は天狗になっていやがる——そんなことを言う人間もいたと後で聞かされた。

とにかく、それが顕さんの顔を見た最後だった。

後に、顕さんも年をとって酒が弱くなり、昔のように悪酔いすることも少なくなったという噂が耳に入ってきた。

それでも、わたしはゴールデン街に足を向けようとはしなかった。

人間はそう簡単には変わらない。酒に弱くなったとしても、回数が減ったとしても、泥酔はするのだし、そうなったらエゴ丸出しの顕さんと対峙しなければならないのだ。

そんな酒はもうご免だった。

「坂本先生、〈マーロウ〉はあっちですってば」

柘植が声のトーンを上げた。

「わかってる。ちょっとゴールデン街を一周したいんだ」

わたしはそう答え、眩く輝く看板のひとつひとつに目を凝らした。馴染みのない店名ばかりだったが、記憶にある店を見つけると、なんだかほっとした。

ゴールデン街の再開発はバブルの最中に頓挫した。店主たちの結束を、地上げ屋たちは打ち破ることができなかったのだ。

ゴールデン街という飲み屋街と、そこが生んだ文化は残された。だが、バブルが弾け、元号が昭和から平成に変わり、ゴールデン街は徐々に廃れていった。

再び脚光を浴びるようになったのは、かつてのこの街のことなどなにも知らぬ若い世代が店主になり、若い世代や外国人の客が増えたからだ。

また新しい文化がここから生まれていくのだろう。それでいい。

携帯に着信があった。妻からの電話だった。

「もしもし？」

わたしは電話に出た。

「こんな時間に電話なんかしてごめんなさい。なんとなく、なにしてるのかなと思って」

「今、ゴールデン街にいるよ。柘植がここで飲みたいって言うからさ」

「ゴールデン街？　懐かしい。昔と変わらない？」

「変わった。昔とは全然違う。来たら、驚くよ」

「そうなんだ……犬たちは元気でやってるから、心配しないでね」

「うん。明日は予定通りに帰るよ。おやすみ」

わたしは電話を切った。

「香さん？」

宍戸が訊いてきて、わたしは返事をする代わりにうなずいた。

わたしと香は十年前に生活の拠点を東京から長野県の軽井沢に移していた。

小説家としてデビューする前から牝（めす）の大型犬と暮らしはじめたのだが、東京の環境は彼女にとって過酷すぎるということがすぐにわかった。

東京の暮らしは十二分に堪能（たんのう）した。もう十分だろう——デビュー十年を節目にそう腹を括（くく）り、愛犬のために引っ越すことに決めたのだ。今は香と共に、四代目と五代目にあたる二頭の大型犬と暮らしている。

若いときにあれほど嫌っていた生まれ故郷に似た環境で暮らしているというのは、皮肉以外のなにものでもない。

人間は矛盾した生き物なのだ。

かつては〈まつだ〉だった店の前を通りすぎた。店内からレゲエのリズムが流れてくる。

「〈まつだ〉が今じゃレゲエの店か」

わたしは苦笑した。

なにがレゲエだ、ふざけんじゃないよ——おっかさんが天国で罵（ののし）っているのが聞こえたような気がした。

ひとり、笑いながら歩みを進め、花園神社側の通りに出た。視界の先にはマンモス交番が見える。

「顕さんが亡くなったのって、何年前だっけ？」

宍戸が言った。

「二年前になるかな」

わたしは答えた。

〈まつだ〉のおっかさんを襲ったのは喉頭癌だったが、顕さんのは大腸癌だった。二年前の冬に、鬼籍に入った。

さすがのわたしも、葬儀には参列した。そこで思わぬ再会があった。

「息子？」

葬儀会場でそう声をかけてきたのは佳子さんだった。佳子さんは昔とほとんど変わらぬ姿で微笑んでいた。

旧交を温めているうちに、とんでもない事実が判明した。佳子さんは十年近く前に東京を離れ、長野県の東御市で暮らしているという。

「東御って、隣町じゃないか」

「隣町って、息子も信州に住んでるの？」

「軽井沢だよ」

佳子さんの暮らしているエリアは、わたしの家から車で三、四十分のところだということまで判明した。

顕さんが佳子さんと再会させてくれたのだ。それぐらいのことはしてもらってもいいはずだ。

佳子さんと信州での再会を約束し、葬儀会場を出る前に、わたしは顕さんの遺影に向かって深く頭を下げた。

以来、月に一度ほど、佳子さんと食事を一緒にするようになった。

もう八十歳を過ぎているが、佳子さんは相変わらずチャーミングで酒が強い。酔うと歌い、踊り出すのも当時のままだった。

花園一番街に入った。

〈マーロウ〉の看板が目に入る。ミッドナイトブルーに白抜きの店名。わたしの記憶となにひとつ変わらない。

初めてこの店のドアを開けたとき、わたしの足は震えていた。心臓は早鐘を打っていた。

喜びと興奮が倦怠に取って代わられるまでの、なんと短かったことか。

この街とこの店は、間違いなくわたしの青春だった。いいことも悪いことも含めて、あのときのわたしの人生のほとんど全てを占めていた。

わたしはまるで浦島太郎だった。〈マーロウ〉と共に送った二年半の間に、数十年分、年をとった。見た目は二十歳の若者だったが、心はくたびれきって世を拗ねた中年男だった。

そんな自分が嫌でたまらなかった。

「じゃあ、行こうか」

宍戸と柘植に声をかけた。ドアノブに手をかける直前、わたしは躊躇った。

ドアを開けた瞬間、泥酔して目の据わった顕さんに睨まれるような気がしたのだ。そんなはずはないとわかっているのに、ドアノブを握る手が汗で濡れてしまう。

「どうしたの？」

宍戸がわたしの顔を覗きこんできた。

「なんでもない」

わたしは答え、ドアノブをまわした。

ドアが開いて店内が見えた。昔より小綺麗になっているが、カウンターやボックス席、ボトル棚の位置は変わっていなかった。カウンターに数人の客がいるだけだった。カウンターの内側にいるのが、顕さんが旅立ったあともこの店を続けている男なのだろう。

「三人なんだけど、飲める？」

わたしは訊いた。男が顔をしかめた。

「すいません。いっぱいなんで」

「そう。邪魔したね」

わたしは微笑みながらドアを閉めた。

「中、がらがらだったじゃないか」

宍戸が抗議の声をあげた。

「〈マーロウ〉の人間が坂本さんの顔知らないなんて、おかしいですよ」

柘植が頬を膨らませている。

「いいんだよ。おれも昔は、機嫌の悪いときは客の入店を断った。それがゴールデン街の流儀なんだ」

わたしはふたりの肩に両腕を回した。

「別の店に飲みに行こう。飲み屋なんて、行きつけじゃないかぎりどこでも一緒だ」

わたしは微笑んだまま〈マーロウ〉に永遠の別れを告げた。

解説

北上次郎（文芸評論家）

一枚のハガキを思い出す。本の雑誌の事務所には毎月、全国の読者からたくさんのお便りが送られてきた。叱咤（しった）激励、批判、歓喜、揶揄（やゆ）、身辺雑記の読書エッセイまで、さまざまな職業の読者たちから実に多くのお便りが送られてきた。それらのすべてのハガキを毎月読んだ。本の雑誌には「三角窓口」という読者投稿欄のページがあり、それを作るためにはすべての読者ハガキに目を通す必要があったからである。私が発行人であったころ、実は本の雑誌でいちばん人気があったのが、その「三角窓口」なのである。一度、読者ハガキを巻頭に並べて「特集・三角窓口」としたこともあるほど、それは人気ページだった。そのころ、具体的に書けば１９９０年代の中頃のことだが、一枚のハガキが送られてきた。静岡か東海地方（30年近い昔のことなので、このあたりの記憶が曖昧（あいまい）だ）の書店で働く女性書店員からのハガキである。仲のいい同僚と毎月、「本の雑誌の次号でバンドーさんがとりあげる本」を推理する競争をしているというのだ。で、当たったとか外れたとか、同僚と毎月盛り上がっているというのである。

30年前の一枚のハガキを今でも覚えているのは、そんなふうに仲のいい友人との話題の中心になる書評家など、聞いたことがなかったからだ。著名人の書く書評ではない。たとえば、いま村上春樹がどこかで書評の連載をしたならば、そういうふうに話題になるかもしれない。しかし当時の坂東齢人（これが馳星周の本名で、当時はこの本名で書評を書いていた）は、無名の書評家である。つまり、名前ではない。その書評の中身が愛されていたということだ。その意味で坂東齢人は幸せな書評家であったと思う。

バンドーの書評は、本の雑誌1991年1月号から1997年3月号まで続いたが、とにかくユニークだった。一言でいえば、「ヘンな書評」である。たとえば、ある回の冒頭はこうだ。

「それなのになんということであろうか。読んだ本の内容をほとんど覚えていないのである。それだけつまらない本ばっか読んでたわけなのね。おれってばぁぁぁぁ！　という哀しい心でこの原稿を書いているのである。くそっ。とっても虚しいぜ、ベイベ」

こんな枕から始まったりするのだ。「とっても虚しいぜ、ベイベ」なんていう枕から始まる書評など、他に見たことがない。

もう一つの特徴は、異様に枕が長いこと。しかも本には関係がなく、個人的な話が多い。それはこんなふうだ。

「春だ。からだがだるい。なにもする気にならない。それだというのに、Y田N子はゴールデンウィーク進行だからといって、締切りを1週間も早めやがる。死んでしまいたい。競輪ダービーは、初日に吉岡が負けると賭けて大儲け。しかし、その儲けた分を2

日目、3日目、4日目とすり減らしていき、最終的には+一万円也。なんのために6日間も神経を酷使したのか。4角を1、4、7の並びで突っ込んできたときには『よーしそのままぁ、おれの人生大楽勝!!』だったのに、なぜに内林がインをしゃくって伸びてきてしまうのか。なぜ、6枠を軸に、4枠を押さえにと買っていたのに、4-6の車券だけを持っていなかったのか。悔やんでも悔やみきれないというのに、Y田N子は1週間も締切りを早めやがる。死んでしまいたい」

書評に関係がない枕なのだと思っていると、この回は次のように続いていく。

「死んでしまいたい、死んでしまいたいとつぶやきながら、競輪好きのおっさんたちに囲まれての立川から新宿までの電車の中、ひとり真摯に読み耽ったのが、花村萬月『猫の息子　眠り猫II』(徳間書店)である」

まったくユニークな書評であった。本の雑誌に六年間連載していたこれらの書評は、坂東齢人『バンドーに訊け!』(1997年8月/本の雑誌社)として刊行され、のちに馳星周『バンドーに訊け!』(2002年6月)として文春文庫に入ったので、機会があればぜひ読んでいただきたい。

当時、バンドーがどのような書評を書いていたのか、その一部を先に引用したが、これは文春文庫の解説を私が書いたときに引用したもので、何度読んでもおかしい。『バンドーに訊け!』を読んでいただければ理解してもらえると思うのだが、彼の書評の特徴は枕が特異であった、というだけではない。以前私は次のように書いた。

「世の中の大半の人が褒めた小説だろうとも、自分が何も感じない小説であるならば、そんなものは犬に食われてしまえばいい、という太さが彼の書評には一貫しているのである。そのこだわりのケタが並外れていることは特筆しておくべきだろう。敬愛する作家の新作であろうとも、それが物足りないときには遠慮なく文句を付けるのも、その現れにほかならない」

さらに、『バンドーに訊け！』が素晴らしいのは、作家馳星周がどうやって生まれたのか、その軌跡がわかることだ。1991年から1997年という時期が、馳星周にとって迷いの時期というか自己確立の時期であり、それが書評にも反映されているのである。梁石日（ヤンソギル）や花村萬月などの小説を熱狂的に読み、時には不満を述べ、徐々に自分の小説観が確固としたものに形成されていく過程が、ここにあるのだ。以前も書いたことだが、繰り返す。『バンドーに訊け！』は異色の書評集であると同時に、一人の作家が生まれるまでの真摯なドキュメントでもある。そのユニークさにおいて、戦後のエンタメ書評史が書かれることがあれば、欠かすことの出来ない書だと断言してもいい。

本書は、馳星周の自伝的青春小説である。前置きが長くてすみません。日本冒険小説協会公認酒場「深夜プラス1」のバーテンとして働いていたころを描く書だ。私はこの酒場の熱心な常連客ではなかったので、あの人がモデルだなとわかる人は数人しかなく、初めて知る話が多かったので、面白く読んだ。

ただこれはあくまでも小説なので、現実をデフォルメしていることは書いておかなければならない。たとえば本書で、船戸与一と「編集者の山田」と私の３人が「深夜プラス１」を訪れるくだりが出てくるが、この３人で「深夜プラス１」に行ったことは一度もない。私が覚えているのは、鏡明と「深夜プラス１」で待ち合わせして、原稿を受け取った夜のことだ。どうして「深夜プラス１」で待ち合わせする必要があったのか、その理由は覚えていないが、なにか秘密の受渡しをしているな、と内藤陳に言われたので、いまでも記憶に残っている。

自分に関することしかわからないので書いておくと、本書では「深夜プラス１」で働いていたころに本の雑誌から原稿依頼が来たことになっているが、馳星周に原稿を依頼したのは、彼が「深夜プラス１」を辞め、その後勤めた出版社も辞めた直後である。だから、連載開始前に本の雑誌の笹塚（ささづか）の事務所を訪れるくだりが出てくるものの、これも事実とは異なっている。坂東齢人の連載が始まったのは先に書いたように１９９１年１月号からだが、本の雑誌社が笹塚に引っ越したのは１９９３年だから、１９９１年の段階で笹塚に本の雑誌の事務所はない。この年度は私も忘れていたのだが、たまたま２０２１年に本の雑誌が創刊45周年を迎え、それを記念して「社史」が作られたので、その中の年表で確認したのである。

私に関することだけでもこのように事実と異なる点があるので、この先は推測になるが、他にも同様のことがあるのではないかと思う。本書には殺人事件が出てくるが、これも確認したわけではないものの、小説的な創作に違いない。いくら熱心な常連客ではなかったとはいっても、殺人事件があれば私の耳にも届いただろう。それがまったくないということは、これもまた極端なデフォルメに違いないと推測する。もちろん事実に即している点もあり、「深夜プラス1」の店主の性格は本書で書かれている通りだと多くの人が証言している。私はそれも知らなかった。

事実と異なっていても、ときには極端なデフォルメをしていても、それは全然かまわないと思う。たとえそうであっても、不正確な青春記というわけでは断じてない。なぜなら、真実はその時代を生きた人の数だけあるからだ。けっして一つではないのである。大事なのは、小説が好きで、酒が好きで、将来どうなるか皆目わからない青年の、ゆれ動く感情が、ここに鮮やかに描かれているということだ。あとはすべて付け足しにすぎない。

ただし困るのは、さまざまな小説のことが、次々に出てくるので、これも読みたい、あれも読みたい、と気になってくることだ。本書の単行本を読んだときもそうだったのだが、この文庫解説を書くために再読したら、また平井和正を読みたくなって、何冊出ていたんだろうと調べてしまった。それで思い出した。単行本を読んだとき同じことを調べ、いろいろな版があるので、どれを読めばいいのかわからず断念したことを。また今回も断念しそうだが、ただいまそれだけが気がかりである。

本書は、二〇一八年十二月に小社より刊行された単行本を文庫化したものです。

ゴールデン街コーリング

馳 星周

令和3年 12月25日　初版発行

発行者●堀内大示

発行●株式会社KADOKAWA
〒102-8177　東京都千代田区富士見2-13-3
電話　0570-002-301（ナビダイヤル）

角川文庫 22955

印刷所●株式会社暁印刷
製本所●本間製本株式会社

表紙画●和田三造

ISBN 978-4-04-111877-1　C0193

JASRAC 出 2109688-101

◇◇◇

角川文庫発刊に際して

角川源義

第二次世界大戦の敗北は、軍事力の敗北であった以上に、私たちの若い文化力の敗退であった。私たちの文化が戦争に対して如何に無力であり、単なるあだ花に過ぎなかったかを、私たちは身を以て体験し痛感した。西洋近代文化の摂取にとって、明治以後八十年の歳月は決して短かすぎたとは言えない。にもかかわらず、近代文化の伝統を確立し、自由な批判と柔軟な良識に富む文化層として自らを形成することに私たちは失敗して来た。そしてこれは、各層への文化の普及滲透を任務とする出版人の責任でもあった。

一九四五年以来、私たちは再び振出しに戻り、第一歩から踏み出すことを余儀なくされた。これは大きな不幸ではあるが、反面、これまでの混沌・未熟・歪曲の中にあった我が国の文化に秩序と確たる基礎を齎らすためには絶好の機会でもある。角川書店は、このような祖国の文化的危機にあたり、微力をも顧みず再建の礎石たるべき抱負と決意とをもって出発したが、ここに創立以来の念願を果すべく角川文庫を発刊する。これまで刊行されたあらゆる全集叢書文庫類の長所と短所とを検討し、古今東西の不朽の典籍を、良心的編集のもとに、廉価に、そして書架にふさわしい美本として、多くのひとびとに提供しようとする。しかし私たちは徒らに百科全書的な知識のジレッタントを作ることを目的とせず、あくまで祖国の文化に秩序と再建への道を示し、この文庫を角川書店の栄ある事業として、今後永久に継続発展せしめ、学芸と教養との殿堂として大成せんことを期したい。多くの読書子の愛情ある忠言と支持とによって、この希望と抱負とを完遂せしめられんことを願う。

一九四九年五月三日

角川文庫ベストセラー

古惑仔
馳　星周

5年前、中国から同じ船でやってきた阿扁たち15人。だが、毎年仲間は減り続け、残るは9人……。歌舞伎町の暗黒の淵で藻掻く若者たちの苛烈な生きざまを描く傑作ノワール、全6編。

弥勒世　(上)(下)
馳　星周

沖縄返還直前、タカ派御用達の英字新聞記者・伊波尚友は、CIAと見られる二人の米国人から反戦運動家たちへのスパイ活動を迫られる。グリーンカードの発給を条件に承諾した彼は、地元ゴザへと戻るが——。

走ろうぜ、マージ
馳　星周

11年間を共に過ごしてきた愛犬マージの胸にしこりが見つかった。悪性組織球症。一部の大型犬に好発する癌だ。治療法はなく、余命は3ヶ月。マージにとって最後の夏を、馳星周は軽井沢で過ごすことに決めた。

殉狂者　(上)(下)
馳　星周

1971年、日本赤軍メンバー吉岡良輝は武装訓練を受けるためにバスクに降りたった。過激派組織〈バスク祖国と自由〉の切り札となった吉岡は首相暗殺テロに身を投じる——。『エウスカディ』改題。

暗手
馳　星周

台湾で殺しを重ね、絶望の淵に落ちた加倉昭彦。過去を抹殺した男が逃れ着いたのはサッカーの国イタリアだった。裏社会が牛耳るサッカー賭博、巻き込まれたGK、愛した女に似たひと……緊迫長編ノワール！

角川文庫ベストセラー

蘇える金狼　野望篇　大藪春彦

大手企業の経理部に勤める朝倉は上司の信頼が厚く真面目な男。しかし、それは壮大な野望を隠すための仮面に過ぎなかった――。オリンピック前の熱気あふれる東京を舞台にしたハードボイルドアクション開幕！

蘇える金狼　完結篇　大藪春彦

昼は平凡なサラリーマン、しかし夜には組織へ反逆の牙を剝く一匹の狼。朝倉哲也は、鍛え上げられた肉体と天才的頭脳を武器に、大企業や暴力団に次々と挑んでいく。組織の底辺に位置する男の凄絶なる復讐劇！

生贄のマチ　特殊捜査班カルテット　大沢在昌

家族を何者かに惨殺された過去を持つタケルは、クチナワと名乗る車椅子の警視正からある極秘のチームに誘われ、組織の謀略渦巻くイベントに潜入する。孤独な潜入捜査班の葛藤と成長を描く、エンタメ巨編！

解放者　特殊捜査班カルテット2　大沢在昌

特殊捜査班が訪れた薬物依存症患者更生施設が、何者かに襲撃された。一方、警視正クチナワは若者を集めたゲリライベント「解放区」と、破壊工作を繰り返す一団に目をつける。捜査のうちに見えてきた黒幕とは？

十字架の王女　特殊捜査班カルテット3　大沢在昌

国際的組織を率いる藤堂と、暴力組織〝本社〟の銃撃戦に巻きこまれ、消息を絶ったカスミ。助からなかったのか、父の下で犯罪者として生きると決めたのか。行方を追う捜査班は、ある議定書の存在に行き着く。

角川文庫ベストセラー

夏からの長い旅　新装版　大沢在昌

充実した仕事、付き合いたての恋人・久邇子との甘い逢瀬……工業デザイナー・木島の平和な日々は、放火事件を皮切りに、何者かによって壊され始めた。一体誰が、なぜ？　全ての鍵は、1枚の写真にあった。

ニッポン泥棒（上）（下）　大沢在昌

失業して妻にも去られた64歳の尾津。ある日訪れた見知らぬ青年から、自分が恐るべき機能を秘めた未来予測ソフトウェアの解錠鍵だと告げられる。陰謀に巻き込まれた尾津は交渉術を駆使して対抗するが――。

魔物（上）（下）　新装版　大沢在昌

麻薬取締官の大塚はロシアマフィアの取引の現場をおさえるが、運び屋のロシア人は重傷を負いながらも警官2名を素手で殺害、逃走する。あり得ない現実に戸惑う大塚。やがてその力の源泉を突き止めるが――。

悪夢狩り　新装版　大沢在昌

試作段階の生物兵器が過激派環境保護団体に奪取され、その一部がドラッグとして日本の若者に渡ってしまった。フリーの軍事顧問・牧原は、秘密裏に事態を収拾するべく当局に依頼され、調査を開始する。

B・D・T［掟の街］　新装版　大沢在昌

不法滞在外国人問題が深刻化する近未来東京。急増する身寄りのない混血児「ホープレス・チャイルド」が犯罪者となり無法地帯となった街で、失踪人を捜す私立探偵ヨヨギ・ケンの前に巨大な敵が立ちはだかる！

角川文庫ベストセラー

影絵の騎士 大沢在昌

ネットワークと呼ばれるテレビ産業が人々の生活を支配する近未来、新東京。私立探偵のヨヨギ・ケンは、ネットワークで横行する「殺人予告」の調査を進めるうち、巨大な陰謀に巻き込まれていく――。

深夜曲馬団（ミッドナイト・サーカス）新装版 大沢在昌

作品への手応えを失いつつあるフォトライターが出会ったのは、廃業寸前の殺し屋だった――。「鏡の顔」他、4編を収録した、初期大沢ハードボイルドの金字塔。日本冒険小説協会最優秀短編賞受賞作品集。

天使の牙（上）（下）新装版 大沢在昌

麻薬組織の独裁者の愛人・はつみが警察に保護を求めてきた。極秘指令を受けた女性刑事・明日香がはつみと接触するが、2人は銃撃を受け瀕死の重体に。しかし、奇跡は起こった――。冒険小説の新たな地平！

天使の爪（上）（下）新装版 大沢在昌

麻薬密売組織「クライン」のボス・君国の愛人の身体に脳を移植された女性刑事・アスカ。過去を捨て、麻薬取締官として活躍するアスカの前に、もうひとりの脳移植者が敵として立ちはだかる。

緑の家の女 逢坂剛

ある女の調査を頼まれた岡坂神策。周辺を探っている最中、女の部屋で不可解な転落事故が！　逢坂剛の大人のサスペンス。「岡坂神策」シリーズ短編集（『ハポン追跡』）が改題され、装い新たに登場！

角川文庫ベストセラー

宝を探す女　逢坂　剛

岡坂神策は、ある晩ひったくりにあった女を助けるが、なぜかその女から幕末埋蔵金探しを持ちかけられる（表題作）。「岡坂神策」シリーズから、5編のサスペンス！『カブグラの悪夢』改題。

十字路に立つ女　逢坂　剛

岡坂の知人の娘に持ち込まれた不審な腎移植手術の話。古書街の強引な地上げ攻勢、過去に起きた婦女暴行殺人犯の脱走。そして美しいスペイン文学研究者との恋。錯綜する謎を追う、岡坂神策シリーズの傑作長編！

熱き血の誇り　(上)(下)　逢坂　剛

製薬会社の秘書を勤める麻矢は、偶然会社の秘密を知ってしまう。白い人工血液、謎の新興宗教、追われるカディスの歌手とギタリスト。ばらばらの謎がやがて1つの線で繋がっていく。超エンタテインメント！

燃える地の果てに　(上)(下)　逢坂　剛

スペインで起きた米軍機事故とスパイ合戦に巻き込まれた日本人と、30年後ギター製作者を捜す一組の男女。2つの時間軸に起きた事件が交錯して、やがて驚愕のラストへ。極上エンタテインメント！

過去　北方謙三

突きささる熱い視線。人波の中に立っていたのは刑事、村尾。四年ぶりの出合いだった……服役中の川口から、会いに来てくれという一通の手紙。だが、急死。川口は何を伝えたかったのか？

角川文庫ベストセラー

二人だけの勲章 北方謙三

三年ぶりの東京。男は死を覚悟で帰ってきた。迎え撃つ親友の刑事。男を待ち続けた女。失ったものの回復に命を張る酒場の経営者。それぞれの決着と信頼を賭けて一発の銃弾が闇を裂く！

さらば、荒野 北方謙三

冬は海からやって来る。静かにそれを見ていたかった。だが、友よ。人生を降りた者にも闘わねばならない時がある。夜、霧雨、酒場。本格ハードボイルド〝ブラディ・ドール〟シリーズ開幕！

碑銘 北方謙三

港町N市市長を巻き込んだ抗争から二年半。生き残った酒場の経営者と支配人、敵側にまわった弁護士の間に、あらたな火種が燃えはじめた。著者会心の〝ブラディ・ドール〟シリーズ第二弾！

肉迫 北方謙三

固い決意を胸に秘め、男は帰ってきた。港町N市――妻を殺された男には、闘うことしか残されていなかった。男の熱い血に引き寄せられていく女、〝ブラディ・ドール〟の男たち。シリーズ第三弾！

秋霜 北方謙三

人生の秋を迎えた画家がめぐり逢った若い女。過去も本名も知らない。何故追われるのかも。だが、男の情熱に女の過去が融けてゆく。〝ブラディ・ドール〟シリーズ第四弾！　再び熱き闘いの幕が開く。